아름다운 아내의
무서운 비밀

세계설화를 읽다 6

아름다운 아내의 무서운 비밀

가슴 서늘하게
무섭고 기묘한 이야기

신동흔 지음

머리말

설화, 서사와 스토리텔링의 원형

설화는 먼 옛날부터 전해온 신화와 전설, 민담 등을 아울러서 일컫는 말입니다. 옛이야기라고도 하지요. 설화는 자유롭고 즐거우면서도 담긴 뜻이 깊은 이야기입니다. 그 속에는 기쁨, 슬픔, 사랑, 미움, 두려움, 욕망 같은 자연적 감정은 물론이고 현실을 타개하려는 의지와 미지의 세계에 대한 동경, 신비롭고 환상적인 체험 등 다채로운 서사가 담겨 있습니다.

설화는 모든 문학적 이야기의 원형입니다. 오늘날 다양한 매체를 통해 수많은 이야기가 다양하게 펼쳐지는데, 뿌리를 찾아 올라가면 신화나 전설, 민담 등과 만나게 됩니다. 소재나 줄거리 같은 외적 측면보다 화소(motif)와 구조, 세계관 같은 내적 요소가 더 중요합니다. 요즘 유행하는 판타지 스토리텔링만 하더라도 그 화소와 서사 구조는 설화와 닿아 있는 것들이 많습니다.

설화는 폭이 매우 넓습니다. 무척 현실적인 이야기도 있고, 초월적이며 환상적인 이야기도 있습니다. 사람들의 모든 경험과 상상력이 그 속에 녹아들어 있지요. 그것은 세월의 간극을 넘어서 오늘날의 우리에게도 재미와 감동, 깨우침을 전해줍니다. 웹툰과 웹소설, 드라마와 영화, 애니메이션 등 현대 스토리텔링에서 설화적 요소가 갈수록 확대되는 것은 우연이 아닙니다. 수천 년간 살아서 이어져 온 설화는 앞으로도 오래도록 재미있고 가치 있는 이야기로 우리와 함께할 것입니다.

설화, 청소년을 위한 인생의 나침반

'세계설화를 읽다' 시리즈는 세계 곳곳의 보석 같은 설화를 찾아내고 잘 갈무리해서 양질의 독서물을 제공하고, 나아가 이야기 문화를 되살리려는 의도에서 기획되었습니다. 설화는 오래된 이야기이지만 낡은 이야기가 아닙니다. 설화는 파격적이고 역동적이며 진취적입니다. 그래서 신세대 청소년들과 딱 어울리지요. 넓혀서 말하면, 젊은 사고와 행동력을 가진 모든 사람들과 어울립니다.

오랜 세월 동안 입에서 입으로 이어져 온 설화는 '인생 교과서'라 할 만합니다. 자신을 돌아보게 하는 이야기, 인간관계를 새롭게 하는 이야기, 시련을 극복하고 거듭나는 이야기, 참다운 용기를 불어넣는 이야기, 불의한 세상과 맞서 정의를 구현하는 이야기……. 그 내용을 따라가다 보면 재미와 감동, 그리고 교훈이 저절로 몸에 스며듭니다. 그리고 상상력과 창의성, 논리적 판단력과 문제 해결 능력이 쑥쑥 자라납니다.

설화는 인생의 나침반인 동시에 마음을 위한 최고의 양식입니다. 그림 형제는 옛이야기를 두고 인류의 삶을 촉촉이 적시는 영원한 샘물과 같다고 했고, '영원히 타당한 형식'이라고도 했지요. 조금도 과장이 아닙니다. 책에 실린 여러 이야기를 만나다 보면 다들 고개를 끄덕일 것입니다. 설화는 아이들만의 것이 아니라 우리 모두의 것이라는 사실을 잊지 마세요.

설화, 이야기판을 되살리는 힘

설화는 생생한 구술 언어로 만날 때 참맛을 느낄 수 있습니다. 하지만 구술성을 오롯이 살려낸 대중용 이야기책은 많지 않습니다. 청소년과 일반인을 위한 세계 설화 모음집은 좀체 찾아볼 수 없어요. 설화가 사람들로부터 소외된 상황인데, 그보다는 사람들이 설화로부터 소외됐다고 말하고 싶습니다.

이 책에서는 세계 설화의 정수를 한데 모아서 젊고 역동적인 스토리텔링의 향연을 펼치고자 했습니다. 국내외 각종 설화 자료집을 미번역 자료까지 두루 살피면서 최고의 이야기를 정성껏 가려 뽑은 뒤, 이를 12명의 개성 넘치는 스토리텔러 목소리로 생생하게 살려냈습니다. 세대 공감 스토리텔링의 텍스트적 구현입니다. 그 중심에 Z세대 청소년을 두었습니다.

12명의 스토리텔러는 이야기 화자인 동시에 청중이며, 각 이야기가 끝난 뒤 소감을 나누는 해설자 구실도 합니다. 이야기의 재미와 가치를 되새기는 특별한 자리입니다. 그 이야기 향연은 독자들이 표현의 주체가 될 때 비로소 완성됩니다. 'Storytelling Time' 부분에 제시한 여러 스토리텔링 활동이 그것입니다. 이는 상상력과 창의성, 논리력, 표현력을 키우는 최고의 활동이 될 것입니다.

'세계설화를 읽다' 시리즈가 'K-스토리텔링'의 새로운 시발점이 되기를 기대합니다. 이 책의 이야기들은 열매인 동시에 씨앗입니다. 그 씨앗이 여기저기서 차락차락 싹을 틔워 수많은 푸른 숲을 이루어내기를 꿈꿉니다. 그럼으로써 우리 사는 세상이 더 맑아지고 풍성해지고 아름다워지기를 소망합니다.

나의 서사적 여정에 변함없이 따뜻한 동반자가 되어주고 있는 가족과 제자와 동료들, 그리고 세상의 모든 설화 화자와 수집자, 편집자, 번역자들께 감사드립니다. 옛이야기를 좋아하는 모든 독자님들, 마음껏 즐겨주세요. 그리고 스토리텔러가 되어주세요.

신동흔

이야기꾼 프로필

연이 (여/14세/옛이야기를 사랑하는 중학생)

똑똑하고 부지런하며 맡은 일을 야무지게 잘 해내는 모범생.
다정하고 활달하며 주변 사람을 두루 잘 챙길 뿐 아니라
늘 긍정적이고 밝고 씩씩하다. 이름 때문에
<연이와 버들도령> 속 연이의 환생이라는 말을 듣는다.
작가를 꿈꾸는 문학소녀로 모든 종류의 이야기를 좋아하며,
설화에 담긴 뜻을 풀이하는 일에도 관심이 많다.

퉁이 (남/16세/운동과 게임과 이야기를 좋아하는 고등학생)

낯설고 신기한 것에 관심이 많은 행동파.
시골 출신의 전학생으로, 투박하고 무뚝뚝해 보이지만
의외로 세심하며 동생들을 잘 챙긴다.
책이나 문학에 관심이 없었으나 옛이야기의 매력에
빠져들어 설화 마니아가 되었다.
<내 복에 사는 나, 감은장아기> 속의 '막내마퉁이'가
마음에 들어서 퉁이를 부캐로 삼았다.
영웅담과 모험담을 특히 좋아한다.

엄지 (?/11세/비밀이 많은 Z세대 이야기꾼)

나이에 비해 체구가 작은 편이며, '엄지'를 부캐로 삼았다.
엄지동자인지 엄지공주인지는 비밀이다.
다른 이야기꾼들도 엄지가 여자인지 남자인지 알지 못한다.
자타 공인 어린 철학자로 생각이 깊으며,
누구에게도 꿀리지 않는 당당한 성격이다.
언젠가 걸어서 전 세계를 여행하겠다는 계획을 가지고 있다.

이반 (남/24세/사회 진출을 준비 중인 대학생)

일찌감치 군대를 다녀온 복학생. 딴생각하다 엉뚱한 실수를 할 때가 많아서 친구들에게 바보 취급당하기 일쑤다.
설화의 매력에 빠져 스토리텔링의 세계에 발을 들였으며, 그와 관련된 특별한 진로를 탐색 중이다.
얼간이로 취급되다 남다른 활약으로 세상을 놀라게 하는 반전의 주인공 '이반'이 마음에 들어서 부캐로 삼았다.

세라 (여/30세/지성과 미모를 갖춘 엘리트 직장인)

자유롭고 독립적인 삶을 추구한다.
다양한 취미를 즐기다가 옛이야기에 반해서 스토리텔링을 영순위 취미로 삼게 됐다.
전설적인 이야기꾼 셰에라자드의 화신을 자처하고 있다.
소수자와 약자의 삶에 관심이 많으며, 정의 구현이 이루어지는 이야기를 선호한다.
설화를 논리적이고 창의적으로 해석하는 데에도 관심이 많다.

달이 (해맑고 귀여운 종달새 소녀)

동화 속에서 날아 나와 사람들과 더불어 사는 존재다.
세상을 자유롭게 날아다니며 보고 들은 이야기들을 들려준다.
초등학교 1학년 여자아이 정도의 지적 수준과 감성을 지니고 있다.
구김 없이 귀여운 여동생 스타일이다.
새나 동물이 등장하는 짧고 재미있는 이야기를 주로 한다.

동이 (못 말리는 꾸러기 당나귀 이야기꾼)

달이와 마찬가지로 동화 속에서 튀어나온 존재로,
슈렉 친구인 동키의 사촌 형뻘 된다.
말투나 행동은 영락없이 아저씨다.
남녀노소 모두와 격의 없이 어울리는 장점을 가지고 있다.
재미있는 우화나 소화를 재기발랄하게 이야기한다.

꾸 아재 (남/40세/늘 행복한 귀염둥이 삼촌)

젊은 생각과 감각, 라이프 스타일을 갖춘 신세대 아저씨.
얼리어답터로서 드론과 AI를 전문가 수준으로 다룬다.
미래 트렌드의 중심에 설화가 있다는 믿음 속에
옛이야기를 한껏 즐기고 있다.
확고한 인생철학과 이야기관을 지니고 있으며,
이야기를 재미있게 잘해서 인기가 많다.

로테 이모 (여/48세/아이들을 키우며 옛이야기에 관심을 갖게 된 주부)

자녀 교육에 관심이 많은 전형적인 40대 여성.
설화 구연에 탁월한 능력을 갖추고 있다.
독일과 스페인, 튀르키예 등에서 오래 지내며
많은 이야기를 접했기에 주로 유럽 지역의 민담을 이야기한다.
'로테'라는 이름은 독일의 유명한 이야기 아주머니인
'도로테아 피만'에서 따왔다.

뭉이쌤 (남/57세/30년 넘게 구전설화를 수집하고 연구해 온 옛이야기 박사)

깡촌에서 도깨비불을 보며 자랐다. 신화와 전설, 민담에
넓은 식견과 관심을 가지고 있다. 이야기판에서
인도자 구실을 하는 가운데 설화의 의미 해석을 주도한다.
'뭉이'는 여의주를 여러 개 물고 있는 이무기에서 따온 부캐다.
옛이야기라는 하나의 여의주에 집중해서
승천을 이뤄낸다는 계획을 가지고 있다.

노고할망 (여/??/살아 있는 신화로 통하는 여신)

고조선 이전부터 살아온, 세상 모든 할머니를
대변하는 이야기꾼. 젊은 할머니 같은 외모인데,
더 늙지는 않을 것 같은 느낌이다.
세상사 깊은 이치를 담고 있는 신화들을 주로 이야기한다.
옆에서 가만히 미소를 짓는 것만으로도 안정감을 전해주는,
모두의 큰어머니 같은 존재다.

약손할배 (남/83세/편안하고 푸근한 옆집 할아버지)

어려서부터 옛이야기를 즐겨 듣고 말하며 살아온 정통 이야기꾼.
독서가 취미로, 어른들에게 들은 한국 설화 외에
책으로 접한 다른 나라 이야기들도 많이 알고 있다.
생각이 유연하고 개방적이어서 젊은이들을 잘 이해하고 포용한다.
먼저 나서서 말하기보다 다른 사람들의 이야기를
경청하는 스타일이다.

차례

stage 03

가까워서 더 무서운

stage 04

지지 않아! 공포와의 싸움

*

집중 탐구! 이야기의 비밀 코드

문학의 미적 범주와 공포

이 책의 주제는 '공포'입니다.

세계 여러 나라에서 전해온

무서운 이야기들을 한데 모았습니다.

잔인하고 끔찍한 이야기보다는

소름이 자연스럽게 돋아 오르는 이야기를 담았습니다.

공포는 언제나 우리 곁에 있는 것이고,

함께 살아가야 하는 무엇임을 느끼게 될 것입니다.

아울러, 공포에 짓눌리지 않고 그것을 이겨냄으로써

더욱 힘차게 살아갈 수 있을 것입니다.

이 책을 통해 무서움을 나의 힘으로 삼는

반전의 지혜와 활력을 얻기를 기대합니다.

3

stage 01

무서움과 재미 사이

이반이에요. 새로운 이야기판의 첫 주자가 됐네요. 주제는 무서운 이야기입니다. 다들 무서운 얘기 좋아하시나요? 소름 돋는 무서운 얘길 좋아하는 사람들이 꽤 많더라고요. 주변에 늘 그런 얘기만 찾는 친구도 있어요. 제가 들려드릴 이야기에도 그런 사람이 나옵니다. 예쁜 여잔데 좀 수상한 인물이에요.

숲속 저택의 손님들

*

이탈리아 민담

옛날에 친하게 어울려 지내는 세 청년이 있었어요. 다들 상인의 아들이었죠. 어느 날 이들은 깊은 숲속으로 사냥을 나갔다가 큰 비를 만났습니다. 아주 지독한 비였어요. 한 치 앞을 분간하기 어려울 정도였죠. 시간이 가도 비는 멈출 줄 몰랐습니다. 세 사람이 갈 길을 못 찾고 방황하는데 날이 저물어서 사방이 깜깜해졌어요. 흠뻑 젖은 몸이 덜덜덜 떨려서 금방이라도 쓰러질 것 같았죠.

그때 한쪽에 반짝이는 불빛이 나타났어요. 세 사람이 빗발을 뚫고서 다가가 보니 커다란 저택이었습니다. 집이 있을 만한 곳이 아닌데 뭔가 이상했죠. 하지만 물불을 가릴 처지가 아니잖아요? 그들은 문을 쾅쾅 두드리면서 주인을 찾았습니다. 얼마 있으니까 문이 스르르르르 열리는가 싶더니 커다란 검은 형체가 쑥! 으아악-

뭐였을까요? 그냥 하녀였습니다. 근데 거인이나 다름없어요.

"하룻밤 신세 질 수 있을까요? 좀 살려주세요."

하녀는 말없이 뒤돌아서 건물로 향했어요. 세 사람은 잠깐 머뭇거리다 쫄레쫄레 뒤를 따라갔죠. 물에 빠진 생쥐 꼴로요. 하녀가 안을 향해서 소리쳤어요.

"아가씨! 병아리처럼 젖은 사내들이 찾아왔습니다. 어떻게 할까요?"

"남자들? 안으로 모시렴."

목소리가 꽤나 명랑해요. 안으로 들어가서 보니까 소파에 젊은 귀부인이 앉아 있는데 세 사람이 동시에 입을 쩍 벌렸어요. 여자가 너무 예쁜 거예요. 여자는 검은 상복을 입고 있었습니다.

"흠뻑 젖었군요. 씻고서 옷을 좀 갈아입으세요."

잠시 후, 목욕을 마친 세 청년은 하녀가 준 옷을 입고 여자 앞에 앉았어요. 옷은 상복 같기도 하고 혼례복 같기도 했습니다. 여자가 웃으며 말했어요.

"얼마 전에 죽은 남편 옷인데 잘 어울리는군요."

그 말을 들으니까 좀 쎄한 느낌이에요. 그때 여자가 야릇한 미소를 짓더니,

"이 밤에 이렇게 만난 것도 인연인데 저하고 재미있는 게임 하나 해볼래요? 무서운 이야기 시합 어때요? 세 분이 겪은 가장 무서운 일을 실감 나게 들려주는 거예요. 우승자에게는 저와 결혼할 기회를 드리죠. 어때요?"

갑자기 무서운 이야기라니 무슨 일인가 싶죠. 근데 다들 마음이 동하는 거예요. 그렇게 매혹적인 여자는 처음이었거든요.

"게임이니까 벌칙도 있어야겠죠? 탈락자는 바로 이 집을 떠나

는 거예요. 오케이? 시합에 참여하고 싶지 않다면 지금 바로 떠나도 됩니다. 하하."

밖에서 죽다가 겨우 살아났는데 다시 나가라니 안 될 말이죠. 세 청년은 여자의 제안에 동의했고 무서운 이야기 서바이벌 게임이 시작됐습니다. 비 오는 밤 숲속의 저택에서 작은 촛불 하나만 켜놓고서요.

첫 번째 청년의 이야기

부인! 저는 상인의 아들이에요. 아버지 명으로 이방인 나라에 갔다가 겪은 일을 들려드리죠.

어쩌다 거길 갔는지 몰라요. 외진 곳을 혼자서 걷고 있는데 갑자기 검은 천으로 얼굴을 가린 사람이 불쑥 나타나더니 다짜고짜 입을 턱! 저는 입틀막을 당한 채로 질질 끌려서 커다란 집에 이르렀습니다.

그 집은 아주 끔찍했어요. 철창을 두른 커다란 방 뒤편에 벌거벗다시피 한 사람들이 다닥다닥 붙어 있었죠. 다들 공포에 질려 있었습니다. 저를 보더니 반가워하는 것 같기도 했어요.

철창 안으로 던져진 저는 일부러 사람들과 멀리 떨어져 앉았어요. 그러니까 철창 가까운 곳이죠. 얼마 뒤 깜빡 졸고 있는데 뭔가가 옷에 닿는 기척이 느껴졌어요.

"으윽! 이게 뭐야!"

털이 숭숭 난 커다란 손이었습니다. 보기만 해도 구토가 나오는 거인이 철창 밖에서 손을 쑥 넣어서 저를 건드린 거예요.

'잡히면 안 돼!'

저는 잽싸게 재킷을 벗어 던지고 뒤쪽으로 몸을 피했습니다. 벌거벗은 사람들 있는 쪽으로요.

지옥이 따로 없어요. 방 안을 슬슬 휘젓는 손과 필사적으로 그걸 피하는 사람들. 결국 한 사람이 거인의 손에 붙잡혔습니다. 거인은 씩 웃더니 그 사람을 으적으적 씹어 먹기 시작했어요. 팔다리를 하나씩 뽑아서 삼키고는 커다란 입으로 머리통을 콰직!

그 끔찍한 일은 날마다 계속됐습니다. 하루 한 명이 육회가 되는 거죠. 한편으론 새 희생자들이 계속 보충됐어요. 새로운 사람이 잡혀 오면 반갑더라고요. 잡아먹힐 확률이 그만큼 줄어드니까요.

거인에게는 그 일이 놀이였어요. 뼈까지 싹 발라 먹은 뒤 기타를 둥기당 둥당당 쳐대면서 노래를 불렀죠. 그야말로 악마의 소리였습니다. 근데 어느 날 기타 줄이 툭 끊어진 거예요. 거인이 기타를 만지다가 철창 안을 바라보면서,

"어이! 거기 기타 고칠 수 있는 놈 있어?"

제 본능이 소리쳤어요. 이 순간을 놓치면 안 된다고요.

"저요! 제가 할 수 있어요. 삼대째 기타 수리를 해왔습니다."

재빨리 반응한 덕분에 저는 철창 밖으로 나올 수 있었어요. 사실 기타를 손보는 건 처음이었죠. 하지만 결국 해냈어요. 거인은 씩 웃으면서 갈퀴 같은 손으로 제 머리를 쓰다듬더니 작은 반지 한 개를 손가락에 끼워줬습니다.

"너는 자유다! 가고 싶은 곳으로 가라. 이곳으로 또 오지 않길 기도하마. 크크크."

저는 그 집에서 빠져나와 달리고 또 달렸습니다. 한참을 정신없이 달렸죠. 그러고서 정신을 차려봤더니 이게 웬일입니까. 거인의 집 앞인 거예요. 정신이 멍. 저는 다시 온 힘을 다해 달렸습니다. 하지만 정신을 차려보면 다시 그곳이었죠. 달리고 보면 또 거기, 또 거기. 하늘이 노래졌어요. 철창에서 나온 게 '날 잡수세요.' 하면서 목을 내민 꼴이었죠. 대문이 열리면 끝장이에요.

그때였어요. 웬 여자아이가 작은 창문으로 머리를 내밀고 소리쳤어요.

"여길 벗어나려면 반지를 버려요!"

저는 그 말을 듣고서 퍼뜩 깨달았어요. 거인이 반지로 장난을 쳤다는 것을요. 근데 이게 뭡니까. 아무리 용을 써도 손가락에서 반지가 빠지질 않는 거예요. 거인이 나올 시간인데 말이죠.

"아아, 제발! 제발 좀 빠져!"

그때 여자아이가 제 앞으로 칼을 던졌습니다. 머뭇거릴 틈이 없었죠. 저는 주춧돌 위에 반지 낀 손을 올려놓았어요. 그러고는 칼을 들어서…… 콱!

"으아아!"

손가락이 어디로 튀었는지 살필 겨를도 없었습니다. 무작정 다시 달리기 시작했죠. 그때 뒤쪽에서 여자아이가 깔깔대는 소리가 들렸던 것 같아요. 그럴 리가 없다고, 환청이라고 믿고 있답니다.

환청 맞겠죠?

얘기를 마친 청년은 장갑을 벗고서 한 손을 내밀었습니다. 손가락이 네 개뿐이었죠. 여자가 청년의 손을 매만지면서 말했어요.

"오오, 실화였군요. 마음에 들어요. 이곳에 온 걸 환영합니다."

뭐가 그리 좋은지 활짝 웃으면서,

"자, 두 번째 후보님!"

두 번째 청년의 이야기

이건 그동안 아무에게도 안 했던 이야기예요. 그냥 무덤까지 가지고 가려 했었는데 이렇게 말하게 되는군요.

저도 상인의 아들입니다. 배를 타고 바다를 건너곤 했죠. 바다가 얼마나 무서운지 안 겪어본 사람들은 몰라요. 갑자기 악마로 변하면 정말로 대책이 없답니다.

그날은 날씨가 참 좋았어요. 하늘은 푸르고 바람도 한 점 없었죠. 하지만 그건 지옥의 전조였어요. 삽시간에 먹구름이 하늘을 뒤덮더니 거센 비바람이 휘몰아쳤습니다. 배가 금방 뒤집힐 듯이 출렁댔죠. 마구 부러지고 깨지고 쓸려나가고, 정말 난리도 아니었어요.

사투 끝에 우리는 폭풍우를 벗어나는 데 성공했습니다. 하지만 그걸로 끝이 아니었어요. 진짜 지옥이 기다리고 있었죠. 돛과 키가 다 부서져서 배를 움직일 방법이 없는 거예요. 그냥 물결 흐르는 대로 쓸려가는 상황이죠. 무엇보다 식량이 문제였어요. 배에 남은 식량이 하나도 없었답니다. 그물도, 낚시도, 아무것도 없어요. 그대로 굶는 수밖에 없었죠.

그때 폭풍우에 부상을 입었던 사람이 죽은 거예요. 그 뒤에 일어난 일은…….

처음에는 다들 주저했죠. 하지만 한 사람이 시작하자 그 뒤엔 자동이었어요. 저도 결국 그 사람의 살점을 입에 대고 말았답니다. 그리고 내장…….

아, 그 사람은 차라리 행복했던 거였어요. 그 뒤 벌어진 일을 안 봤으니까요. 다시 굶주림이 시작되자 사람들의 눈빛이 달라졌습니다. 다른 사람을 고기로 보기 시작한 거죠. 살인이 나기 직전이에요. 그때 선장이 말했습니다.

"다른 방법이 없소! 제비뽑기를 해서 희생자를 정합시다. 이의 없죠?"

동의하지 않으면 희생자가 될 게 뻔해요. 곧 모두의 합의하에 제비뽑기가 진행됐습니다. 안도의 한숨과 절망의 부르짖음…… 며칠마다 회식은 이어졌고 사람 숫자는 점점 줄었습니다. 야속하게도 바람과 물결은 아무 도움이 안 됐어요. 단 두 사람만 남을 때까지도요.

마지막 남은 두 사람은 저와 선장이었습니다. 이제 제비뽑기는 무의미했어요. 일 대 일이니까 강한 자가 살아남는 거죠. 그래도 우린 제비를 뽑았어요. 저의 승리였습니다. 판가름이 나는 순간 저는 얼른 방어 태세를 갖췄죠. 그때 선장이 말했어요.

"내 운수는 여기까지구먼. 자네는 꼭 살아남게나."

그러면서 스스로 자기 몸을 찌르는 거예요. 눈물이 나더군요. 차마 그 몸을 먹을 수 없었어요. 그걸 먹으면서 며칠 버텨봤자 소용없는 일이기도 했죠.

저는 선장의 몸을 4등분해서 한 덩이를 기둥만 남은 돛대에 걸었습니다. 피가 뚝 뚝 뚝.

왜냐고요? 시체를 이용해서 독수리를 유인하기로 한 거예요. 독수리는 선뜻 내려오지 않았습니다. 위쪽을 뱅그르르 돌기만 했죠. 그러다가 제가 깜빡 잠들었을 때 덩어리를 후딱 낚아채서 날아갔습니다. 저는 다시 두 번째 덩어리를 걸고, 이어서 세 번째 덩어리를 걸었어요. 제가 무심한 척하자 독수리는 점점 대담해졌죠. 네 번째 덩어리를 내걸자 독수리는 곧바로 그걸 잡아채려고 내려왔습니다.

'지금이야!'

저는 잽싸게 몸을 날려서 독수리의 발을 꽉 움켜쥐었습니다. 독수리는 깜짝 놀라서 날아올랐죠. 독수리는 다리를 마구 흔들고 부리로 몸을 쪼면서 저를 떨어뜨리려 했어요. 살점이 뚝뚝 떨어져 나갔지만 저는 결코 손을 놓지 않았습니다. 지친 독수리가 육지로 날아갈 때까지요.

독수리가 땅 가까이로 낮게 나는 순간 제 손은 힘없이 풀렸고 몸은 아래로 떨어졌습니다. 그것도 천운일까요? 제가 떨어진 곳은 바위가 아닌 수풀이었답니다. 덕분에 살아나서 이 자리에까지 올 수 있었네요. 이게 제가 겪은 일입니다.

이야기를 마친 청년은 셔츠와 바지를 걷어서 팔과 다리를 보여 줬어요. 곳곳에 상처가 가득했죠. 여자가 상처를 쓰다듬으면서 말했어요.

"그 상황에서 살아남아 여기까지 오다니 정말 운이 좋으시군요. 그 운이 계속 이어지길 기대할게요. 다음, 세 번째 후보님!"

가만히 생각에 잠겨 있던 세 번째 젊은이가 천천히 입을 열었습니다.

세 번째 청년의 이야기

저는 한 달 전에 있었던 일을 이야기하지요. 장사를 하러 갔다가 겪은 일입니다. 낯설지만 평범한 마을이었어요. 날이 어두워져서 한 여관에 들었습니다. 골짜기 옆 외딴곳에 있는 여관이었죠. 저는 창밖으로 전망이 확 트인 방을 골랐어요.

잠자리에 들기 전에 제가 늘 하는 일이 있어요. 바닥에 무릎을 꿇고서 소원을 비는 기도를 올린답니다. 그날도 기도를 올린 뒤 바닥에 입을 맞추려고 고개를 숙였죠. 그런데 침대 밑에 이상한 게 보이지 뭡니까. 사람이었어요. 흔들어봤지만 꼼짝도 하지 않았죠. 시체였어요. 잘 보니까 머리에 구멍이 뚫려 있었습니다.

'어이쿠! 여기가 손님을 죽이고 물건을 빼앗는 곳이구나. 어떡

하지?'

주인을 찾거나 밖으로 피하는 건 좋은 방법이 아니었어요. 단단히 준비하고 지킬 테니까요. 현관도 잠갔을 거예요. 저는 시체를 끌어내서 침대 위에 눕힌 뒤 잠자는 것처럼 이불을 덮어놨습니다. 구멍 뚫린 부분이 안 보이게끔요. 그런 뒤 불을 끄고서 침대 아래로 들어가 누웠죠. 시체가 있던 자리에요. 느낌이 쎄하더군요.

시간은 아주 천천히 흘렀습니다. 일 분이 한 시간 같았죠. 마침내 그들이 왔어요. 덜그덕 잠금장치가 풀리는가 싶더니 스르르 방문이 열렸습니다. 손에 망치와 칼을 든 남자와 등불을 든 여자가 침대로 다가왔어요.

"흠, 곯아떨어졌군."

"어서 쳐요!"

잠시 후 망치로 칼자루를 때리는 소리가 들려왔어요.

쾅!

뭔가가 터지는 소리도 들렸죠.

퍽!

여자가 깔깔대면서 말했어요.

"찍소리도 못하고 갔군. 어서 침대 밑으로 옮겨요. 전에 걔는 창밖으로 던지고."

이런! 왜 침대 밑이 안전하다고 생각했나 몰라요. 그네들이 이용하는 장소인데 말이죠. 거기서 던져지면 끝이에요. 창밖은 절벽이고 그 아래는 늪이거든요.

저는 신경을 잔뜩 곤두세우고 남자의 손이 들어오기를 기다렸어요. 그 남자한테는 칼과 망치가 있잖아요? 시체를 잡아당기려면 그걸 바닥에 내려놓겠죠. 그 순간을 노렸어요. 그걸로 공격하는 게 유일한 방법이었습니다. 승산은 적지만요.

그때 남자가 입을 열었습니다.

"아아, 나 오늘은 피곤해. 그냥 내일 아침에 처리합시다."

"에휴, 게으르기는!"

둘은 잠깐 투닥이다가 그대로 방을 나갔습니다. 저는 겨우 가슴을 쓸어내렸죠.

몇 시간이나 지났을까? 집 안이 쥐 죽은 듯 조용해졌을 때 저는 여관을 빠져나가려고 살금살금 기어 나왔습니다. 하지만 현관은 굳게 잠겨 있었죠. 출구는 창문밖에 없었어요. 저는 조용히 창문을 열고 빠져나와서 절벽을 타기 시작했습니다. 위험천만한 일이었죠. 하지만 결국 탈출에 성공했어요. 그래서 지금 이 자리에 이렇게 있게 된 거예요.

세 번째 청년이 이야기를 마치자 다른 청년이 말했어요.

"그런 일이! 근데 살인자들을 그냥 두고서 온 거야?"

"아니. 그길로 경찰서에 찾아가서 신고했지. 경찰이 출동하는 걸 보고 떠나왔다네. 거길 다시 가고 싶은 생각은 조금도 없었어."

그러자 여자가 말했습니다.

"그 남자와 여자는 경찰에 붙잡혀 가서 사형을 당했겠군요."

그러자 세 번째 청년이 말했어요.

"당연히 그런 줄 알았죠. 그런데 왜, 왜 당신이 여기 있는 거죠?"

그러면서 청년은 여자의 두 팔을 꽉 잡고 흔들었습니다. 하녀가 득달같이 덤벼들어서 청년을 떼어놨어요. 여자가 생글생글 웃으면서 말했습니다.

"아이, 깜짝 놀랐잖아요! 얘기가 좀 싱겁다 했더니만 이런 수를 쓰다니!"

그 말에 다른 두 청년은 가슴을 쓸어내렸습니다. 진짜로 놀랐거든요.

"세 분 다 수고했어요. 덕분에 즐거운 밤이었네요. 이런 날에는 무서운 이야기가 딱이죠. 이제 한 가지 일이 남았군요. 누가 남아서 저와 결혼하고 누가 떠나야 할지 결정할 시간이에요."

세 청년은 잔뜩 긴장해서 여자를 바라봤어요. 여자는 뜸을 들이다가 입을 열었습니다.

"오늘의 우승자는…… 제가 선택한 사람은…… 그 사람은 바로…… 바로!"

그 사람은 바로, 누구였을까요? 그리고 그 뒤에 어떤 일이 벌어졌을까요?

안타깝게도 저는 답을 알지 못한답니다. 여러분들이 한번 맞춰 보세요.

이야기에 대한 이야기

퉁이 뭐야 형? 이렇게 끝나는 거야?

이반 원전에 따로 답이 없었어. 그래서 진짜로 몰라. 퉁이 생각에는 누구?

퉁이 흠, 제일 잘생긴 남자? 하하하.

연이 뭐야, 퉁이 오빠! 우승자는 세 번째 청년 아닐까? 여자에게 소리칠 때 무서웠어.

세라 나는 첫 번째 이야기의 임팩트가 강한 것 같아. 특히 칼로 자기 손가락 자르는 대목. 소름!

꾸 아재 나는 3호님. 재치 있잖아.

이반 두 번째 청년의 이야기는 좀 약했을까요?

연이 그 이야기도 무서웠어. 비슷한 내용을 뉴스에서 본 것 같아. 완전 실감.

세라 투숙객을 노리는 숙소 주인도 현실에 있는 일이야.

이반 엄지의 선택은?

엄지 세 이야기 다 끔찍했어요. 근데 제일 끔찍한 건 그 여자예요. 저라면 이야기를 안 하고 그냥 떠나겠어요.

연이 그 여자가 수상하기는 해. 구미호나 마녀 같은 느낌.

퉁이 흠, 결혼식이란 게 남자를 잡아먹는 미식회?

연이	어우, 소름!
뭉이쌤	어쩌면 그 여인은 손님들과 즐거운 이야기 놀이를 한 거 아닐까?
퉁이	엥? 그게 다 놀이라고요?
뭉이쌤	특별한 추억의 밤을 만들기 위한 기획 같은 거.
세라	그럼 이렇게 마무리되는 건가요? "다들 수고했어요. 덕분에 즐거웠네요. 좋은 꿈 꾸면서 편히 쉬세요. 결혼은 각자 사랑하는 사람하고 하셔야죠. 호호호."
뀨 아재	오, 갑자기 그 부인한테 마음이 끌리네요. 하하.
연이	근데 그렇게 보기에는 세 사람이 너무 무서운 비밀을 털어놓은 거 아닌가요? 특히 두 번째 남자.
뭉이쌤	실은 그것도 다 즉석에서 꾸며낸 얘기일지도.
연이	그런가요? 그렇게 말씀하시니까 무서움이 조금 가시는 것 같아요.
퉁이	뭐야? 그러면 안 되지. 무섭자고 하는 얘긴데. 내가 진짜로 무서운 얘기가 어떤 건지 알려주지!
세라	하하. 기대해 볼게. 실망스러우면 곧바로 퇴장이야. 지금 밖에 비 내리는 거 알지?

퉁이

저는 일본에서 전해온 이야기를 해볼게요. 일본 사람들이 무섭고 엽기적인 이야기를 그렇게 좋아한다나 봐요. 그래서 괴담이 무척 많대요. 일본 괴담집에 있는 이야기 하나를 제가 재미있게 살려보겠습니다. 이것도 실화일 수 있어요. 믿거나 말거나요.

죽은 여자와의 하룻밤

*

일본 민담

옛날에 어떤 남자가 한 여자와 결혼해서 살다가 헤어졌어요. 여자는 원하지 않았는데 남자가 이혼을 강요한 거예요. 남편에게 버림받은 여자는 너무나 억울하고 슬펐습니다. 결국 외딴집에서 밤낮으로 울다가 죽고 말았어요.

사람들은 며칠 만에 여자의 시체를 발견했어요. 시체는 눈을 부릅뜨고 있었죠. 모든 방법을 다 써도 눈은 감기지 않았어요. 사람들은 할 수 없이 시체를 눈이 뜬 상태로 땅에 묻었습니다.

그런데 이상한 일이 벌어졌어요. 밤에 계속 쿵쿵거리는 소리가 나더니 아침에 보니까 무덤이 갈라지고 관이 텅 비어 있는 거예요. 여자의 시체는 집으로 돌아와 누워 있었습니다. 눈을 부릅뜬 채로요.

그 뒤로도 그런 일이 거듭됐어요. 사람들이 아무리 단단히 묻어도 밤이 되면 시체는 무덤을 뚫고 나와서 방으로 돌아와 있었죠. 남편과 함께 지내던 방에요. 사람들은 여자의 남편만이 그 일을 해결할 수 있다는 걸 깨닫고 그를 불러왔습니다. 얘기를 들은 남자가 새파랗게 질렸죠.

일본에서는 주술사를 음양사라고 한대요. 음양사가 남자에게 말했어요.

“당신이 이 여자와 하룻밤을 지내야 원령을 떠나보낼 수 있습니다. 내가 하라는 대로 하시오. 안 그러면 당신은 죽습니다. 자, 시체의 등에 올라타시오.”

음양사의 말은 거역할 수 없어요. 남자는 덜덜 떨면서 시체 등에 올라탔습니다.

“여자의 머리카락을 갈라서 양손으로 꽉 움켜쥐시오. 말고삐를 쥐는 것처럼요.”

남자가 여자 머리카락을 쥐니까 음양사가 말했어요.

“지금 그 상태를 밤새 유지하시오. 머리채를 놓으면 절대 안 됩니다. 여자와 눈이 마주치는 순간 온몸이 갈기갈기 찢기게 된다는 걸 명심하시오.”

날이 어두워지자 사람들은 남자를 남겨두고 떠나갔습니다. 깜깜한 방 안에 시체와 남자 둘뿐이죠. 얼마나 지났을까, 누워 있던 시체가 불뚝불뚝 움직이기 시작했어요.

“당신이야? 당신이구나! 맞지?”

남자는 머리채를 잡은 두 손에 잔뜩 힘을 줬어요. 그때 시체가 벌떡 일어나서 방 안을 돌아다니기 시작했습니다.

“당신 맞잖아? 어디야? 어디 있는 거야?”

여자의 움직임은 점점 커졌어요. 방 안을 껑충껑충 뛰다가 문을 열고 나가서 길바닥을 질주하기 시작했죠. 남자는 두 다리로 시체의 허리를 꽉 감았습니다. 입을 꾹 닫고 손에 힘을 준 채로요.

"여보! 여보! 어디 있어? 나야!"

시체는 발광하면서 날뛰기 시작했어요. 거의 날아다니는 수준이에요. 남자는 필사적으로 매달렸습니다.

"여보! 어디야? 여보!"

시체는 홱홱 얼굴을 돌리려고 하고 남자는 죽을힘을 다해 머리채를 쥐어요. 여자는 발광하면서 펄쩍펄쩍 쿵쿵! 펄쩍 쿠쿵!

정말로 긴 밤이었죠. 시간이 정말 느리게 흘렀어요. 남자 손에서 점점 힘이 빠지기 시작했죠. 더 이상 버틸 수가 없어요. 결국 남자의 두 손은 스르르 풀리고 말았습니다. 그때 여자가 머리를 홱 돌리면서,

"찾았다! 여기 있었어!"

갈퀴 같은 손으로 남자의 머리를 꽉 움켜쥐는 순간, 멀리 닭 우는 소리가 들려왔습니다. 그 소리를 환청처럼 들으면서 남자는 정신을 잃었어요.

얼마나 지났을까? 남자가 퍼뜩 정신을 차리고서 보니 방 안이었어요. 아내와 나란히 누워 있는 상태였죠. 음양사가 다가와서 남자에게 아내의 눈을 감겨주게 했습니다. 여자의 시체는 비로소 두 눈을 감았대요. 남자는 사람들과 함께 아내를 땅에 묻고 장례를 잘 치러줬습니다.

그 뒤에 마을은 평화를 되찾았다고 해요. 남자도 탈 없이 살았는지는 모르겠어요.

이야기에 대한 이야기

연이

퉁이

엄지

이반

세라

꺄 아재

뭉이쌤

이반 퉁이야. 이거 진짜 무섭다. 우승감이네.

연이 시체를 붙잡고 끌려다니는 거 상상만 해도 끔찍해. 더군다나 목도 아니고 머리채라니. 으윽!

세라 확실히 일본 이야기가 좀 엽기적인 듯.

꺄 아재 여자가 남자를 보려고 얼굴을 돌릴 때 표정이 참 볼만했겠어. 남자의 표정도.

연이 아재, 하지 마세요. 너무 상상되잖아요!

세라 근데 여자의 원한이 진짜로 풀린 걸까요? 오히려 더 커지지 않았을까요?

꺄 아재 그래도 밤새 한 몸이 돼서 움직였으니까 좀 낫지 않을까요? 하하.

세라 그래도 결국 얼굴을 못 본 셈인데.

뭉이쌤 어떻든 마음속 울분을 토해냈고 그걸 남편이 온몸으로 느꼈으니 한풀이는 됐을 거예요.

엄지 남자가 고생한 건 쌤통이지만 그래도 불공평해요. 여자는 죽었잖아요.

이반 내 생각에는 남자도 제명에 못 죽었을 것 같아.

연이 그런 남자 그냥 버리고 자기 삶을 살면 될 텐데.

세라 그래. 그런 남자 때문에 죽기에는 억울하지!

퉁이 진짜 복수하려면 살아서 해야죠. 보란 듯이 잘 사는 게 더 큰 복수.

뭉이쌤 역시 신세대가 똑똑하구나. 보탤 말이 없네.

세라 하여튼 공포 조장에 성공이었어. 이걸 이길 이야기가 있으려나?

퉁이 뀨 아재라면 가능하지 않을까요?

뀨 아재 하하. 그럼 내가 한번 퉁이 이야기의 머리채를 잡아보지!

뀨 아재

멀리 중남미에서 전해온 이야기를 하나 해볼게. 엘살바도르라고 들어봤나 몰라? 수도는 어디? 산살바도르! 이름만 들어도 재미있는 나라야. 그 나라 이야기 가운데 눈에 딱 띄는 게 있더군. 이것도 부부 이야기야. 내가 일부러 제목을 아름답게 붙여봤어.

아내의 고왔던 얼굴

✴

엘살바도르 민담

옛날에 어떤 남자가 예쁜 여자와 결혼해서 잘 지내고 있었어. 서로 껴안고 잠들었다가 아침에 일어나 보면 아내가 부엌에서 식사 준비를 하고 있었지. 둘에게는 아무런 문제도 없었어. 그런데 하루는 이웃에 사는 사람이 이상한 말을 하는 거라.

"자네 아내가 밤마다 집을 빠져나가는 거 아는가? 본 사람이 한둘이 아니야."

생각도 못 한 일이야. 꼭 껴안고 자는데 무슨 말인가 싶지. 근데 한번 말을 듣고 나니까 의심이 생기는 거라. 남자는 그날 밤에 자는 척 눈을 감고서 밤새 깨어 있었어. 아내 몸을 안고서 말이지. 별다른 일은 없었지. 근데 다음 날 이웃집 사람이 찾아오더니만,

"어젯밤에도 자네 아내가 어딘가로 가더군. 내가 똑똑히 봤다구."

이거 뭔가 이상하잖아? 그날 밤에 남자는 자는 척 실눈을 뜨고서 아내를 살폈어. 한밤중이 되니까 옆에서 뭔가 부스럭부스럭.

남자는 아내 몸을 꼭 안았지. 근데 뭔가가 스스스 움직이는 거라. 동그란 게 말이지. 물체는 소리 없이 방문을 열고 밖으로 나갔어.

이거 이상하잖아? 남자가 아내 몸을 살펴보니까 오잉, 몸뚱이만 있고 머리가 없는 거라.

"으흐! 이게 뭐야!"

정말 이게 뭐냐고. 밤마다 머리가 없는 몸을 좋아라 껴안고 있었던 거잖아.

소름이 쫙 끼치면서 잠이 싹 달아났어. 아내 몸에 손도 대기 싫지. 그렇게 시간이 얼마나 갔을까? 문이 소리 없이 열리더니 아내 머리가 쪼르르 굴러와서 누워 있는 몸에 척 붙는 거라. 그러고는 아무 일도 없었다는 듯이 남편 쪽으로 다가와서 몸을 찰싹. 이 일을 어쩌면 좋니? 제 머리를 쑥 빼서 달아날 수도 없고 말이지.

어찌어찌해서 밤이 가고 날이 밝았어. 남자는 이웃집을 찾아가서 이 일을 대체 어쩌면 좋으냐고 하소연했지. 그러자 그 사람이 이렇게 말하는 거라.

"머리가 빠져나간 그 자리에 소금단지를 놔두게. 그럼 다시는 같은 일이 생기지 않을 걸세."

그날 밤에도 아내의 머리는 몸에서 분리돼서 밖으로 나갔어. 남편은 아내의 머리 자리에 소금이 가득 찬 단지를 갖다 놨지. 시간이 지나니까 머리가 돌아왔는데 소금 때문에 몸에 붙질 못하는 거라. 머리가 소금단지 주변을 뱅글뱅글 돌다가 남편 머리를 쿵 치면서,

"여보! 일어나 봐!"

남편이 주섬주섬 일어나 앉으니까 여자가 두 눈을 부릅뜨면서,

"왜 이런 짓을 한 거야, 응? 책임져!"

그러더니 여자 머리가 척 점프를 해서 남편 머리 옆에 탁 달라붙는 거라. 놀라서 떼려고 했지만 소용없었지. 졸지에 머리가 두 개가 된 거지 뭐. 하나는 남자, 하나는 여자. 여자 얼굴은 눈을 동그랗게 뜨고서 계속 남자 얼굴만 봐.

그때부터 일심동체지 뭐. 아, 생각은 다르니까 이심동체인가? 하하. 하여튼 늘 함께 움직이는 거야. 일터도 함께 가고, 음식도 함께 먹고, 화장실도 함께 가고. 근데 밤중이 되면 아내의 머리가 분리됐다나 봐. 남편 머리 옆에 나란히 누워서,

"이렇게 있으니까 좋아? 난 참 좋다. 절대 안 떨어질 거야."

입까지 쪽 맞추는데 이건 아주 미칠 지경이지. 하지만 벗어날 방법은 없었어. 남자가 조금만 몸을 뒤척여도 귀신같이 알고서 척 달라붙는 거라. 그렇게 한평생 살아야 할 팔자지 뭐.

그러던 어느 날이야. 두 사람이 파파야나무 아래를 지나는데 열매가 익어서 툭 떨어지지 뭐야. 남편은 열매를 갈라서 반은 자기가 먹고 반은 아내에게 줬어. 아내가 맛있게 먹더니만,

"이거 진짜 맛있다! 더 따줄 수 있어?"

"내가 올라가서 따올게. 당신은 그동안 좀 쉬어."

"알겠어. 딴마음 먹으면 어찌 되는지 알지?"

왜 모르겠어? 뛰어봤자 벼룩이지. 아내 머리가 열 배는 빠르거

든. 하여튼 남편은 나무를 타고 올라갔어. 거기서 열매를 하나 땄는데 덜 익었지 뭐야. 남자는 열매를 지나가는 사슴에게 던져 줬어. 그러자 사슴이 열매를 물고서 뛰어가는 거라. 아내가 잠깐 딴전을 피고 있다가 깜짝 놀라서,

"뭐야? 어딜 가려고?"

사슴이 뛰는 걸 그만 남편이 달아나는 줄 알고 부리나케 쫓아가는 거라. 그러더니 사슴 엉덩이에 찰싹! 엉덩이에 사람 머리가 붙다니 이게 웬 날벼락? 사슴은 온 힘을 다해서 달리기 시작했어. 근데 얘가 하필 가시나무 사이로 달렸지 뭐야. 아내 머리가 툭 떨어지면서 가시나무 사이에 콱!

"으아악!"

그렇게 날카로운 비명만 남기고 아내는 그대로 숨을 거두었대. 남편이 달려왔을 때는 이미 늦었지. 남편은 아내 머리를 들고서 통곡했어.

"아아, 불쌍한 사람. 아내는 내가 도망갔다고 생각하면서 죽은 거야."

한참을 울던 남편은 그길로 신부님을 찾아가서 고해성사를 했어. 신부님이 얘기를 다 듣더니,

"부인의 머리를 고이 묻어주고 무덤을 잘 돌봐주세요."

남자는 신부님 말대로 아내의 머리를 땅에 묻었어. 그랬더니 그 자리에서 싹이 나더니 덩굴이 무성하게 자라난 거라. 덩굴 곳곳에서는 붉은 피가 막 흘러나왔대. 신부님이 다시 하시는 말씀이,

"덩굴을 자르지 말고 잘 키우세요."

덩굴은 계속 자라났고 때가 되자 커다란 열매가 열렸어. 생긴 게 호박 비슷해. 시간이 흐르자 열매가 다 익어서 딱 벌어졌는데 그 안에 뭐가 있었을까? 아내의 머리통? 아냐. 그 안에 자그마한 아이들이 잔뜩 들어 있었대. 그러니까 아내가 남긴 아이들이지.

남자는 그 아이들을 집으로 데리고 와서 잘 키웠대. 그 뒤에 아이들이 어떻게 됐는지는 나도 몰라. 그래도 걔들은 머리를 하나만 가지고 살지 않았을까?

이야기에 대한 이야기

연이 통이 엄지 이반 세라 뀨 아재 뭉이쌤

통이 무섭고도 이상야릇한 이야기네요.

연이 맞아요. 기괴한데 슬프기도 해요. 뭔가 뜻이 담긴 것 같아요.

세라 여자 몸과 머리가 분리되는 게 상징처럼 여겨졌어. 몸은 있지만 생각은 딴 곳에 가 있는 상황?

이반 오, 그럴싸하네요. 그렇게 생각하니까 무서움이 좀 가셔요.

뀨 아재 그래서 더 무서운 거 아니고?

뭉이쌤 맞아요. 함께 사는 사람이 몸만 남아 있고 마음은 딴 곳에서 헤매고 있다면 무서운 일이죠.

이반 그렇게 되나요? 그 사람이 아내라면 더 그렇겠네요.

세라 사람은 다 자기만의 생각과 사생활이 있잖아요? 남편이 아내의 내면까지 속박하려 한 게 문제 아니었을까요?

뭉이쌤 정확해요. 그게 남자 몸에 머리가 두 개인 걸로 표현된 거죠.

연이 이야기에서 아내가 원망하고 남편이 후회하는 게 이상했어요. 결국 자유의 문제였던 걸까요?

통이 오, 자유! 핵심 포인트 같은걸.

엄지 남편이 다른 사람 말을 듣고서 아내를 의심한 게 마음에 안 들어요. 여자도 속상했을 거예요.

연이 맞아. 여자가 무슨 일을 했는지 모르잖아? 몰래 공부를 한다든지.

뀨 아재 하하. 연이다운 상상이네. 어쩌면 알바를 했을지도.

세라 그건 아재다운 상상이군요. 제 식으로 상상한다면, 혼자 밤 산책을 즐겼을지도 몰라요. 밤공기 좋거든요.

뭉이쌤 중요한 건 아무리 가까운 사이라 해도 각자는 독립적 인간이라는 사실이에요. 타인에게 맞춰 모든 걸 함께할 수는 없는 거죠.

뀨 아재 맞아요. 자기 머리 하나로 족해요. 남의 머리까지 챙기려면 그건 좀.

퉁이 아이고, 머리 아파진다. 저는 머리 하나로 족해요. 머리가 좋은 연이라면 몰라도요. 연이 얘기 듣고 싶다.

세라 그래. 이번에는 연이가 한번 해봐.

연이 알겠어요. 저는 나름 정통적인 얘기로 해볼게요.

연이

제가 들려드릴 이야기는 북유럽 노르웨이에서 전해온 민담이에요. 특정한 때가 되면 방앗간에 나타나는 귀신 이야기예요. 귀신의 정체가 소름의 포인트랍니다. 그리 무서운 얘기 아니니까 긴장 안 하셔도 돼요.

귀신 들린 방앗간에서

✴

노르웨이 민담

옛날 어느 시골 마을에 방앗간이 있었어요. 근데 해마다 일정한 시기가 되면 밤에 귀신이 드는 거예요. 안에서 뭔가가 문을 꽉 닫고서 시끌벅적 파티를 벌이는데 정체를 알 수가 없었대요. 끼야악- 끄우욱- 날카로운 비명이 들리는데 듣기만 해도 소름 끼쳐요. 사람들이 접근할 생각을 못 하죠. 아침에 가보면 방앗간이 완전 난장판이에요. 엎어지고 뒤집히고 깨지고, 뭐 하나 제대로 있는 게 없어요.

최악은 불이에요. 불이 나서 방앗간이 홀랑 타버리는 거예요. 하필 성령강림축일 전날 밤에요. 정말로 귀신이 곡할 노릇이죠. 한참 일이 많은 시기인데 불탄 방앗간을 새로 짓느라 몇 달을 허송해야 했답니다.

올해도 그 시기가 다시 찾아왔어요. 밤마다 귀신들이 난리를 치기 시작했죠. 또 불이 나면 안 되는데, 무서워서 아무도 방앗간에 다가가질 못해요. 그런데 어느 호기심 많은 떠돌이 재단사가 마을에 왔다가 그 얘기를 들은 거예요. 성령강림축일 전날에요.

"귀신이라고요? 나한테 맡기세요. 내가 방앗간에 숨어 있다가 정체를 알아내겠습니다."

사람들이 불에 타 죽는다고 말리는데도 재단사는 계속 고집을 부렸어요. 결국 그는 열쇠를 받아서 방앗간 안으로 들어갔답니다. 그는 방앗간 한가운데 자리를 잡고서 앉더니 둘레에 둥그렇게 원을 그렸어요. 그러고서 기도를 올리기 시작했죠. 신의 이름으로 결계를 친 거예요.

시간이 흘러서 밤이 됐어요. 쥐 죽은 듯 고요했죠. 파리가 재채기하는 소리도 들릴 정도예요. 하지만 고요가 소란으로 바뀌는 데는 1초도 안 걸렸어요. 검은 물체들이 바글바글 쏟아져 들어와서 마구 소리를 지르며 날뛰기 시작했죠.

끼야아– 꺄우우– 끼요오–

어두워서 정체가 뭔지 알 수가 없어요. 근데 걔들도 재단사를 알아채지 못했대요. 결계가 효과를 낸 거죠. 괴물들은 원 바깥에서 이리 뛰고 저리 뛰면서 소란을 떨었습니다. 아주 대환장 파티예요.

그때 갑자기 방앗간이 확 밝아졌어요. 누가 벽난로에 불을 붙인 거예요. 괴물들의 정체가 드러나는 순간이었죠. 그 괴물은 바로 고양이였답니다. 검은 고양이들이 한가득 모여서 난장판을 벌이고 있는 거예요.

'뭐야? 고양이였어?'

고양이들은 커다란 가마솥을 들어서 벽난로 위에 올리고 장작을 활활 태웠습니다. 조금 있으니까 솥 안에 든 물체가 자글자글 끓기 시작했죠. 재단사가 보니까 그게 송진 같아요. 송진이 펄펄 끓으니까 고양이들이 소리쳤어요.

"엎어! 엎어!"

그러자 고양이 한 마리가 발을 들어서 솥을 엎으려고 했어요. 그게 엎어지면 끝장이에요. 송진에 불이 붙으면 끄질 못해요. 방앗간의 최후죠. 해결사가 나설 시간이에요.

"얘, 그 발 치워라. 너 그러다 수염 태운다!"

재단사가 불쑥 소리를 치니까 그 고양이가 깜짝 놀라면서,

"뭐지? 지금 누가 말한 거야?"

"누군 누구겠니? 이 어른이시지!"

보니까 둥그런 원 안에 웬 사람이 있지 뭐예요. 고양이들은 그 주변으로 몰려와서 발톱을 치켜들고 끼야아- 끼요오- 소리쳤어요. 그때 가마솥을 엎으려던 고양이가 원 안으로 발톱을 확 들이밀었습니다.

"키야우!"

그 순간 재단사의 손에서 뭐가 번쩍하더니 아래로 쾅! 미리 움켜쥐고 있던 칼이었어요.

"야-옹!"

날카로운 비명과 함께 고양이의 발이 툭 잘렸어요. 피가 투두둑! 고양이는 절룩거리면서 뒤로 물러났죠. 두 눈이 이글이글. 재

단사는 지지 않고 고양이 눈을 노려봤습니다. 고양이는 안 되겠다 싶었는지 부하들을 데리고 방앗간을 빠져나갔습니다.

"휴우, 위험했다. 한꺼번에 덤벼들면 당할 뻔했어."

재단사는 긴장을 늦추지 않고 그 자리에 앉아서 정신을 집중했어요. 다행히 해가 뜰 때까지 다른 일은 없었습니다. 방앗간을 지키는 데 성공한 거예요.

재단사가 마을 사람들에게 가니까 다들 반갑게 맞이했어요. 방앗간 주인이 제일 기뻐했죠. 재단사와 주인은 손을 꽉 잡고 아침 인사를 주고받았습니다. 그런데 그의 아내가 영 표정이 안 좋은 거예요. 재단사가 여자에게 손을 내밀면서,

"좋은 아침이에요. 밤새 별고 없으셨죠?"

그런데 여자가 못 본 척 외면하지 뭐예요.

"여보, 이런 실례가 어디 있소? 인사를 받아줘야지."

그러자 여자는 왼손을 내밀었습니다. 재단사가 여자의 눈을 바라보면서,

"부인, 이 손 아니잖아요? 다른 손이 불편하신가요?"

그러자 여자가 재단사를 노려보더니 오른팔을 쑥 내밀었어요. 근데 손이 뭉텅 잘려 나가고 없는 거예요.

"으아악!"

그 남편이 놀라서 소리치고 난리예요. 다른 사람들도요. 재단사는 손이 없는 팔을 꽉 움켜쥐었습니다. 있는 힘을 다해서요. 그때 날카로운 고양이 소리가 울려 퍼졌습니다.

"야-옹-"

이 소리, 누가 낸 걸까요? 한번 맞춰보세요.

이야기에 대한 이야기

연이 통이 엄지 이반 세라 꺄 아재 뭉이쌤

통이 그 여자가 다시 고양이로 변신해서 소리를 낸 건가? 좀 무섭다.

세라 그래. 여자가 손을 내미는 부분에서 소름 돋았어.

이반 여자의 정체가 고양이 마녀쯤 될까요? 한국으로 치면 천년 묵은 고양이?

뭉이쌤 고양이가 본모습일지 사람이 본모습일지 나도 잘……. 흠, 둘 다일 수도 있겠네.

꺄 아재 둘 다라는 해석에 한 표 던집니다.

세라 왜 방앗간을 태우려 했는지 궁금해요. 계속되는 노동에서 벗어나려 한 걸까요?

엄지 오, 그런 걸까요? 그럼 혹시 다른 고양이들도?

이반 여자들이 속에 불만을 품고 있던 건가요? 그러다가 반란을? 이거야말로 무섭다.

꺄 아재 손이 잘렸으니 이제 벗어났겠군.

연이 아재, 그렇게 말씀하지 마세요. 무서워요.

꺄 아재 하하. 지금 무섭자고 하는 얘기 아니었나?

통이 그나저나 그 뒤에 어떻게 됐을지 궁금하네. 함께 살기 어려웠을 것 같은데.

이반 여자가 마녀로 지목돼서 화형을 당했을지도 몰라요. 예전에 유럽에서 그런 일들이 있었잖아요.

연이 오호! 이야기에 실제로 그런 뒷이야기가 있었어요.

세라 근데 그건 좀 슬프다.

뭉이쌤 하여튼 뭔가 무서운 일들이 있었을 것 같은 느낌이에요. 차라리 모르는 게 약이었을지도.

이반 근데 모르고서 함께 산다는 것도 무서운 일 같아요.

엄지 헤어지는 것도 방법.

세라 오호, 엄지다운 해법이네. 어떻든 뭔가 심각한 사달이 났을 거야.

퉁이 맞아요. 꽤나 무서운 일이 있었을 듯. 연이가 진짜 무서운 얘기를 한 거였어.

연이 알고 보면 나도 무서운 사람이거든!

세라 하하. 이번에는 내가 무서움을 보여볼까?

연이 이야기 들으면서 떠오른 이야기를 하나 해볼게. 스페인에서 전해온 이야기야. 그러고 보니 이번에도 유럽 민담이네. <푸른 수염>도 그렇고, 유럽에 무서운 이야기가 많은 것 같아. <푸른 수염>은 다 알지? 이 이야기를 듣다 보면 살짝 <푸른 수염>이 생각날지도 몰라. 그런데 나는 이 이야기가 더 마음에 들었어. 치고받고 하는 재미가 있거든.

이상한 손님

✳

스페인 민담

옛날에 딸을 세 명 둔 부부가 살았어. 부부는 딸들을 사랑해서 한시도 곁을 떠나지 않으려 했대. 그런데 어느 날 급한 일이 생겨서 바깥에서 하루를 묵게 된 거야. 어린 딸들을 놔두고 집을 비우려니 걱정이잖아? 아이들한테 괜찮겠냐니까 괜찮대. 그래도 마음이 안 놓이지.

"세상엔 겉과 속이 다른 사람이 많단다. 이상한 사람을 들이면 절대 안 돼."

그렇게 단단히 주의를 주고서 나간 거야. 근데 하필 그날 저녁에 일이 터졌지 뭐니. 배가 남산만 한 여자가 찾아와서 제발 하룻밤만 묵게 해달라는 거야. 애들이 보니까 금방이라도 애가 나올 것 같은 형편인데 모른 척할 수가 없지 뭐니. 유일하게 막내만 반대했대. 하지만 언니들은 마음이 약해서 여자를 보내지 못하고 안으로 들였어.

근데 이 여자가 집 안으로 들어오더니 이상한 행동을 해. 벽난로 앞에 주저앉더니 불에다 뭘 톡톡 던지는 거야. 불꽃이 타닥 탁탁. 그게 뭐냐면 소금이야. 멀리서 보기엔 벌레가 타는 것 같지. 자매가 가까이 갈 생각을 못 해.

이제 잠자리에 들 시간이야. 여자는 거실을 차지하고 자매들은 침실로 들어갔어. 언니들은 금세 잠이 들었는데 막내는 달랐어. 잠자는 척 누워서 조용히 낌새를 살폈지. 한밤중이 되니까 잠가놓은 방문이 스르르르 열리면서 검은 그림자가 스스스슥. 소리 없이 침대로 다가오더니 자매가 잠들었는지 살피는 거야. 막내는 일부러 살짝 코를 골았어.

"크크크크크……."

막내가 들으니까 그게 남자 웃음소리야. 몰래 실눈을 뜨고서 보니까 배가 홀쭉하지 뭐니. 그게 여자가 아니고 남자였던 거야. 막내는 자기도 모르게 침을 삼켰어. 침 넘어가는 소리가 천둥 같아.

"꼴깍!"

다행히 사내가 못 들었나 봐. 이 사람이 언니들 누운 데서 뭔가를 하는 중이야. 언니들 입에서 으으으 비명이 흘러나오더니 다시 잠잠해. 그다음 순서는 자기지 뭐. 막내는 눈을 꼭 감고서 기다렸어. 다음 순간, '앗 뜨거!' 소리가 튀어나오려는 걸 겨우 참았어.

세상에나. 그 사내가 감은 눈 위에 촛농을 떨어뜨렸지 뭐니. 아예 눈을 딱 붙이고 있으란 뜻이겠지. 그래놓고선 방문을 열고 나가는 거야. 막내는 얼른 손을 들어서 눈을 덮은 촛농을 닦아냈어. 침대에서 나와서 문을 살짝 열고서 보니까 사내가 창밖으로 무슨 신호를 보내려는 중이야. 손에 피리 같은 걸 들고서 말이지.

막내는 소리를 죽이고서 살금살금 그에게 다가갔어. 사내가 창밖으로 몸을 내미는 순간, 그 몸을 들어서 홱 밀쳤지. 사내가 고개를 획 돌리면서,

"뭐야!"

하지만 몸은 이미 창밖으로 떨어지고 있었어. 으아악- 쿠당탕! 거기가 2층이었대. 거기서 떨어졌으니까 성치는 않겠지.

소녀는 잽싸게 현관으로 달려갔어. 잠갔던 문이 열려 있었지. 소녀가 탁 빗장을 거는 순간, 바깥에서 누가 문을 쾅! 그야말로 간발의 차이였어. 사내가 밖에서 문을 밀치다가 안 되니까 뭐라느냐면,

"그냥 돌아가겠다. 내 피리만 돌려줘."

남자가 창밖으로 밀쳐질 때 손에 있던 피리가 안쪽으로 떨어졌던 거야. 그게 귀한 건가 봐. 소녀가 피리를 챙겨 와서 말했어.

"피리 여기 있어요. 하지만 문은 못 열어요. 고양이 출입구로 손을 내미세요."

"그러지 말고 문을 살짝만."

"아뇨. 원하는 걸 받으려면 고양이 출입구로 손을 내미세요."

사내는 할 수 없이 고양이 출입구로 손을 쏙 내밀었어. 그 순간 소녀가 손에 든 물건을 아래로 쾅!

"으아악!"

그건 도끼였어. 피리를 챙기면서 들고 온 거지. 애가 정말 힘차게 내리쳤나 봐. 손이 뚝 잘려서 후두두둑. 사내는 비명을 지르면서

그곳을 떠나갔어. 막내는 도둑의 손을 치우고 피를 닦아낸 다음 침대로 가서 풀썩.

다음 날 아침, 잠에서 깬 언니들이 아주 난리야.

"뭐야? 왜 눈이 안 떠져!"

하여튼 굳은 촛농을 떼내느라고 한참이나 법석을 떨었대. 어찌 된 영문인지 통 모르지.

"그 여자가 한 짓인가 봐. 뭐지?"

그게 도둑이었나 싶어서 집 안을 살폈는데 사라진 물건은 없었지. 못 보던 피리만 하나 있는 거야. 부모가 돌아와서 얘기를 듣고는,

"이상한 사람이구나. 다음엔 절대 들이지 마라."

그러니까 언니들이 고개를 끄덕끄덕. 눈이 안 떠져서 진짜 놀랐거든. 막내딸은 말할 것도 없지. 지난밤 일을 생각하기도 싫은 거야. 벽난로에 손을 태우고 바닥의 피를 닦아내면서 정말 끔찍했거든. 하지만 그 얘기를 하진 않았어. 무서운 악몽을 꿨다고 생각하고 잊기로 한 거지.

그 뒤로 별일은 없었어. 시간이 쭉쭉 흘러서 세 소녀는 결혼할 나이가 됐단다. 부모는 돈 많고 잘생긴 신랑감을 찾기 시작했지. 소문을 듣고 많은 총각들이 찾아왔지만 부모 마음에 드는 사람은 없었어.

그때 옷을 잘 차려입은 잘생긴 사내가 찾아왔어. 들어보니까 돈이 진짜로 많은 부자야. 게다가 예의도 잘 차리지 뭐니. 부모는 이

사람이 마음에 쏙 들었어. 근데 이 남자가 굳이 막내딸과 결혼하겠다는 거야. 부모는 그 사람을 놓치고 싶지 않아서 허락했지. 막내딸도 군말 없이 동의했대. 워낙 조건이 좋은 사람이었거든.

곧바로 화려한 결혼식이 거행됐고, 막내딸은 신랑 집으로 가게 됐어. 아버지가 딸을 부르더니,

"원하는 게 있으면 말하거라."

"다른 건 필요 없어요. 선물로 비둘기 세 마리를 주세요."

아버지는 이상하게 생각하면서도 비둘기를 구해 줬어. 신부는 한 마리를 집에 두고 두 마리를 가지고서 길을 떠났대. 한참 가다가 멀리 성이 보이니까 신랑이 말했어.

"저기가 우리 집이라오. 죽어서 헤어질 때까지 손잡고 있을 곳."

그러면서 신랑은 두 손에 끼고 있던 장갑을 차례로 벗었어. 먼저 오른손, 그다음에 왼손. 그런데 남자가 오른손으로 왼손을 잡아당기니까 손이 쑥 빠져나오지 뭐니.

"으아악!"

보니까 그게 고무로 만든 가짜 손이야. 신부의 눈앞에서 손이 덜렁덜렁.

"이게 뭘까? 응? 누가 날 이렇게 만들었을까? 누가!"

세상에! 그게 전날 자기가 도끼로 손을 잘랐던 그 사람이지 뭐야. 끔찍한 악몽이 되살아나는 순간이지. 그냥 몸만 오들오들. 꼼짝없이 성으로 끌려 들어가니까 독 안에 든 쥐 신세지.

그때 비둘기 한 마리가 하늘로 날아올랐어. 신부가 부모님께 보

내는 전령이야. 빨리 사람들을 데리고 와서 자기를 구해달라는 거지. 그게 어떻게 될지는 자기도 몰라. 그사이에 남자는 준비했던 일을 착착 진행했어. 신부를 방에 가두고서 거대한 냄비에 기름을 가득 넣어서 끓이는 거야. 신부가 열쇠 구멍으로 엿보니까 그게 자기 들어갈 곳이지 뭐니. 온몸이 덜덜덜.

기름이 펄펄 끓으니까 신랑이 들어오더니 손 없는 팔을 들이대면서,

"옷을 벗어! 내가 통째로 튀겨주지."

"알겠어요. 먼저 신발부터 벗고요."

막내딸은 신발이 잘 안 벗겨지는 것처럼 시간을 끌었어. 그러면서 창가에 앉은 비둘기에게 묻는 거야. 그러니까 그게 세 번째 비둘기지.

"비둘기야, 뭐가 오는 게 보이니?"

"아뇨. 아무것도 안 보여요."

막내딸이 끙끙대면서 신발을 벗으니까 남자가 소리쳤어.

"어서 옷을 벗어!"

"잠깐만요. 이 양말부터요."

막내딸은 양말을 벗는 척 또 시간을 끌었어.

"비둘기야, 뭐가 오는 게 보이니?"

"아뇨. 안 보여요."

막내딸이 한참 만에 양말을 벗으니까 남자가 화를 내면서,

"이제 빨리 옷을 벗어!"

막내딸은 외투를 벗으면서 시간을 끌고, 원피스를 벗으면서 시간을 끌었어.

"비둘기야, 뭐가 오는 게 보이니?"

"안 보여요."

이제 남은 건 속옷뿐이야. 막내딸은 속옷을 벗으면서 물었어.

"비둘기야, 뭐가 오는 게 보이니?"

"네. 사람들이 몰려오고 있어요."

그러자 막내딸은 방을 확 뛰쳐나갔어. 사내가 화가 나서 쫓아오지. 사내가 막내딸을 딱 붙잡으려는 순간, 사람들이 달려들어서 그를 넘어뜨렸어. 신부 집에서 온 사람들이야. 아버지도 왔더래.

"애야, 괜찮니?"

"안 괜찮아요. 진짜로 죽는 줄 알았어요!"

아버지는 사람들과 함께 집 안을 이리저리 뒤졌어. 범죄의 증거가 잔뜩이더래. 그동안 이 도둑이 데려다가 죽인 여자가 한둘이 아니었던 거야. 신부 아버지가 도둑에게 소리쳤어.

"이놈! 네가 갈 곳은 여기다!"

그곳은 어디? 바로 냄비! 아버지는 도둑 신랑을 끓는 기름에 던져서 튀겼대. 신부는 성에 있는 재산을 차지하고서 다른 남자와 결혼해서 살았다지. 근데 얘가 행복하게 살았는지는 잘 모르겠어. 툭하면 이렇게 잠꼬대를 했다거든.

"고양이 출입구로 손을 내밀어요."

"아아, 벗을게요. 제발 팔 좀 치워요."

그리고 또 뭐라고 하느냐면,

"비둘기야. 뭐가 오는 게 보이니?"

그러면 신랑이 이렇게 말하면서 신부의 손을 잡는 거야.

"이미 도착했어요. 걱정 안 해도 돼요."

여자는 흠칫 놀라서 손을 밀쳤다가 눈을 뜨고서 남편을 확인한 뒤 손을 꼭 잡았대.

이야기에 대한 이야기

연이 통이 엄지 이반 세라 끄 아재 뭉이쌤

이반 무서운 얘기다. 끝부분이 인상적이에요. 새 남편이 잘해줬네.

세라 그렇지? 근데 그 부분은 내가 넣어본 거야. 원래의 이야기는 결혼해서 잘 살았다고 돼 있는데, 뭔가 무서움의 여운을 이어가 보려고.

끄 아재 세라 씨는 무서운 아가씨.

세라 그럼요! 여기로 한번 손 디밀어 보실래요? 하하.

통이 두 분 때문에 장르가 코미디로 바뀌고 있어요. 근데 이야기 뒷부분이 〈푸른 수염〉하고 비슷했어요. 거기서도 신부가 무서움에 떨면서 오빠들을 기다리잖아요.

뭉이쌤 통이가 〈푸른 수염〉을 제대로 기억하는구나. 근데 잘 보면 여주인공 캐릭터에 차이가 있을 거야.

통이 그런가요?

세라 〈푸른 수염〉에서 여자는 허영심 때문에 귀족 남자와 결혼하잖아? 거기 비하면 이 이야기의 막내딸은 과감하고 똑똑한 면이 있어.

통이 그러네요. 옷을 벗으면서 시간을 끈 것도 그렇고, 왠지 그냥 당할 것 같지 않았어요.

연이 비둘기 세 마리를 받은 것도 뜻이 있는 것 같아. 쌤, 어떻게 풀이해야 할까요?

뭉이쌤 글쎄. 막내딸의 자아와 연결되지 않을까? 하나는 집에, 하나는 성에, 하나는 길에 있다는 걸 주목할 만해.

세라 오호, 균형 감각 같은 걸까요? 흥미롭네요.

이반 옛날이야기에서는 보통 낯선 손님을 잘 챙기고 복을 받잖아요? 이 이야기는 반대여서 반전이었어요.

꾸 아재 악의를 숨기고 다가오는 존재도 많은 게 세상이지.

엄지 맞아요. 〈백설공주〉에서 사과 파는 할머니도 그랬어요.

이반 그러네. 누구를 믿는 게 꼭 좋은 결과를 가져오지는 않는다는 게 슬프다.

뭉이쌤 그런 과정을 겪으면서 성장하는 거지. 여기 막내딸도 그렇고 백설공주도 그랬고.

퉁이 두 언니는 그런 경험을 제대로 못 한 셈이네요. 그래서 결혼에서도 밀린 걸까?

세라 하하. 그건 생각하지도 못했던 포인트네. 내 생각에 둘은 대략 평탄한 삶을 살지 않았을까 싶어.

이반 눈에 촛농이 떨어졌던 일 때문에 소극적이 됐을지도 몰라요.

연이 그 일 덕분에 각성했을지도!

뭉이쌤 그래. 두 언니의 숨은 이야기를 다양하게 상상해 보면 좋겠구나. 다음 이야기는 누가? 엄지가 해보지 않겠니?

엄지 네. 좋아요.

엄지

아메리카 대륙 카리브해 지역의 작은 섬나라 아이티에서 전해온 이야기를 해볼게요. 아빠한테 들은 이야기인데 워낙 실감 나게 해주셔서 소름 돋았었어요. 한번 잘 옮겨볼게요.

금지된 사과

✴

아이티 민담

옛날에 한 남자에게 베이지와 마잘리라는 딸과 레온이라는 아들이 있었어요. 레온이 막내예요. 두 딸은 착하고 순종적인데 레온은 달랐어요. 늘 자기 하고 싶은 대로 했죠.

베이지와 마잘리는 아버지를 아주 무서워했어요. 한다는 건 뭐든 하는 사람이었거든요. 아버지 말에 토를 달거나 거스르는 건 생각도 못 해요. 세 남매의 엄마도 그렇게 살다가 죽었다나 봐요.

딱 한 사람만 달랐어요. 레온은 아버지 말을 한쪽 귀로 흘리곤 했답니다. 아버지가 자기를 어쩌지 못한다는 걸 알아요. 집안의 유일한 아들이니까요.

어느 날 아버지가 빨간 사과를 하나 가지고 와서 식탁에 올려놓으면서 말했어요.

"내 저녁이다. 만약 여기 손을 대면 구덩이에 묻어버릴 거야."

자매는 감히 건드릴 생각을 안 하죠. 근데 아버지가 나간 뒤에 레온이 와서 그 사과를 본 거예요.

"오, 진짜 빨갛다. 맛있겠는데!"

그러자 누나들이 깜짝 놀라서 말했어요.

"레온, 안 돼! 아버지가 드실 사과야. 그걸 먹으면 구덩이에 묻어버린다고……."

레온이 말을 딱 끊었어요.

"그래? 아버지 사과를 내가 먹으면 왜 안 되는 거지? 나가서 다른 사과를 구걸이라도 해야 해?"

레온은 누나들을 뿌리치고 사과를 들어서 깨물었어요. 그는 사과를 깨끗이 다 먹고서 다시 놀러 나갔답니다.

얼마 뒤 아버지가 돌아왔어요. 식탁이 텅 비어 있죠.

"누구냐? 누가 내 사과를 먹었어?"

아무도 대답하지 않았죠. 아버지 목청이 높아졌어요.

"누가 내 사과를 먹었어?"

자매가 기어들어 가는 목소리로 말했어요.

"레온이요."

"레온? 너희들 아니고? 당장 따라 나와!"

아버지는 딸들을 정원으로 끌고 나와 구덩이를 가리켰어요.

"지금부터 저걸 뛰어넘는 거다. 언제까지? 사과를 먹은 범인이 실토할 때까지!"

먼저 베이지가 구덩이를 건너뛰면서 노래했어요.

아버지, 저 아니에요. 레온이에요.

마잘리도 아니에요. 그건 레온이에요.

하지만 그 아이는 아버지의 하나뿐인 아들이지요.

다음은 마잘리 차례였습니다.

아버지, 저 아니에요. 레온이에요.

베이지도 아니에요. 그건 레온이에요.

하지만 그 아이는 아버지의 하나뿐인 아들이지요.

아직 레온은 집에 돌아오지 않았어요.

"범인이 나올 때까지 계속해라. 멈추지 마! 또 하고 또 하고 계속한다."

베이지와 마잘리는 계속 구덩이를 건너뛰어야 했어요. 둘은 울면서 소리쳤습니다.

아버지, 저 아니에요. 레온이에요.

마잘리도 아니에요. 그건 레온이에요.

하지만 그 아이는 아버지의 하나뿐인 아들이지요.

아버지, 저 아니에요. 레온이에요.

베이지도 아니에요. 그건 레온이에요.

하지만 그 아이는 아버지의 하나뿐인 아들이지요.

둘은 눈물을 뚝뚝 흘리며 겨우겨우 구덩이를 건너뛰었어요.

그때 레온이 돌아왔어요. 아버지가 그에게 소리쳤습니다.

"저 구덩이를 뛰어넘어라. 내 사과를 먹은 범인을 찾아낼 거다."

그러자 레온이 구덩이를 건너뛰면서 노래했어요.

아버지, 제가 그랬어요. 레온이요.

아버지, 제가 그랬어요. 저 레온이에요.

그런데 아버지, 왜 그러면 안 되는 거죠?

그러자 아버지가 소리쳤어요.

"뭐라고? 다시 똑바로 말해봐!"

그러자 레온은 대수롭지 않게 계속 구덩이를 건너뛰면서,

아버지, 제가 그랬어요. 레온이요.

아버지, 제가 그랬어요. 저 레온이에요.

그런데 아버지, 왜 그러면 안 되는 거죠?

그러자 아버지는 아들을 붙잡아 구덩이 속에 집어 던졌어요. 그리고 흙을 덮기 시작했답니다. 두 딸은 눈물을 철철 흘리면서 울고 또 울었어요. 하지만 소용없었죠. 아버지는 멈추지 않았습니다.

구덩이 속의 비명 소리가 점차 잦아졌어요. 아버지의 사과를 먹은 아들은 그렇게 영원히 이 세상을 떠났답니다.

이야기에 대한 이야기

연이

퉁이

엄지

이반

세라

뀨 아재

뭉이쌤

연이 뭐야, 이 아버지? 무섭다.

세라 그러게. 두 딸이 얼마나 무서웠을까?

퉁이 레온 바보 아냐? 왜 그런 거지?

이반 아버지가 자기를 어쩌지 못할 줄 알았다는 거잖아.

퉁이 그래도 이건 바보짓이지. 누나들 보고 있는 데서 저러면.

뭉이쌤 그래. 그 아버지가 딸들 앞에서 체면 깎이는 걸 참지 못할 사람이지.

뀨 아재 일단 소나기는 피하고 봐야죠.

세라 그 아버지에 그 아들 같아요. 자기만 아는 사람.

엄지 나도 그렇게 생각했어요.

이반 그 아버지는 뒤에 어찌 됐을까? 그 가족은?

엄지 저도 잘 모르지만, 잘됐을 리는 없겠죠.

연이 더 상상하고 싶지 않아. 끔찍해서.

뭉이쌤 순간의 감정에 사로잡힌다는 게 이렇게 무섭단다. 공연한 장담도 그렇고.

퉁이 네. 말을 조심해야 한다는 걸 느꼈어요. 말이란 게 날카로운 칼 같아요.

뀨 아재 오, 날카로운 말이었음. 하하.

세라 이제 쌤도 이야기 하나 하셔야죠? 너무 날카롭지 않은 걸로요.

뭉이쌤 날카롭지 않으면서 무서운 이야기라…… 쉽지 않은 미션이군요.

물이쌤

내가 들려줄 얘기는 한국에서 구전돼 온 민담이야. 독일 설화에 무서움을 찾아서 길을 떠난 왕자 이야기가 있는데 한국에도 비슷한 사람이 있었던가 봐. 왕자는 아니고 평범한 남자야. 이 사람이 어떤 일을 겪는지 한번 들어봐. 그리 무서운 얘기는 아니니까 너무 긴장은 안 해도 돼.

고생 구경 떠난 사람

✳

한국 민담

옛날 어느 마을에 한 사내가 있었는데, 이 사람이 고생이라는 게 뭔지를 모르고 살았대.

"다들 '고생, 고생' 이러는데, 고생이란 게 대체 어떻게 생긴 거야? 고생 구경 한 번만 해보면 좋겠어."

만날 이런 소리를 하는 거야. 팔자 좋은 소리지.

어느 날, 이 사내는 고생 구경차로 길을 떠났어. 정처 없이 이 마을 저 마을 돌아다니는데 특별히 고생이랄 게 없지 뭐냐. 사내는 어느 날 일부러 험한 산속으로 들어갔어. 거기라면 특별한 게 있으려나 한 거지. 그래 산속을 쏘다니다 보니까 날이 저문 거야. 어디 묵을 데가 없나 둘러보니까 멀리 불빛이 보이는 거라.

"딱 맞춰서 나타났군. 오늘은 저기서 묵는다."

사내가 가보니까 작은 오두막이야. 주인을 찾으니까 웬 여자가 나오더니 사내를 위아래로 훑어봐.

"오늘 여기서 하룻밤 쉬어 가고자 합니다."

그러니까 여자가 뭐라느냐면,

"우리 집에 우환이 있어서 곤란합니다. 딴 데 가보세요."

"아아, 괜찮습니다. 우환이 있으면 서로 도와야지요."

그러자 여자가 이 사람을 방으로 안내해. 보니까 방 안에 웬 사람이 누워 있는데 머리에 천이 덮여 있지 뭐냐.

"조금 전에 시어머니가 돌아가셨어요. 근데 낮에 약을 짓는다고 나간 남편이 오질 않네요."

그러더니 여자가 이렇게 말하는 거야.

"아무래도 남편에게 무슨 일이 생긴 것 같아요. 가봐야겠습니다. 함께 가시겠어요? 아니면 여기서 시어머니 시체를 지켜줘도 좋고요. 짐승이 시체를 가지고 장난치곤 하거든요."

밤중에 외딴집에서 처음 보는 노인의 시체와 단둘이 있는 건 아무래도 꺼림칙하잖아?

"흠, 나도 함께 가겠소."

그래서 두 사람이 횃불을 들고서 길을 나선 거야. 사내가 여자 꽁무니를 졸졸 따라가지. 한참을 가다 보니까 웬 비린 냄새가 확 풍겨 오는 거라.

"아, 피 냄새……. 안 돼!"

보니까 글쎄 어둠 속에서 커다란 호랑이가 사람을 뜯어 먹고 있지 뭐냐. 몸뚱이가 반쪽밖에 안 남았어. 여자가 횃불을 들고 달려들면서,

"이놈의 짐승! 어찌 내 남편을!"

그 사람이 여자의 남편이었던 거야. 몸뚱이가 반밖에 안 남았으니 이미 죽은 상태지. 여자가 횃불로 호랑이를 위협하면서 엉망이 된 시체를 살펴보더니,

"손님, 시신을 수습해야겠어요. 내가 시체를 짊어질 테니 손님은 횃불로 호랑이를 위협하면서 따라와요."

그때 호랑이가 입을 딱 벌리면서 '어흥' 소리를 치는데 무서워서 까무러칠 지경이지 뭐냐.

"내가 시체를 짊어질 테니 아주머니가 호랑이를 막아요."

그렇게 해서 사내가 반만 남은 남편의 시체를 짊어지게 됐어. 여자는 그 뒤를 따르면서 횃불로 호랑이를 위협하고 말이지. 호랑이가 와락 달려들려고 하면 횃불을 휘휘휙. 오두막까지 오는 길이 왜 그리 먼지 몰라.

두 사람이 겨우 집에 도착해서 방에 들어갔는데 이건 또 무슨 일이야. 시어머니 시체가 벌떡 일어나서 쿵쿵쿵 뛰어다니고 있는 거라. 사내는 놀라서 혼이 빠질 지경이지.

"짐승이 아궁이에 들어가서 장난치는 거예요. 내가 시체를 붙잡고 있을 테니 짐승을 쫓아요."

그래 부엌에 가서 아궁이를 들여다보는데 여우란 놈이 사내 몸으로 펄쩍! 놀라서 부엌에서 뛰어나오니까 울타리 밖에서 호랑이가 으르렁! 사내는 방으로 들어가서,

"내가 시체를 붙잡고 있을 테니까 아주머니가 가서 저 짐승들을 쫓으쇼."

그래 이 사람이 시체를 지키는데 시체가 왜 그리 힘이 넘치나 몰라. 펄쩍펄쩍 뛰려는 걸 꽉 붙잡고 있으려니까 온몸에 식은땀이 뻘뻘. 그렇게 한창 승강이하는데 갑자기 시체가 바닥으로 쿵 쓰러지는 거라. 장난치던 짐승이 쫓겨난 거지. 이때 시체가 쓰러지면서 사내도 함께 쿵. 근데 하필이면 시체 밑에 턱 깔리면서 서로 눈이 딱 마주친 거라.

"으아악!"

그때 여자가 방으로 들어오더니 시체를 들어서 아랫목에 눕히면서,

"아 노인네, 가만히 좀 계시오!"

남편의 반만 남은 시체를 어머니 시체 옆에 나란히 눕히더니만,

"아이고, 내 팔자! 한 번에 초상 둘을 치르네. 그나저나 한숨 좀 돌려야겠소."

그러면서 남편 시체 옆에 턱 눕는 거라. 조금 있으니까 코를 드르렁드르렁. 밖에서는 호랑이가 계속 으르렁으르렁. 사내가 한옆에 누웠는데 잠이 오질 않지. 뜬눈으로 누워 있는데, 왜 하필 그때 오줌이 마렵나 몰라. 나가지 못하고 내내 참으려니까 하반신에 마비가 올 지경이지.

어떻든 날은 밝고 호랑이도 사라졌어. 여자가 눈을 비비고 일어나더니만,

"좀 쉬셨소? 이제 장례를 치러야겠으니 도와주시오."

장례라는 게 땅을 파고 시체를 묻는 일이야. 사내는 시체를 수

습하는 일을 여자에게 맡기고 땀을 뻘뻘 흘리면서 땅을 팠지. 주변에서 나뭇가지 스치는 소리만 나도,

"호랑이? 아니, 여우?"

하여튼 그렇게 땅을 파고 시체를 묻었대. 족히 한나절은 걸렸지. 그때 여자가 뭐라고 하느냐면,

"상의할 말이 있습니다. 내가 외톨이가 돼버렸는데 여기서 나랑 살지 않겠소?"

이건 또 무슨 말이야? 사내가 손사래를 치면서,

"아이고, 됐소이다. 여기에는 1초도 더 있기 싫습니다. 그럼, 안녕히 계시오."

그러고서 길을 나서려 하니까 여자가 하는 말이,

"알겠소. 가는 길에 절대 뒤를 돌아보지 마시오."

이건 또 무슨 말인가 싶지. 사내가 곧바로 그곳을 떠나가는데 뒤에서 이상한 소리가 들리는 거라. 여자가 돌아보지 말라고 했잖아? 근데 이 사람이 무심코 뒤를 돌아봤지 뭐냐. 보니까 집에 불이 붙어서 활활 타오르는데 지붕 꼭대기에서 여자가 이쪽을 노려보고 있더래. 그때 여자 몸에 불이 옮겨 붙더니 순식간에 커다란 숯덩이가 돼서 아래로 쿵!

사내는 감히 그리로 갈 수 없었어. 자기도 모르게 발이 막 반대쪽으로 움직이는 거라. 고개를 절레절레 흔들면서 정신없이 산을 내려오는데 두 다리가 후들후들. 어떻게 산에서 벗어났는지 자기도 몰라.

사내는 곧바로 자기 살던 마을로 돌아왔는데 아무도 그를 알아보지 못했대. 검던 머리가 새하얗게 변하고 팽팽하던 피부에 주름이 가득했거든. 하룻밤 사이에 늙은이가 된 거야.

그래서 어떻게 됐는지는 나도 잘 몰라. 그냥저냥 살았다는 말도 있고, 병석에 누워서 깜짝깜짝 놀라다가 3년 만에 죽었다는 말도 있고.

이야기에 대한 이야기

연이 통이 엄지 이반 세라 꾸 아재 뭉이쌤

이반 쌤, 많이 무서운데요!

연이 맞아요. 시체를 업고 껴안는 거 상상하기도 싫어요. 실화는 아니겠죠?

꾸 아재 하하. 예전에 종종 있던 일이야.

뭉이쌤 그래. 다른 건 몰라도 호랑이에게 산 채로 먹히는 일은 예전에 흔했지. 아주 끔찍한 죽음이야.

통이 저는 여자가 제일 무서워요.

세라 그래도 대단하지 않니? 그 상황에서 짐승과 싸우면서 시체를 수습하는 거.

이반 그게 야생의 삶인 걸까요?

뭉이쌤 문화생활에 익숙한 사람에게 야생은 만만치 않지. 함부로 얕볼 일이 아니야.

세라 맞아요. 무서운 이야기지만 교훈이 있어요. 세상을 만만하게 보면 큰코다친다는.

이반 자만심에 대한 경고?

세라 그렇지! 나에게 많이 와닿았어.

엄지 그런데 여자가 불을 지르고 죽은 일이 이해가 안 돼요. 왜 그랬을까요?

연이 맞아. 왜 그랬을까? 쌤 생각은요?

뭉이쌤 글쎄. 시어머니와 남편이 다 죽었잖아? 산속에서 서로 의지하며 살던 가족이 다 떠나고 혼자가 됐으니 아득하지 않았을까?

퉁이 그래서 사내에게 자기랑 함께 살자고 했나 봐요.

이반 받을 수 없는 제안이야. 무서워서 어찌 살겠어. 하룻밤에 머리가 셀 정돈데.

세라 그렇긴 하지. 근데 아무리 무섭고 질렸더라도 여자의 시신을 수습해서 장례를 치러줬어야 한다고 생각해. 그 모습을 보고도 그냥 떠나는 건 좀.

뀨 아재 그게 인간의 도리죠. 하룻밤 동안 생사를 함께한 사이인데.

퉁이 여자가 원귀가 됐을지도 몰라요.

연이 오! 그래서 남자가 일찍 죽은 건가?

뭉이쌤 충분히 가능한 상상이야. 신립 장군 전설에도 여자가 지붕에 올라가 불에 타죽는 대목이 있지. 장군이 시신을 챙겨주지 않고 떠났는데 여자가 원귀가 돼서 방해하는 바람에 왜군과의 전쟁에서 크게 패했다고 해.

엄지 아무리 무서워도 사람의 도리는 해야 한다는 걸 마음에 새겨둘게요.

퉁이 무서운 이야기에도 교훈이 담겨 있는 게 신기해요. 이게 옛이야기의 힘?

일동 빙고!

storytelling time

나도 이야기꾼!

기본 스토리텔링

이번 스테이지에서 만난 이야기 중 가장 마음에 드는 것을 골라서 다음과 같은 단계로 스토리텔링 활동을 해보자.

step 1: 책에 쓰인 그대로 이야기를 소리 내어 읽는다.

step 2: 책에 쓰인 그대로 이야기를 소리 내어 읽되, 가상의 청자에게 말해주듯이 읽는다.

step 3: 청자에게 이야기를 전달하되, 틈틈이 책을 참고한다.

step 4: 청자에게 이야기를 전달하되, 책을 참고하지 않는다.

step 5: 청자에게 이야기를 전달하되, 표현과 내용을 조금씩 자신의 방식대로 바꿔본다.

step 6: 완전히 내 것이 된 이야기를 구연 환경과 청자의 성향에 맞춰 내용과 표현을 자유자재로 조절하며 전달한다.

이야기별 재창작 스토리텔링

다음은 이번 스테이지에서 만난 이야기들에 대한 활동거리이다. 이 중 하나 이상을 골라 스토리텔링 활동을 해보자.

<숲속 저택의 손님들>

① **숨은 이야기 상상하기:** 여자는 어떻게 숲속의 저택에서 살게 된 것인지 상상해서 이야기를 만들어보자.

② **뒷이야기 채우기:** 여자는 세 청년 가운데 누구를 승자로 선택했을지, 그리고 이어서 어떤 일이 벌어졌을지, 뒷이야기를 이어나가 보자.

<죽은 여자와의 하룻밤>

③ **인물 표정 그리기:** 밤중에 머리채를 잡고서 한창 승강이를 벌일 때 남자의 표정과 여자의 표정을 그림으로 그려보자. 눈에 포인트를 두도록 한다.

<아내의 고왔던 얼굴>

④ **숨은 이야기 상상하기:** 밤에 몸에서 빠져나간 아내의 머리는 어디 가서 무슨 일을 했을지 상상해서 이야기해 보자.

<귀신 들린 방앗간에서>

⑤ **인물 캐릭터 제작하기:** 사람과 고양이 모습을 합성해서 무서운 고양이 마녀 캐릭터를 만들어보자.

<이상한 손님>

⑥ 상징성에 대해 토론하기: 이 이야기 속의 비둘기가 무엇을 상징하는지에 대해 각자의 해석을 말해보자.

⑦ 숨은 이야기 상상하기: 이야기 속 두 언니는 이상한 손님이 다녀간 뒤로 어떤 변화를 겪고 어떻게 살았을지 상상해서 이야기해 보자.

<금지된 사과>

⑧ 문제 상황 분석하기: 이야기 속 참극의 근본적인 원인은 무엇이며, 결과를 바꾸려면 누가 어떤 일을 했어야 할지 말해보자.

<고생 구경 떠난 사람>

⑨ 인물 모습 그리기: 사내가 고생 구경을 나설 때의 모습과 돌아올 때의 모습을 대비해서 그려보자. 얼굴만 그려도 좋다.

⑩ 유서 만들기: 이야기 속의 여자가 죽기 전에 유서를 남겼다고 가정하고 그 내용을 작성해 보자.

이야기 연계 스토리텔링

1. 무서운 이야기 시합에 참여했다고 가정하고, 그동안 각자가 겪었던 가장 무서운 일을 이야기해 보자. 경험담 말고 자신이 알고 있는 가장 무서운 설화를 구술해도 좋다.

2. 다음 인물들을 화자로 삼아서 무서운 이야기 대전을 펼쳐보자. 각자 한 인물을 골라서 1인칭 경험담 형태로 이야기를 구연하도록 한다.

(1) 시체와 밤새 승강이한 사내

(2) 아내 머리가 몸에 붙었던 남자

(3) 도둑의 손을 자른 소녀

(4) 고생 구경 떠난 사람

3. 이 외에 이야기들을 흥미롭게 연계할 수 있는 여러 가지 방법을 찾아보고 이를 토대로 다양한 스토리텔링 활동을 해보자.

stage 02

싫어, 오지 마!

이 할망이 아주 무서운 얘기를 하나 해볼게. 인도 북부의 심라(Simla)라는 마을에서 전해온 이야기야. 독일의 <헨젤과 그레텔> 이야기 다 알지? 숲속에 들어갔다가 마녀 할머니를 만난 얘기. 이 이야기에서도 어린 소녀들이 숲속에서 할머니를 만나. 이 할머니도 마녀냐고? 듣다 보면 알게 될 거야.

다섯 자매와 숲속 할머니

✳

인도 민담

인도에 카스트라는 계급 제도가 있는 거 알지? 브라만은 그중에도 높은 계급에 속해.

옛날에 한 브라만 남자가 딸 다섯을 두고 있었어. 근데 아내가 아이들을 두고 일찍 세상을 떠났지 뭐냐. 그래서 남자가 새 사람과 결혼했는데 이 여자가 모질고 잔인해. 아이들에게 곡식 알갱이 하나를 다섯 조각으로 나눠서 그걸 끼니로 줬다는구나.

큰언니가 동생들에게 물었어.

"다들 괜찮니? 견딜 만해?"

그러자 동생들이 다들 말없이 고개를 끄덕이는데 막내가 이렇게 말하는 거야.

"나는 아직 배가 고파."

그러자 큰언니는 입속에 있던 알갱이를 꺼내서 막내에게 줬어. 철없는 막내는 그걸 받아서 먹지. 정말 배가 고팠거든.

그런데 계모는 아이들의 그런 행동 하나하나가 다 고까운 거야.

남편에게 눈을 부라리면서,

"난 이런 애들 데리고 못 살아! 당장 내보내요. 아니면 내가 나가겠어."

이렇게 막무가내로 나오니까 아버지가 어쩌지를 못해. 딸들을 데리고 집을 나서서 강가로 가더니,

"얘들아, 이 강 건너로 가도록 해라. 거기 가면 살길이 있을 거야."

"아버지가 먼저 건너시면 우리가 따라갈게요."

"아냐. 너희들이 먼저 가면 내가 따라가마. 만약 내 우산이 물에 떠 있으면 빠져 죽은 줄 알거라."

그래서 다섯 자매가 먼저 물을 건너게 됐어. 얘들이 물을 건너고 기다리는데 아버지가 오질 않지 뭐냐. 보니까 강물 위에 아버지 우산이 동동 떠 있는 거야.

"어떡해! 아버지가 물에 빠져서 돌아가셨어."

자매는 엉엉 울다가 그곳을 떠났어. 이곳저곳 방황하다가 울창한 숲속에 들어가게 됐지. 한참을 가다 보니까 생각지도 못한 멋진 집이 나와. 안으로 들어가니까 곱상한 할머니가 활짝 웃으면서,

"여길 어떻게 왔니? 이런이런, 힘들었구나! 이리 와서 앉거라."

누군가가 반갑게 대해주는 게 얼마 만인지 몰라. 할머니는 맛있는 음식도 차려줬단다. 오랜만에 배불리 먹으니까 잠이 솔솔 쏟아지지. 그래서 그날 어떤 일이 벌어졌을까? 놀라지 마. 세상에나! 아무 일도 벌어지지 않았단다. 하하하.

다음 날 다섯 자매가 일어나 보니까 아침밥이 기다리고 있는 거야. 식사를 마친 뒤 할머니가 자매들에게,

"너희들이 원한다면 계속 여기 있어도 좋다. 그렇게 하겠니?"

그러자 아이들이 다 같이 고개를 끄덕이지.

"잘 생각했다. 근데 집에서 놀고먹을 수는 없는 법이야. 나가서 먹을 걸 구해 오도록 해라. 열매도 좋고 나물도 좋아."

그래서 자매들이 집을 나가려고 하니까 할머니가 하는 말이,

"잠깐! 한 명은 남아서 집안일을 돕도록 해라. 큰애가 남는 게 좋겠네."

그래서 큰언니는 집에 남고 동생들은 먹을 것을 구하러 나갔지. 애들이 뭐가 먹을 만한 건지 잘 알지를 못해. 그래도 이것저것 열매도 따고 나물도 뜯고 버섯도 캐서 돌아왔단다. 근데 언니가 안 보이는 거야.

"걔가 부모를 찾아서 집으로 떠났지 뭐냐."

할머니가 이렇게 말하는데 아무래도 이상하지. 하지만 더 캐묻지를 못해.

밤이 지나고 그다음 날은 세 자매가 먹을 것을 찾으러 나갔어. 둘째가 집에 남은 거지. 저녁에 들어와 보니까 이번에는 둘째 언니가 사라지고 없지 뭐. 계속 그런 식이야. 다음 날은 셋째가 사라지고, 그다음 날은 넷째가 사라지고. 이제 남은 건 막내딸 한 명뿐이야.

그날 막내딸이 집에 남아서 구석구석 청소를 하는데 이상한 상

자가 눈에 들어왔어. 꽁꽁 닫혀 있는데 안에서 소리가 나는 것 같지 뭐냐. 덜그덕 덜그덕, 히히 하하 호호. 아니 이게 뭔가 싶지. 막내딸은 잠깐 망설이다가 상자를 열려고 했어. 그러자 소리가 더 커지는 거야.

"덜그덕 덜그덕 쿵!"

"히히 호호 흐아앙!"

막내는 무서운 걸 참으면서 손에 힘을 줬어. 그러자 상자가 탁 열렸는데, 안에 뭐가 있었을까? 세상에나! 언니들 넷이 눈을 동그랗게 뜨고서 자기를 쳐다보더래. 근데 몸은 없고 머리뿐이야.

"으아아, 이게 뭐야! 언니들 몸은 어디 있어?"

"우리 몸? 할머니 뱃속에!"

그러더니 넷이 동시에 깔깔거리면서 웃는 거야.

"언니들, 왜 웃는 건데?"

"응, 이제 너도 우리 옆으로 올 거니까."

막내가 온몸에 소름이 확 돋지. 겨우 정신을 차리고서,

"언니들, 내가 진짜 죽길 바라는 거 아니지? 어떻게 해야 되는지 알려줘."

그러자 언니들이 이렇게 말하는 거야.

"집 안의 물건들을 다 챙겨가지고 이곳을 떠나."

"가는 길에 물건들을 여기저기 흩어놔."

"마녀가 물건을 챙기느라 늦어질 거야."

"그 틈을 타서 멀리멀리 도망가."

그러자 막내가 눈물을 흘리면서,

"알겠어. 언니들 말대로 할게. 꼭 살아남겠어."

막내는 쏟아지는 눈물을 훔치면서 상자를 닫았어. 그러고는 집 안 세간을 이리저리 챙겨서 그곳을 떠났지. 근데 한 가지를 빠뜨렸지 뭐냐. 빗자루가 문 뒤에 있는 걸 몰랐던 거야.

소녀는 세간을 이곳저곳에 던지면서 온 힘을 다해 뛰었어. 하지만 마녀가 더 빨랐지. 빗자루에 올라타고서 쭉쭉 날아오는 거야. 근데 흩어진 세간을 그냥 지나치지를 못해. 그걸 이리저리 찾아서 챙기다 보니 늦어지지. 그 사이에 소녀는 뛰고 또 뛰었단다.

그래서 아이가 무사히 추적을 피했을까? 아니야. 뒤에서 요란한 소리가 나면서,

"너! 꼼짝 말고 거기 서!"

돌아보니까 마녀가 빗자루를 타고서 날아오는데 금방 잡힐 운명이야. 소녀는 급히 앞에 서 있는 보리수나무를 향해 외쳤어.

"나무야! 나를 감춰줘."

그러자 기적이 일어났어. 나무줄기가 스르르 벌어진 거야. 소녀는 얼른 나무 속으로 쏙 들어갔지. 그러자 나무가 다시 닫히는데 속도가 왜 그리 느린지 몰라. 마녀가 빠르게 날아오는데 말이지. 아슬아슬!

"아아, 빨리! 빨리!"

다행히 나무가 너무 늦지는 않았어. 노파가 도착하는 순간 딱 닫혔단다.

근데 이를 어째. 소녀의 손가락 하나가 미처 나무 안에 들어가질 못하고 삐져나온 거야. 마녀가 그 손가락을 딱 붙잡고서 잡아당기니 죽을 맛이지. 나무가 열리지 않으니까 마녀는 막내의 손가락을 깨물어서 피를 빨아 먹기 시작했단다. 언제까지? 손가락이 똑 부러질 때까지! 나무통에 피가 줄줄.

하지만 손가락 하나로 끝이었어. 마녀는 더 이상 소녀를 해칠 수 없었지.

"으잇! 이렇게 맛있는 걸 눈앞에 두고 놓치다니!"

마녀는 잔뜩 실망해서 울그락불그락하다가 그곳을 떠나갔단다.

근데 그게 끝이 아니었어. 얼마 뒤에 웬 남자가 도끼를 들고서 나무로 다가온 거야. 그러니까 그게 나무꾼이지. 도끼를 턱 치켜들더니만 나무줄기를 쿵! 나무가 퍽 파이지.

그때 갑자기 나무가 울면서 소리치기 시작했어.

"제발 가운데는 건드리지 마세요. 찍으려면 위쪽과 아래쪽만 찍으세요. 엉엉."

그게 여자아이 목소리야. 나무가 갑자기 소리를 치니까 나무꾼이 어안이 벙벙. 도끼를 놓치고서 나자빠졌지 뭐. 나무꾼은 그길로 왕을 찾아가서 자기가 겪은 일을 말했어. 왕이 들으니까 그게 영 수상하지. 왕은 신하들을 데리고 보리수나무 앞으로 왔어. 나무꾼에게 도끼를 들어서 나무를 치라고 명령했지. 나무꾼이 나무줄기를 찍는데 겁이 나서 세게 치질 못해. 시늉만으로 쿵!

"제발 가운데는 건드리지 마세요. 찍으려면 위쪽과 아래쪽만 찍으세요. 엉엉."

왕이 들어보니까 진짜지 뭐야. 왕은 나무꾼을 시켜서 조심스레 나무의 위쪽과 아래쪽을 자르게 했어. 그런 다음 목수를 시켜서 조심스레 나무를 열게 했지. 그랬더니 예쁜 여자아이가 쏙 나오지 뭐냐. 두 손을 꼭 모으고 있는데 손가락 한 개가 이상해. 끝에서 피가 송송송.

왕은 소녀에게 어찌 된 일인지 물었어. 애가 하나도 빼놓지 않고 다 얘기하지.

"얘야, 여기 있는 사람들 가운데 너의 카스트에 속하는 사람 앞으로 가봐라."

그러자 소녀는 자기 아버지처럼 브라만 차림을 한 사람 앞으로 걸어갔어. 왕은 조용히 고개를 끄덕였지. 왕은 소녀를 궁궐로 데리고 가서 왕자와 결혼시켰단다. 소녀는 거기서 안전하고 행복하게 잘 살았다고 해.

이야기에 대한 이야기

연이 퉁이 엄지 이반 세라 꾸 아재 로테 이모 뭉이쌤 노고할망

연이 저 진짜 무서웠어요. 얼굴만 있는 언니들이 웃는 부분에서요.

퉁이 나는 손가락 부분에서. 도끼로 나무를 찍는 부분도.

엄지 그 마녀는 식인종인 거예요?

노고할망 하하. 그럴 수도 있고, 아닐 수도 있고.

엄지 언니들을 잡아먹은 거잖아요?

뭉이쌤 그래. 근데 잡아먹는 게 꼭 실제로 몸을 먹는 것만은 아니니까.

세라 흠, 감금과 착취 같은 걸까요?

뭉이쌤 그렇지요. 〈헨젤과 그레텔〉의 마녀와 비슷할 것 같네요.

퉁이 저는 그냥 몸을 으득으득 씹어 먹은 걸로 생각하겠어요. 극악의 몬스터로요. 보리수나무는 몬스터와 상극인 수호령이 되겠죠.

꾸 아재 그래. 진짜로 먹었다고 해야 공포담답지. 머리는 뒤에 먹으려고 둔 걸까? 아니면 장난감으로?

연이 아재! 그만요!

이반 언니들의 머리는 그 뒤에 어떻게 됐을지 궁금해요.

노고할망 그건 상상에 맡길게.

엄지 동생이 나중에 거기를 찾아가는 슬픈 장면이 떠올라요.

퉁이 아버지는 진짜 물에 빠져 죽은 걸까요? 페이크 아닐까요?

로테 이모 가짜라고? 나는 자살한 거 아닐까 생각했는데.

엄지 어쨌든 아빠 자격이 없어요. 딸들을 못 지켰잖아요.

연이 맞아! 계모 이야기에서 매번 느끼는 건데 아빠가 더 문제야.

뭉이쌤 날카로운 지적이야. 백설공주나 신데렐라, 콩쥐의 아버지도 제 역할을 못 했지.

로테 이모 제 생각에는 현실 반영이에요. 남자들이 반성해야 해요.

세라 그래도 결국 제 몸은 스스로 지켜야 한다고 생각해요. 다섯 자매는 협력이 중요했던 것 같아요. 한 명만 따로 집에 남지 말았어야 하는데. 그 술수에 넘어가다니…….

노고할망 막내가 똑똑하니까 언니들 몫까지 잘 살았을 거야.

세라 똑똑한 막내라면 엄지를 빼놓을 수 없죠. 엄지가 얘기 하나 해봐.

엄지 넵. 엄지는 사양하지 않아요.

엄지

저는 아프리카 소토(Soto)족 사이에서 전해온 이야기를 해볼게요. 소토족은 남아프리카공화국과 레소토 지역에 사는 민족이래요. 찾아보니까 레소토는 남아프리카공화국 안에 있는 작은 나라였어요. 이 이야기에도 이상한 할머니가 나온답니다. 다른 괴물도요.

낯선 청혼자의 정체

✴

남아프리카 소토족 민담

옛날에 어떤 남자에게 예쁜 딸이 두 명 있었어요. 많은 청년들이 두 처녀와 결혼하려고 그를 찾아왔죠. 하지만 성공한 사람은 없었어요. 처녀의 아버지를 보는 순간 모든 게 끝이었답니다. 그 사람은 머리에 뿔 두 개가 삐죽 솟아 있었거든요. 청혼자들은 기겁해서 도망쳤어요. 누구는 웃음을 터뜨렸다가 쫓겨났고요.

소문이 널리 퍼지자 찾아오는 발길이 딱 끊겼어요. 두 처녀와 아버지는 조바심이 났죠. 그때 머리를 천으로 두른 잘생긴 청년이 찾아왔어요. 청년은 예의를 잘 갖춰서 청혼했어요. 남자의 머리에 달린 뿔을 보고서도 아무 반응이 없었죠. 보통 사람을 대하는 것과 똑같아요. 남자는 그 청년이 마음에 쏙 들었습니다. 그때 청년이 말했어요.

"저는 심부름꾼이에요. 두 따님과 결혼할 분은 왕자님입니다. 여기 왕자님의 선물을 받으세요."

그러면서 창을 내미는데 딱 봐도 최고급 보물이에요. 남자는 입이 딱 벌어져서 청혼을 받아들였답니다. 두 딸에게 곧바로 그 사람을 따라가도록 했어요. 가는 길에 요리해 먹으라고 양도 두 마리 챙겨 줬대요.

그 사람은 길을 가면서 친절하게 행동했어요. 하지만 두 처녀는 계속 한 가지가 궁금했답니다. 머리를 왜 천으로 감쌌는지가요. 마침내 한 처녀가 참지 못하고 물었어요.

"머리를 왜 천으로 감싼 거예요? 그 안에 뭐라도 있나요?"

그러자 청년이 싱긋 웃으면서 손을 머리로 가져가더니,

"아, 이거? 하하. 궁금하시다면 보여드려야지!"

청년은 천천히 천을 풀었어요. 그랬더니 이게 웬일이에요. 그 천 안에 얼굴이 또 하나 있는 거예요. 아주 끔찍하게 생긴 얼굴이요. 두 딸은 얼굴이 파랗게 질렸어요.

"하하. 지금까지 본 건 말하는 얼굴이고, 이건 먹는 얼굴이야."

청년은 먹는 얼굴을 정면으로 잡아당기더니 입을 쫙 벌렸어요. 커다란 입 안에 날카로운 송곳니가 삐쭉! 그때 청년이 두 손을 땅에 짚자 두 팔이 다리로 변했답니다. 털이 무성한 짐승 다리로요.

"아아! 하이에나 인간……."

두 딸은 완전히 얼어붙었어요. 도망갈 엄두를 내지 못하죠. 하이에나가 열 배는 빠르니까요.

"아, 출출하다! 그래, 좋은 게 있었지. 참느라 힘들었다구. 크크크."

하이에나 인간은 날카로운 이빨로 양을 물어뜯더니 산 채로 씹어

먹기 시작했어요. 피가 뚝뚝뚝. 그 자리에서 양 두 마리를 먹어 치우더니 초록빛 눈알을 번득이면서,

"어때? 볼만하지? 다음은 너희 차례야. 겁에 질린 인간은 감칠맛이 나지. 크크크. 자, 가자고!"

하이에나 인간이 앞장서서 네 발로 걷고 두 처녀는 뒤를 따라가요. 안 그러면 곧바로 찢겨서 죽을 테니 어쩔 수 없죠. 그렇게 산속으로 들어가니까 괴물의 본거지가 나왔어요. 거기 비슷하게 생긴 괴물들이 더 있었답니다. 괴물들은 두 처녀를 오두막에 가두고서 말했어요.

"다른 먹잇감을 사냥해 오는 동안 기도나 하고 계셔. 크크크."

하이에나 인간들은 낄낄거리면서 사라졌어요. 언제 돌아올지 모르죠. 두 처녀가 문을 밀어봤지만 헛수고예요. 꽁꽁 잠겨서 끄떡도 안 해요. 사실 문을 열고 나가봤자 헛일이에요. 날이 어두워졌는데 어디가 어딘지 알지를 못하니까요.

두 자매는 오두막 안에서 서로 껴안고 한참을 울었어요. 그때 밖에서 이상한 소리가 들려왔답니다. 느리고 힘없는 목소리였어요.

"누-카-, 누-카-, 누-카-"

다음 순간 문이 스르르 열리더니 한 형체가 나타났습니다. 아주 끔찍한 괴물이었어요. 할머니인데 머리부터 발까지 온몸이 반쪽뿐이었죠. 외눈과 외귀에 외팔과 외다리예요. 잘린 부분에는 뼈와 내장이 그대로 드러나 있었지요. 처녀들은 놀라서 비명을 질렀습니다.

"꺄아악!"

"이게 뭐야? 젊고 신선한 먹잇감 아니신가."

역시나 느린 목소리예요. 처녀들은 하얗게 질려서 굳어버렸죠.

"이봐 이봐. 그러지 마. 운 좋은 줄 알라고. 나도 너희랑 똑같은 인간이야. 괴물들이 나를 뜯어 먹다가 늙어서 질기다며 이렇게 남겨놨지 뭐냐. 내가 살아서 움직일 거라곤 생각도 못 했겠지."

그러자 두 처녀가 동시에 할머니 손을 잡고서 말했어요.

"할머니, 도와주세요! 우리에게 길을 알려주세요."

"우리와 함께 이곳에서 도망쳐요!"

"함께 도망치자고? 이 꼴을 하고서? 난 틀렸어. 몇 걸음 가지도 못해. 하지만 너희들은 다르지. 내가 알려주는 대로 할 거냐?"

"네. 그렇게 할게요."

그러자 할머니가 손을 들어서 한쪽 방향을 가리키면서 말했어요.

"살길은 하나뿐이야. 저쪽으로 곧바로 쭉 가거라. 계속 가다 보면 네모반듯한 큰 바위가 나타날 게야. 그 안으로 들어가 숨도록 해."

"바위 속으로 들어가라고요?"

"그래. 가보면 알 거다. 시간이 없으니 서둘러."

"알겠어요. 감사합니다, 할머니!"

두 처녀는 가지고 있던 모든 걸 할머니에게 주고서 달리기 시작했어요. 할머니가 알려준 방향으로 가고 또 갔죠. 어둠 속에서 달리다 보니 긁히고 넘어지고 온몸이 엉망이에요. 하지만 둘은 멈추지 않았어요. 마침내 그들 앞에 네모난 바위가 나타났답니다.

"여기야! 근데 어떻게 들어가지?"

"한번 잘 살펴보자!"

잘 살펴보니까 그건 바위가 아니라 집이었어요. 한구석에 비밀 출입구 같은 게 있었죠. 두 처녀는 그곳을 돌로 두드리면서 주인을 찾았어요. 그러자 문이 스르르 열리면서 검은 형체가 나타났습니다. 처녀들은 그걸 보는 순간 그대로 푹 쓰러졌어요.

그게 누구였냐고요? 그냥 검은 옷을 입은 사람이었어요. 젊은 남자들이었죠. 자매는 사람을 보고 긴장감이 확 풀려서 쓰러진 거예요. 진짜로 힘들었거든요.

얼마 뒤 처녀들이 깨어나서 보니까 두 청년이 자기를 내려다보고 있어요. 거기 살면서 사냥하는 사람들이었죠. 괴물 얘기를 들은 사냥꾼들이 말했어요.

"여기는 안전하니 걱정 말아요."

그 말을 들으니까 저절로 눈물이 나요. 두 처녀는 거기 머물면서 집안 살림을 돌봤습니다. 그러다 보니 남자들과 정이 들어서 결혼까지 하게 됐대요.

두 딸의 결혼식에는 뿔 달린 아버지도 참석했어요. 문제는 없었죠. 하이에나 인간에 비하면 완전 정상이잖아요! 반쪽이 할머니가 결혼식에 왔는지는 저도 잘 모르겠어요. 이상입니다.

이야기에 대한 이야기

연이 퉁이 이반 세라 뀨 아재 달이 동이 뭉이쌤 노고할망

퉁이 엄지야, 잘 들었어. 머리를 위아래로 돌려서 변신하는 괴물, 신기방기.

연이 그렇게 괴물로 변할 때 얼마나 끔찍했을까! 상상도 하기 싫어.

이반 근데 이번 할머니는 좋은 분이셨네. 겉보기는 끔찍했지만. 역시 겉모습으로 판단하면 안 돼.

노고할망 그래. 그게 현명한 대처지.

세라 얘들아, 내가 이 이야기에서 정말 무서웠던 부분이 뭔지 아니? 바로 한 사람의 두 얼굴! 멀쩡한 인간 모습 뒤에 흉측한 짐승의 속내를 감춘 사람들이 현실에도 많거든.

퉁이 누나, 그거 정말 끔찍한 얘기다. 내 속에도 짐승이 있는 거 아냐?

연이 응, 오빠 안에는 곰탱이. 크크.

뀨 아재 이 몸 안에는 쿼카. 하하.

뭉이쌤 사람들마다 내면에 숨겨진 모습이 있기 마련이지요. 그게 흉측한 짐승이나 괴물이라면 끔찍한 일이에요. 쿼카나 판다, 고양이 같은 거라면 문제없죠.

동이 당나귀도 빼놓으면 안 된다는!

달이 종달새도요. 호호.

이반 하하하. 쌤은 전에 이무기라고 하셨었는데 그것도 좋은 거죠?

뭉이쌤 양면적이라고 할 수 있지. 사실은 대부분이 다 그래. 하이에나도 마찬가지지.

퉁이 하지만 이 이야기 속에서는 아니에요. 완전 악마!

뭉이쌤 그래. 그 말이 맞아. 이야기에서는 맥락이 중요하지. 여기서는 최악의 괴물이야.

연이 곰도 어쩌다 한번 맞추는 재주가 있네. 양면성 인정!

뭉이쌤 하하하. 이제 쿼카 아재 얘기를 청해볼까요?

퉁이 오오, 쿼카! 쿼카!

뀨 아재

이제 내가 할 얘기는 중국의 기담집《요재지이》에 실린 이야기야. 포송령이라는 사람이 엮은 책인데 민간의 전설과 괴담을 모아서 각색했다고 해. 그 책에 <화피>라는 이야기가 있어. 화는 그림 화(畵), 피는 가죽 피(皮). '그림 가죽'이라는 뜻이야. 왜 그런 제목이 붙었는지는 얘기를 듣다 보면 알게 될 거야. 이 이야기를 바탕으로 영화도 만들어졌다고 하더군. 보지는 못했어. 하하.

화피

✳

중국 전설

아주 먼 옛날 중국에 왕씨 성을 가진 한 선비가 살았어. 선비를 서생이라고도 해. 왕씨 서생은 줄여서 왕생이라고 부르지. 그러니까 이 사람이 왕생인데 그게 이름은 아니야. 이생, 박생, 주생 다 마찬가지지.

어느 날 왕생은 아침 일찍 집을 나섰다가 한 여자를 만났어. 가슴에 보따리를 안고 총총총 걸어가는데 뭔가 많이 불편해 보이지 뭐냐. 왕생이 걸음을 빨리해서 다가가 보니까 세상에, 그렇게 예쁜 아가씨는 처음이야. 왕생이 은근히 말을 거는데 요즘 말로 하면 작업이지.

"이른 새벽에 어딜 가시나요? 발걸음이 불편해 보이십니다."

"됐어요. 선비님이 해결할 만한 일이 아닙니다."

"그래도 얘기해 보세요. 혹시 모르잖아요? 어려운 세상 서로 돕고 살아야지요."

그랬더니 이 여자가 순순히 사연을 말하는 거야.

"부모님이 저를 부잣집에 첩으로 팔았어요. 그런데 본부인이 죽어라 괴롭히는 거예요. 매일 욕을 먹고 매를 맞다가 참지 못하고 도망치는 길이랍니다."

"저런! 어디 머무를 곳은 있어요?"

"몰래 도망친 사람이 갈 데가 어디 있겠어요."

그러니까 왕생이 다정하게 굴면서,

"우리 집이 여기서 가까워요. 나랑 함께 갑시다. 머물 곳을 마련해 볼게요."

그러자 여자가 갑자기 표정이 바뀌면서 왕생을 따라나서는 거야. 내심 은근히 기대했는지도 모르지. 왕생은 여자를 집으로 데려가서 아내에게 잘 챙겨주라고 했어. 근데 아내가 보니까 뭔가 이상한 거야. 여자가 너무 예쁜 것도 그렇지만 눈빛이 수상하고 행동거지가 어색해.

"여보, 아무래도 이상해. 그냥 내보냅시다."

"어허, 불쌍한 사람을 어찌 박절하게 대한단 말이오!"

왕생은 계속 고집을 부려서 여자를 집에 들여서 서재에 머무르게 했어. 거기가 왕생의 생활공간이거든. 얘들이 서로 은근슬쩍 눈빛이 통하더니 몰래 사랑을 나누는 거라. 왕생은 점점 여자에게 빠져들지.

그러던 어느 날 왕생이 뭘 사러 시장에 나갔는데 한 도사가 깜짝 놀라면서,

"여보시오! 당신 최근에 깨끗하지 않은 물건을 가까이한 적 있

소?"

"무슨 소리요? 그런 일 없소이다."

그러자 도사가 쯧쯧 혀를 차면서,

"어리석구나. 죽음을 코앞에 두고도 깨닫질 못하다니."

그러고 사라진 거야. 왕생은 꺼림칙했지만 짐짓 모른 척했지. 여자랑 비밀 연애를 계속하는 거야.

그러던 어느 날이야. 왕생이 외출했다가 예정보다 일찍 돌아왔는데 서재가 안에서 잠겨 있는 거라. 왕생은 문을 두드리려다가 생각을 바꾸고 몰래 옆으로 돌아서 창문으로 다가갔어. 거기로 안을 들여다보는 거지.

'윽! 저게 뭐야!'

왕생은 자기도 모르게 소리를 칠 뻔했어. 그도 그럴 것이 안에 있는 건 아름다운 여자가 아니라 끔찍한 요괴였단다. 가죽을 벗긴 소나 돼지를 본 적 있으려나? 그게 살아서 움직인다고 생각해 봐. 방 안에 그런 괴물이 움직이고 있었지. 살가죽이 없는 불그죽죽한 사람. 왕생이 그동안 그런 괴물을 껴안고 희희낙락했던 거야. 저절로 토가 나오지.

왕생은 겨우 정신을 차리고서 요괴가 무얼 하는지 살폈어. 보니까 무슨 가죽 같은 걸 바닥에 쫙 펼쳐놓더니 붓으로 그림을 그리네. 뭘 그리느냐면 눈, 코, 입, 가슴, 배꼽 같은 거야. 한참을 그리더니 다 됐는지 그걸 척 펼쳐 드는 거라. 그게 뭐냐면 사람 살가죽이야. 요괴가 그걸 몸에 착 뒤집어쓰고서 돌아서는데 그게 누구?

전보다 더 예뻐진 젊은 여자!

왕생은 얼른 몸을 숙였어. 눈이라도 마주치면 바로 사망이잖아. 그는 정신없이 집을 나와서 시장으로 뛰어갔어. 전에 만났던 도사를 찾아서 헤매는데 사람들이 보니까 미친 사람 같지 뭐. 그래서 도사를 찾았다, 못 찾았다? 막판에 운 좋게 도사를 만났어. 왕생이 털썩 엎드리면서,

"도사님! 제발 살려주세요. 제가 끔찍한 요괴를 집 안에 들인 것 같습니다."

그러자 도사가 이렇게 말하는 거라.

"그걸 이제 아셨수? 근데 그 귀신의 신세도 만만치 않구려. 한참을 떠돌다 깃들어 살 몸을 겨우 찾아냈는데 차마 죽일 수는 없겠소이다."

그러면서 도사는 손에 들고 있던 불진을 건네줬어. 불진(拂振)이 뭔지 알려나? 짐승의 털이나 삼나무 줄기 따위로 만든 먼지떨이 같은 거야. 그걸 주고는 침실 문에 걸어놓으라는 거야. 그러면 귀신이 들어오지 못한다는 거지.

왕생이 도사에게 불진을 받아서 집으로 가는데 무서워서 서재는 얼씬도 못하지. 안채로 들어와서 불진을 걸어놓고 누웠는데 잠이 안 오는 거라. 신경이 잔뜩 곤두서 있지 뭐. 아니나 다를까, 밤이 깊으니까 밖에서 이상한 소리가 들려오기 시작한 거라. 누가 이를 부득부득 가는 소리야. 왕생이 아내에게 살펴보게 했더니 바로 그 여자지 뭐. 불진 때문에 못 들어오고 씩씩대는 거야. 한참을

그러더니 어느샌가 사라지더래.

왕생은 그제야 겨우 한숨 돌리고 자리에 누웠어. 이 정도로 끝나길 다행이다 싶었지. 하지만 착각이었어. 여자가 다시 찾아온 거야. 이 요괴가 문에 걸린 불진을 다짜고짜 잡아채더니 획 내던지네. 그러고는 침대로 달려들어 왕생 몸에 올라타더니 손으로 가슴을 쫙! 왕생 가슴이 쩍 갈라지면서 속이 다 드러났지 뭐냐. 이때 요괴가 뭘 턱 꺼내서 쳐드는데 그게 뭐냐면 왕생의 심장이야. 피가 뚝뚝뚝뚝. 여자는 그걸 손에 들고서 그대로 사라졌단다. 순식간에 벌어진 일이야.

그 광경을 옆에 있던 아내가 생생히 지켜본 거라. 너무 놀라서 숨도 못 쉬고 있다가,

"으아아악!"

비명을 지르면서 남편 몸을 흔들었지만 허사지 뭐. 가슴이 찢기고 심장이 없어졌는데 움직일 턱이 없잖아?

근데 이 아내가 만만치 않은 사람이었어. 그 성이 진씨야. 진씨는 급히 남편의 동생을 데리고서 불진을 준 도사를 찾아 나섰어. 얼굴도 모르는 사람이지만 결국 진씨는 그를 찾아내는 데 성공했지. 진씨가 간밤에 벌어진 일을 얘기하니까 도사가 깜짝 놀라면서,

"아니, 이 요괴가 겁대가리를 상실했나. 기껏 봐줬더니 그런 짓을 해?"

도사는 두 사람을 따라서 왕생의 집으로 왔어. 집 안의 기운을

살피더니,

"요괴가 집 안에 있는 것 같소. 모르는 사람이 들어와 있는지 알아보시오."

그래서 진씨가 알아보니까 웬 노파가 종으로 써달라면서 찾아왔다는 거야. 그게 요괴지 뭐. 도사는 노파 있는 곳으로 가서 목검을 쳐들고 호통을 쳤어.

"이 요망한 요괴야! 내 불진을 썩 내놔라!"

그러자 노파가 안절부절못하면서 도망치려고 해. 도사가 냅다 달려들어서 목검으로 퍽 후려치니까 바닥으로 뒹구르르. 그 서슬에 사람 가죽이 벗겨지면서 요괴가 살덩어리 본모습을 드러냈지. 요괴는 바닥을 이리저리 뒹굴면서 돼지처럼 꽥꽥대기 시작했어. 이때 도사가 목검으로 머리 한가운데를 내리치니까 몸뚱이가 한 가닥 연기로 변하는 거라. 도사는 호리병을 꺼내서 연기를 빨아들이더니 사람 껍데기를 둘둘 말아서 병에 넣었어. 사람 가죽에 그려진 두 눈이 껌뻑껌뻑.

도사가 물건을 챙겨서 떠나려 하자 진씨가 달려들어서 두 다리를 꽉 껴안았어.

"도사님, 우리 남편을 살려주세요!"

"불가능합니다. 그 일은 나도 못해요."

하지만 진씨는 포기하지 않았어. 계속 울며불며 통사정했지. 도사가 혀를 내두르더니,

"나는 못하지만 그라면 가능할지도 모르겠소. 시키는 대로 하겠

소?"

"네. 무슨 일이든 다 하겠습니다."

"시장에 가면 똥 무더기에 누워서 지내는 미치광이가 있을 겁니다. 그 사람에게 성심껏 애원해 보시오. 단, 그가 어떤 행동을 하더라도 거스르면 안 됩니다."

그 광인은 왕생의 동생도 아는 사람이야. 진씨는 그와 함께 곧바로 시장으로 달려갔지. 보니까 광인이 길바닥에 누워서 노래를 부르는데 콧물이 흘러나온 게 족히 한 발은 돼. 온몸에서 똥 냄새가 풀풀. 진씨는 그 앞으로 가서 무릎을 꿇었어. 한참을 그러고 있으니까 광인이 일어나 앉으면서,

"킬킬킬. 나와 사랑을 나누고 싶은 거야?"

진씨가 머리를 땅에다 조아리면서,

"시키는 대로 다 하겠습니다. 우리 남편을 살려주세요."

"뭐? 나더러 죽은 사람을 살려내라고? 내가 무슨 염라대왕이라도 되는 줄 알아?"

광인은 화를 벌컥 내더니 막대기로 마구 진씨를 때리기 시작했어. 하지만 진씨는 입을 꾹 다물고 매를 다 맞았지. 사람들이 몰려들어서 구경하느라 난리야. 그때 광인이 손바닥에 가래침을 칵 뱉더니만,

"이거나 먹어라."

그러면서 진씨 얼굴 앞에 내미는 거야. 진저리가 나지. 하지만 진씨는 꾹 참고서 가래침을 꿀꺽 삼켰어. 가래침이 목구멍을 넘어

가는데 온몸이 부르르르. 그게 가슴께로 들어가니까 숨이 꽉 막히는 거라. 그때 광인이 껄껄 웃더니만,

"이 여자가 진짜로 나를 사랑하는군!"

그러고서 그곳을 떠나는데 걸음이 어찌나 빠른지 몰라. 진씨는 시동생과 함께 급히 그 뒤를 쫓아갔지. 광인이 사당으로 들어가는 걸 보고 바로 따라 들어갔는데 이 사람이 감쪽같이 사라진 거라. 내내 찾아봤지만 헛수고야. 할 수 없이 그냥 돌아오려니 두 눈에서 눈물이 주루룩. 남편은 못 살리고 험한 꼴만 당했으니 얼마나 기가 막히겠어.

집으로 돌아온 진씨는 남편 시체 앞으로 다가갔어. 그러고는 방치돼 있던 시체를 닦으면서 흩어진 내장을 수습하기 시작했지. 입에서 울음소리가 터져 나오더니 점점 커져갔어. 울음이 격해지니까 구역질이 올라왔지. 가슴속에서 웬 응어리 같은 게 꿈틀대면서 치달아 올라오는 거라.

"어어억!"

진씨는 참지 못하고 크게 구역질을 했어. 그러자 뭔가가 목을 타고 넘어오더니 시체의 가슴팍 안으로 툭 떨어진 거야. 그건 뭐였을까? 사람의 심장이었단다. 누구의 심장? 왕생의 심장!

진씨는 황급히 남편의 벌어진 가슴을 두 손으로 힘껏 끌어모았어. 그러자 찢긴 가슴이 봉합되면서 피시식 김이 새어 나오더래. 진씨는 옷자락을 찢어서 남편 가슴을 꽁꽁 동여맸지. 그랬더니 차게 식었던 시신에 점점 온기가 돌아오는 거라. 얼마 뒤 왕생이 눈

을 번쩍 뜨더니,

"으응? 어찌 된 거지? 이상한 꿈을 꿨네. 배는 왜 이렇게 아프담."

왜는 왜겠어? 자기가 죽을 짓을 했으니까 그렇지! 하여튼 왕생은 그렇게 되살아나서 제명대로 살다가 죽었다는 거야. 또 엉뚱한 짓을 하지는 않았겠지 뭐. 아, 진씨는 당대 제일가는 외과의사가 되었다나 어쨌다나. 믿거나 말거나.

이야기에 대한 이야기

연이

퉁이

엄지

이반

세라

뀨 아재

로테 이모

뭉이쌤

노고할망

연이 무섭고도 특이한 이야기네요. 상상을 뛰어넘는 일의 연속이에요.

퉁이 진씨 아줌마가 참 대단해요. 남편이 잘한 것도 없는데.

뀨 아재 남은 평생 아내에게 절하면서 살아도 모자라지.

세라 저 같으면 무서운 건 둘째치고 괘씸한 마음에 남편을 외면했을 거예요. 이모님 생각은 어떠세요?

로테 이모 그래도 함께 살아온 짝이고 아이들의 아빠니까…… 할 수 있는 데까지 해보는 게 이해가 돼.

세라 그렇군요. 더 생각해 봐야겠어요.

이반 근데 정말로 끔찍한 요괴 같아요. 붓으로 그림을 그린 사람 가죽이라니.

퉁이 아하, 그래서 화피(畵皮)?

뀨 아재 빙고!

퉁이 무협소설을 보면 '인피면구'라는 게 있어요. 사람 가죽을 뒤집어쓰고 다른 사람 모습으로 변하는 거죠. 하지만 가죽 안에 끔찍한 괴물이 있다는 건 상상을 못 해본 일이에요.

이반 전신 인피면구를 사용하는 요괴…… 정말 소름이야. 쌤, 거기에도 상징적 의미가 있을까요?

뭉이쌤 글쎄. 분명한 건 이 괴물이 겉과 속이 완전히 다르다는 거지. 겉은 아름다운 미녀, 속은 끔찍한 요괴. 뭐 비슷한 이야기 떠오르는 거 없니? 엄지야, 어때?

엄지 제가 하이에나 인간 얘기를 했었잖아요? 그거랑 비슷한 것 같아요.

연이 아, 그러네. 그것도 인간의 두 얼굴이었어!

퉁이 거기는 짐승, 여기는 요괴. 사람 안에 이런 모습이 있다는 거 무섭다.

뭉이쌤 그래. 내 생각엔 그게 이 이야기의 진정한 무서움이야.

세라 저였으면 남편을 외면했을 거라고 했잖아요? 제 안에 냉철한 요괴가 있는 걸까요?

뀨 아재 가끔 세라 씨 안에 여우가 있는 건 아닐까 생각되기는 해요.

이반 아재!

뀨 아재 아하, 오해는 금물. 여기서 여우는 '여배우'라는 뜻임. 하하.

노고할망 내가 한마디 덧붙이자면, 귀신(鬼神)의 귀(鬼)와 신(神)은 서로 맞닿아 있어요. 귀기를 잘 다스리고 신성을 살려나가는 게 중요하지. 진 씨는 그 일을 잘 이루어낸 사람이라고 볼 수 있어요.

로테 이모 동감이에요. 큰 교훈을 얻게 되네요.

연이 이야기 속에는 괴물이 아니라 보물이 있는 거네요. 이번에는 제가 하나 해볼게요.

연이

제가 들려드릴 이야기는 시베리아 지역에 사는 브리야트족의 민담이에요. 소와 말 같은 동물들을 키우며 살아온 사람들이라고 해요. 넓은 초원지대를 떠올리면서 들으시면 더 실감이 날 거예요.

말보다 빠른 할머니

*

브리야트족 민담

먼 옛날, 군데군데 둥그런 산과 덤불숲이 있는 초원지대에 소와 말과 낙타를 많이 가진 부자가 살았어요. 터를 잡은 곳이 날씨도 좋고 신선한 풀이 많아서 힘들게 옮겨 다닐 필요도 없었대요. 부자는 크고 단단한 천막을 두 개나 쳐놓고서 편안하게 살았어요.

그러던 어느 날, 이상한 일이 벌어졌답니다. 가축을 강가로 몰고 가서 물을 먹이려 하는데 짐승들이 뒤로 물러서는 거예요. 뭐지 싶어서 살펴보니까 물에서 거품이 부글부글 일어나고 있었죠.

"물이 왜 이래!"

이러면서 부자는 장대를 들어서 강물을 힘껏 내리쳤어요. 세 번 연속으로요. 그러고서 장대를 드는데 이게 올라오질 않아요. 온 힘을 다 써서 겨우 들었더니만 웬 뚱뚱한 할머니가 장대를 잡고 있지 뭐예요. 딱 봐도 평범한 인간이 아니에요. 펄쩍 뛰어서 내려오더니,

"이봐, 네가 지금 나를 때린 거냐? 내가 우스워 보여?"

보니까 그게 요괴예요. 물에 사는 요괴니까 물귀신이죠. 부자는 잘못 걸렸다 싶어서 장대를 내던지고 내빼려 했어요. 하지만 소용없었죠. 한참을 뛰고 나서 보면 앞에서 할머니가 눈을 부라리고 있는 거예요. 화가 잔뜩 나서요.

"못된 녀석! 당장 잡아먹어야겠다."

그러면서 노파가 입을 쫙 벌리는데, 무슨 동굴 같아요. 빨려 들어가면 끝장이죠.

"잠깐만요! 더 맛있는 걸 드릴게요. 저에게 열여덟 살 된 아들이 있어요. 개를 드시는 게 더 낫지 않아요?"

노파 요괴가 그 말을 들으니까 귀가 솔깃해요. 딱 잡아먹기 좋은 나이거든요.

"네 아들을 어떻게 줄 건데?"

"내일 태양이 떠오르는 곳에서 기다리면 아들을 거기로 보내겠습니다."

"좋다. 속일 생각은 하지 마. 그러면 너도 가축들도 다 끝장이야."

허튼 말이 아니에요. 그러고도 남아요. 그날 밤 아버지는 아들을 불러서 말했어요.

"내일 새벽에 말을 타고서 태양이 뜨는 곳으로 가거라. 그쪽에 우리가 살 만한 터가 있는지 살펴봐."

갑자기 이사라니 이게 웬일인가 싶죠. 하지만 아들은 말없이 고개를 끄덕였어요. 그리고 다음 날 해뜨기 전에 빨간색 점박이 말을 골라 타고 길을 나섰습니다. 특이한 게, 이 말은 다리가 여덟 개예요. 그가 한창 길을 가는데 낯선 목소리가 들려왔어요.

"태양이 뜨는 곳으로 가면 안 돼요. 요괴가 당신을 잡아먹을 겁니다."

"어라? 누구지?"

청년은 이리저리 둘러봤지만 아무도 없었어요. 점박이 말이 눈을 껌뻑일 뿐이었죠.

"네가 말한 거니? 고맙지만 아버지 말씀을 어길 순 없어."

그러자 점박이 말이 입을 열더니,

"노파를 만나면 황금 뼈를 하늘 높이 던지세요. 뼈가 돌아오면 노파에게 더 높이 던져보라고 하세요."

말이 말을 하다니 이상한 일이지요. 청년은 그게 뭔가 뜻이 있다고 생각했어요.

얼마 뒤 둘은 해 뜨는 곳에 도착했습니다. 요괴 노파가 청년을 보더니 기괴하게 웃으면서,

"그거참 맛나게 생겼군. 크크크."

청년은 그 말은 못 들은 척 황금 뼈를 꺼내서 힘껏 하늘로 던졌어요. 어찌나 힘이 센지 황금 뼈는 한참이 지나서야 떨어졌죠. 청년은 노파에게 뼈를 주면서 말했어요.

"나보다 높이 던지지 못하죠?"

그러자 노파가 웃음을 흘리더니 황금 뼈를 하늘로 힘껏 던졌습니다. 뼈는 높이높이 올라가서 보이지 않았어요. 그 틈을 타서 점박이

말이 움직였어요. 말은 청년을 태우고 힘차게 달리기 시작했습니다. 노파가 황금 뼈를 받았을 때는 거의 보이지 않을 정도였죠.

하지만 그건 끝이 아니었어요. 노파가 손에 칼을 들고서 뛰어오는데 속도가 말보다 빨라요. 노파는 한참 만에 말을 따라잡고서 칼을 휘둘렀습니다. 그러자 말의 두 다리가 싹둑 잘렸어요. 말은 여섯 개 다리로 더 빨리 달아났죠. 다시 추격전이 이어졌고 노파가 말을 따라잡아서 칼을 휘둘렀어요. 다시 다리 두 개가 싹둑. 말은 피를 흘리며 네 개의 다리로 힘껏 달렸습니다. 얼마 뒤 다시 두 다리가 잘렸지만 말은 그치지 않았어요. 두 개의 다리로 바람처럼 달렸지요. 하지만 결국 다시 노파에게 따라잡히고 말았습니다.

싹둑!

말의 마지막 두 다리가 잘려 나갔어요. 더 이상 달릴 수는 없었죠. 말은 자리에 고꾸라지더니 커다란 나무로 변했습니다. 청년은 나무를 타고 올라갔어요. 노파는 나무를 향해 칼을 휘둘렀답니다. 칼이 움직일 때마다 줄기가 착착 잘려 나갔어요. 나무는 계속 위로 자라났지만 잘려 나가는 속도가 더 빨랐어요. 청년의 몸은 조금씩 아래로 내려갔지요.

"크크크. 감히 나에게서 도망치려 하다니! 맛 좀 봐라."

싹둑! 싹둑!

청년의 몸은 점점 노파가 휘두르는 칼에 가까워졌어요. 위기일발이에요.

싹둑!

"으아악!"

청년의 신발 밑창이 싹둑 잘려 나갔어요. 청년은 얼른 땅으로 뛰어내려서 엎드렸습니다.

"잘못했어요. 뭐든 시키는 대로 다 하겠습니다."

그러자 노파가 클클클 웃으면서,

"그래? 그럼 숲으로 가서 단단한 나뭇가지를 모아 와라. 꼬치구이를 해 먹을 거거든."

청년은 숲으로 가서 나뭇가지를 찾기 시작했어요. 눈물이 절로 솟아났죠. 청년은 엉엉 울기 시작했어요. 그때 누가 말을 걸어왔답니다.

"왜 여기서 슬피 우시나요?"

청년이 보니까 커다란 얼룩빼기 황소였어요. 청년이 사정을 얘기하니까 황소가 말했어요.

"그 꼬치에 당신을 구우려는 거예요. 내 말대로 하세요. 나뭇가지가 부러지지 않아서 칼이 필요하다고 하세요. 노파가 칼을 주면 곧바로 돌아오세요."

청년이 황소가 시키는 대로 하자 노파가 얼굴을 잔뜩 찌푸리며,

"그것도 못 자른단 말야? 약해빠져선!"

그러면서 칼을 내줬답니다. 청년이 칼을 가지고 돌아오니까 황소가 반기면서,

"그 칼을 차고 내 등에 올라타서 뿔을 꽉 잡으세요."

청년이 등에 올라타니까 황소가 달리기 시작했어요. 그야말로

광속 질주예요. 점박이 말보다 더 빨라요. 둘은 순식간에 대초원을 가로질러 멀리멀리 사라져갔답니다.

하지만 이번에도 끝은 아니었어요. 청년이 사라진 걸 깨달은 노파가 성이 잔뜩 나서 추격을 시작했죠. 털외투를 허리춤에 찔러 넣고 냅다 달리는데 치타보다 몇 배는 빨라요. 얼마 지나지 않아서 노파는 청년 턱밑까지 다다랐습니다. 그때 황소가 외쳤어요.

"요괴의 칼을 오른쪽 무릎에 대고 구부리세요."

청년이 그 말대로 칼을 딱 구부리니까 쫓아오던 노파의 오른 무릎이 딱 꺾였어요. 화가 난 노파는 오른 다리를 절뚝이면서 다시 추격을 시작했습니다. 또다시 붙잡히기 직전이에요.

"칼을 왼쪽 무릎에 대고 구부리세요."

청년이 그 말대로 칼을 딱 구부리니까 노파의 왼 무릎이 딱 꺾였어요. 노파는 무릎을 움켜쥐고 쓰러졌다가 다시 두 다리를 절뚝이면서 쫓아오기 시작했습니다. 두 눈에서 시퍼런 불꽃이 펴져 나와요. 노파는 다시 턱밑까지 쫓아와서 황소를 낚아채려 했어요.

"칼을 부러뜨려서 조각을 흩어버리세요!"

청년은 급히 칼을 부러뜨리고 조각을 사방으로 던졌습니다. 그러자 노파의 몸이 갈가리 찢어지면서 뼛조각과 살점이 허공으로 흩어졌어요. 무서운 외침과 함께요.

"이놈- 이놈-"

그 소리는 바람과 함께 흩어져 갔습니다.

잠시 후, 계속 달리던 황소가 발을 멈췄어요. 멈춰 선 곳은 아름

다운 계곡이 있는 푸른 초원이었답니다. 청년이 등에서 내려오자 황소가 말했어요.

"이제 나를 죽이고 가죽을 벗기세요. 머리를 잘라서 뿔이 북쪽으로 향하고 코가 남쪽으로 향하게 놔주세요. 벗긴 가죽으로는 당신 몸을 감싸고요. 몸뚱이는 당신 뜻대로 하시면 됩니다."

그러자 청년이 울면서 말했어요.

"네가 나를 살렸는데 내가 어떻게 너를 죽이겠니? 못 하겠어."

"부탁이에요. 내 말대로 해주세요."

너무나 간절히 부탁하니까 거절할 수가 없어요. 청년은 눈물을 흘리면서 소를 죽인 뒤 머리를 정성껏 내려놓고 소가죽으로 자기 몸을 감쌌습니다. 황소의 몸은 자기 옷을 벗어서 고이 덮어줬지요. 청년은 그 상태로 울다가 잠이 들었어요.

다음 날 아침, 청년이 눈을 뜨는데 고운 목소리가 들려왔어요.

"일어나셨군요."

아름다운 아가씨였어요. 청년은 그 무릎을 베고 있었죠. 청년이 놀라서 일어나 앉는데 더 이상한 일이 일어났어요. 빨간색 점박이 말이 다가온 거예요. 다리 여덟 개가 다 있는데 다리마다 큰 상처가 있었죠. 청년은 말의 다리를 끌어안고 눈물을 흘렸답니다.

주변을 돌아보니까 아름다운 초원에 수많은 가축들이 풀을 뜯고 있었어요. 계곡에는 맑은 물이 졸졸졸 노래하면서 흘렀죠. 청년은 그곳에서 아가씨와 함께, 빨간색 점박이 말과 함께, 수많은 가축과 좋은 사람들과 함께 오래오래 잘 살았답니다.

이야기에 대한 이야기

연이 퉁이 엄지 이반 세라 꺄 아재 로테 이모 뭉이쌤 노고할망

퉁이 우와, 참 좋다. 조금 무섭고 많이 감동적이야.

세라 그래. 유목민들의 설화가 가슴을 뛰게 만드네. 어딘지 가보고 싶다.

엄지 황소가 아가씨로 변한 거겠죠?

이반 그렇지 않을까?

연이 나도 그렇게 생각해. 암소도 아닌데 아가씨로 변한 건 이상하지만.

뭉이쌤 그만큼 우직하고 강인하다는 걸 나타내는 것일 수 있지.

퉁이 오, 황소의 탈을 쓴 예쁜 아가씨. 멋지네요.

세라 하이에나 인간이나 화피 요괴와는 반대네. 험한 겉모습 속에 아름다운 인간성이 있는 셈이니까.

뭉이쌤 신성이라고 해도 좋겠죠.

이반 맞아요. 뭔가 경건해졌어요. 앞으로 소나 말이 달리 보일 것 같아요.

퉁이 근데 할망님, 노파가 물의 신 같은데 왜 이리 사납고 잔인한 거죠?

노고할망 물에도 여러 모습이 있잖아? 물의 가장 난폭한 모습인 거지.

퉁이 아, 평소의 물과는 다른 모습이었나 보네요. 홍수라도 났나? 하하.

꺄 아재 그럴 수 있어. 쓰나미가 얼마나 빠른지 아니? 차로도 못 도망가.

세라 쌤, 결국 이 이야기는 인간이 자연환경을 헤쳐 나가는 과정으로 풀이할 수 있는 거네요.

뭉이쌤 제 생각은 그래요. 다른 해석도 가능하겠지만요.

엄지 저는 부자가 나쁜 아빠라고 생각했어요. 근데 말씀을 듣다 보니 결국 청년이 헤쳐 나가야 할 일이었다는 생각이 드네요.

통이 오오, 그러네! 그걸 누가 대신할 수는 없는 거니까.

연이 그렇지. 이야기 속에 무섭고 아슬아슬한 장면들이 있잖아? 나는 그걸 보면서 무서움에 지지 않고 맞서겠다는 마음을 갖게 됐어.

이반 연이 화이팅! 황소의 뿔처럼 힘차게 가라!

연이 하하. 고마워. 근데 황소는 사양. 내 모습 그대로 가겠어.

로테 이모 오오, 겉과 속이 다르지 않게 살겠다는 거지? 멋진 아가씨!

통이 로테 이모님 두둥 등장. 이야기 하나 해주세요!

로테 이모

이번 이야기판의 주제가 요괴 맞죠? 내가 한국의 무서운 괴물 이야기를 해볼게요. <여우 누이>라고 다들 들어봤을 거예요. 아주 유명한 이야기지요. 신기하게도 이 이야기는 매번 새롭게 소름이 돋아요. 처음에는 그냥 꾸며낸 이야기라고만 생각했는데 자꾸 현실적인 얘기처럼 생각되기도 해요.

여우 누이

✷

한국 민담

옛날 어느 고을에 부자가 살았어요. 그 시절엔 가축이 재산이었는데 소와 말을 수십 마리나 가지고 있었으니까 큰 부자지요. 근데 이 사람이 못 가진 게 있었어요. 아들은 여섯 명이나 되는데 딸이 없었죠. 딸 가진 아버지만 보면 이 사람이 부러워서 견디질 못해요.

"아, 여우라도 좋으니 딸 하나만 있었으면!"

만날 이렇게 노래를 불러요. 그러다가 일곱째가 태어났는데 또 아들이지 뭐예요. 그 아이는 쳐다보기도 싫어요. 미운털이 박힌 거죠.

"아, 여우라도 좋으니 제발 딸 하나만 있었으면!"

계속 이렇게 노랠 하는데 그 말을 꼬리 여덟 개 달린 여우가 들은 거예요.

'오호, 이 집에 태어나야지!'

그때 부자의 아내가 다시 임신해서 아기를 낳았는데 바라고 바라던 딸이었어요. 그것도 아주 예쁜 딸이었죠. 부자는 입이 함박만 해졌어요. 딸이 자라면서 애교라는 애교는 다 부리는데 부모가 살살 녹아요. 다른 자식들은 눈에 들어오지도 않죠.

그 딸이 자라서 열 살쯤 됐을 때예요. 집에 이상한 일이 벌어지기 시작했답니다. 밤마다 가축이 한 마리씩 쓰러져 죽는 거예요. 시체는 내장이 감쪽같이 사라진 상태였죠. 간, 콩팥, 심장, 창자…… 이걸 누가 쏙 빼 먹은 거예요. 눈을 커다랗게 뜨고 죽은 걸 보면 산 채로 내장을 뜯긴 게 분명했어요.

이런 일이 계속되다 보니 그 많던 소와 말이 자꾸 줄어들었죠. 부자는 큰아들을 시켜서 밤새 망을 보게 했어요. 도대체 어떤 짐승이 그러는지 살펴보라고요. 그래서 그날 밤에 큰아들이 눈을 비비면서 망을 보는데 한밤중이 됐을 때 검은 그림자가 쓰윽 나타났답니다.

'아악!'

큰아들은 비명이 나오는 걸 겨우 참았어요. 그 그림자의 정체는 자기 누이동생이었답니다. 엉덩이에 꼬리 아홉 개가 흔들거리고 있었죠. 그러니까 그게 구미호예요.

여우 누이는 소에게 다가가더니 똥구멍으로 손을 쑥 밀어 넣었어요. 다시 잡아 뺀 손에는 피가 철철 흐르고 있었죠. 누이는 웃으면서 손에 든 간을 입으로 가져갔어요.

'아악!'

큰아들은 다시 비명이 나오는 것을 겨우 참았어요. 입을 꽉 막고서 누이가 내장을 차례로 빼내서 씹어 먹는 걸 지켜봤지요. 완전히 악몽 같은 시간이었답니다.

다음 날 아침, 아버지가 큰아들을 불러서 물었어요.

"소 한 마리가 또 당했다. 어떤 짐승이 한 짓인지 봤느냐?"

"아뇨. 못 봤어요. 깜빡 조느라고……."

그러니까 아버지가 짜증이 나죠. 그는 다시 둘째 아들을 시켜서 밤새 망을 보게 했어요. 그날 밤에도 전날과 같은 일이 벌어졌지요. 이번에는 말이 당했어요. 하지만 둘째 아들도 아무것도 못 봤다고 둘러댔답니다. 셋째, 넷째, 다섯째, 여섯째 다 마찬가지였죠. 아버지가 막내딸을 끔찍이 사랑한다는 걸 알기에 말을 못 한 거예요.

끝으로 막내아들 차례가 됐어요. 아버지는 아예 기대도 하지 않았죠. 그런데 날이 밝자마자 아들이 쪼르르 달려와서 이렇게 말하는 거예요.

"아버지! 제가 봤어요. 범인을 알아냈어요!"

"네가 봤다고? 그래, 어떤 짐승이더냐?"

"짐승이 아니고 사람이었어요. 우리 막내요. 걔가 스르르 다가오더니 소 똥구멍에 팔을 집어넣어서 내장을 꺼내 먹었어요. 무서워서 죽는 줄 알았어요."

그러자 아버지가 눈을 치켜뜨더니,

"뭐? 막내? 막내가 그랬다고? 이놈의 자식이 무슨 되지도 않는 소리야! 지금 동생을 모함하는 거냐? 천하에 못난 놈 같으니라고! 너는 내 자식도 아니다. 당장 집에서 나가!"

화를 버럭버럭 내면서 호통을 치는 거예요. 더 말하려고 해도 들을 생각을 안 하고요. 막내아들은 속절없이 집에서 쫓겨나고 말았답니다.

애가 하루아침에 집에서 쫓겨나니까 아주 막막하죠. 그는 사방을 흘러 다니면서 갖은 고생을 다 했답니다. 어떻든 죽지 않고 살아났어요. 여자를 만나서 결혼도 했답니다. 예쁘지는 않지만 현명한 여자였죠.

결혼해서 평화롭게 지내면서도 막내아들은 두고 온 가족 생각을 지울 수 없었어요. 어찌 됐을지 궁금해서 참을 수 없었죠. 어느 날 그는 아내에게 말했어요.

"아무래도 내가 집에 한번 가봐야겠어요."

그러자 아내가 절대 안 된다면서 펄쩍 뛰어요. 하지만 막내는 딱 한 번만 가서 먼발치에서 보고 오겠다면서 통사정이에요. 말리다 못한 아내가 남편에게 병 세 개를 주면서 말했어요.

"다급한 상황이 되면 이 병을 던지세요. 노란 병, 파란 병, 빨간 병 순서로요."

"알겠어요. 그렇게 할게요!"

막내아들은 병을 챙긴 뒤 고향 마을로 향했어요. 아내가 구해 온 비루먹은 말을 타고서요. 그는 한참 만에 마을에 다다랐는데 뭔가 공기가 이상했어요. 흉흉한 느낌이 묻어났지요. 쓰러진 집이 잔뜩이고 사람 그림자라고는 통 보이지 않았답니다.

자기 살던 집이 보이자 막내아들은 말에서 내려서 조심조심 다가갔어요. 여차하면 도망칠 태세를 갖추고서요. 그가 소리를 죽이면서 살금살금 걷는데 갑자기 뭐가 홱 달려들어서 말고삐를 낚아챘답니다.

"으헉!"

말고삐를 낚아챈 사람은 여자였어요. 자기 누이동생이 웃으면서 서 있었죠.

"오빠구나! 오빠 맞지? 이게 얼마 만이야? 잘 왔어, 오빠!"

얘가 말고삐를 끌면서 앞장서는데 오빠가 안 따라갈 수 없어요. 집에 도착하자 누이가 말을 기둥에 묶더니,

"잠깐만 기다려, 오빠. 내가 음식 차려줄게."

그때 오빠가 이리저리 살펴도 다른 가족은 보이지 않았어요. 그런데 다들 어디 갔냐고 동생에게 묻지를 못해요. 몰래 이리저리 눈길을 돌려서 살펴볼 뿐이었죠. 잘 보니까 한구석에 뼛조각들이 쌓여 있는데 사람 해골도 있어요.

'아아, 역시나…….'

여우 누이가 다 잡아먹은 게 분명했지요. 이때 누이가 고개를 획 돌리더니,

"오빠! 뭘 그렇게 보는 거야? 안 되겠다. 방으로 들어가!"

손을 잡아끌어서 사랑방에 밀어 넣더니 문을 턱 잠가요. 꼼짝없이 갇힌 신세죠. 오빠가 방문에 구멍을 내고서 살펴보니까 누이가 숫돌에 칼을 갈고 있어요. 엉덩이에 꼬리들이 살랑살랑.

"오빠 한 끼, 말 한 끼! 오빠 한 끼, 말 한 끼!"

이렇게 콧노래를 부르는 거예요. 그러다 고개를 들어서 방 쪽을 보면서,

"오빠, 방 안에 잘 있지?"

"응. 잘 있지!"

오빠는 대답을 하면서 바지춤을 내리고 방 안에 똥을 눴어요.

"똥아, 부탁해!"

오빠는 뒤편의 작은 창을 뜯고서 겨우 방에서 빠져나왔어요. 그는 살금살금 말 있는 데로 다가가 고삐를 풀고서 그곳을 벗어나기 시작했답니다. 그때 다시 여우 누이가 방을 바라보면서,

"오빠, 방 안에 잘 있지?"

그러자 오빠 대신 똥이 대답했어요.

"응. 잘 있지!"

누이는 다시 웃으면서 칼을 쓱쓱 갈았어요. 조금 있다가 다시,

"오빠, 잘 있지?"

"응. 잘 있지……."

그렇게 대답을 주고받는데 오빠 목소리가 점점 작아지고 느려지는 거예요. 똥이 식으니까 그렇죠. 누이는 고개를 갸웃하다가 방으로 다가와서 문을 확 열었어요. 오빠가 있을 리 없죠. 보니까 어느새 말도 사라지고 없어요.

"감히 나를 따돌리겠다고? 어디 한번 해보시지!"

누이는 오빠를 뒤쫓아서 달리기 시작했어요. 반은 사람, 반은 여우 모습으로 달리는데 말보다도 더 빨라요. 얼마 지나지 않아서

여우 누이는 말을 탄 오빠의 턱밑까지 따라잡았답니다.

"그거 내 거! 오빠 한 끼, 말 한 끼!"

홱 달려들어서 말을 낚아채려고 하는 순간, 오빠가 노란 병을 툭 던졌어요. 그러자 병이 깨지면서 억센 가시덤불이 생겨났답니다. 여우 누이는 가시덤불에 갇혀서 날카로운 비명을 질러댔어요. 그 틈을 타서 오빠는 부지런히 도망쳤지요. 하지만 누이는 가시덤불을 헤치고 나와서 다시 무섭게 쫓아왔어요.

"오빠 한 끼, 말 한 끼! 오빠 한 끼, 말 한 끼!"

여우 누이가 다시 말을 홱 낚아채려 할 때 오빠가 파란 병을 던졌어요. 그러자 병이 깨지면서 강물이 생겨났답니다. 여우가 물에 빠져서 허우적허우적. 그 틈에 오빠는 다시 열심히 도망쳤지요. 하지만 여우는 다시 물살을 헤치고 나와서 무섭게 쫓아왔어요.

"오빠 한 끼, 말 한 끼! 오빠 한 끼, 말 한 끼!"

여우 누이가 다시 말을 낚아채려 하자 오빠는 마지막으로 빨간 병을 던졌어요. 그러자 병이 깨지면서 불길이 확 일어났답니다. 여우는 삽시간에 불길에 휩싸였죠. 여우 누이는 온몸이 불타면서도 추격을 멈추지 않았어요.

"오빠 한 끼, 말 한 끼! 오빠 한 끼, 말 한 끼……."

하지만 몸에 붙은 불은 꺼지지 않았지요. 누이는 완전히 여우로 변한 상태로 불에 타서 죽고 말았답니다. 오빠는 겨우 악몽에서 벗어날 수 있었죠. 등에서 식은땀이 줄줄줄 흘러내렸어요.

아내가 있는 곳으로 돌아온 남자는 다시는 고향 마을 쪽을 바라보지 않았대요. 그리고 아들딸을 낳은 뒤 자식들에게 차별 없이 사랑을 주면서 오순도순 살았다고 해요.

불에 타서 죽은 여우는 그걸로 끝이었을까요? 아니에요. 불탄 몸에서 뭔가가 잔뜩 나와서 공중으로 날아올랐답니다. 모기였어요. 사람 피를 빨아먹는 모기가 여우 누이의 화신이라고 해요.

이야기에 대한 이야기

연이

퉁이

이반

세라

뀨 아재

로테 이모

동이

뭉이쌤

퉁이 어? 여우 누이가 모기가 된 거예요? 처음 듣는 말이다.

로테 이모 응, 그렇게 돼 있는 자료들이 있어.

뭉이쌤 맞아요. 자료마다 조금씩 차이가 있죠. 삼형제, 오형제, 육형제 이런 식으로요. 병 색깔도 조금씩 달라요. 하얀색이나 검은색도 있어요.

세라 하지만 큰 틀은 차이가 없는 거 맞죠? 결국 핵심은 여우 누이라는 괴물이잖아요.

이반 옆에서 늘 함께 지내는 여동생이 여우라는 건 정말 소름 돋는 일이에요.

퉁이 근데 로테 이모님이 진짜로 여우 누이를 보셨다는 건 무슨 말씀이에요?

로테 이모 퉁이는 못 봤니? 부모와 형제들의 간을 빼 먹는 딸들, 요즘 꽤나 많이 보이던데.

퉁이 앗! 여우가 그런 뜻?

뭉이쌤 그래. 이야기에선 여우가 그 집에 태어났다고 돼 있지만 사실 딸이 여우로 자라난 거라고 볼 수 있어. 부모의 잘못된 사랑이 아이를 여우로 만든 거지.

세라 차별과 편애, 그리고 과보호. 맞죠?

뭉이쌤 그렇죠.

뀨 아재 하지만 부모 탓으로만 돌릴 일은 아니에요. 본인 탓도 있죠.

로테 이모 맞아요. 많은 사랑을 받는다고 다 여우가 되는 건 아니니까. 그 딸은 쉽고 편한 길을 택한 거죠.

이반 가족 말고 이웃도 해쳤나 봐요. 마을이 황폐해진 걸 보면요.

뭉이쌤 작은 것에서 시작해서 큰 것으로, 가까운 데서 시작해서 먼 곳으로. 그런 식이지.

연이 저는 여섯 오빠가 이해가 안 돼요. 그렇게 감춘다고 해결되는 게 아니잖아요?

세라 맞아. 그들이 죽은 건 결국 자업자득인 셈이야.

퉁이 집에서 쫓겨난 아들이 혼자 살아남았다는 게 반전이에요. 솔직함 덕분이겠죠?

뭉이쌤 좁은 울타리를 벗어나서 바깥세상에서 고생한 사실도 눈여겨볼 만해. 젊어 고생은 돈 주고도 못 산다고 하잖니?

세라 아내의 역할도 빼놓을 수 없어요.

뭉이쌤 맞아요. 그 아내는 일차적 관계가 아니라 사회적으로 이루어진 관계라는 차이가 있죠.

세라 오, 그러네요. 막내아들은 관계를 확장한 것이었어요.

뀨 아재 그 아내가 여우에게 올케뻘이잖아요? 시누이 잡는 건 올케!

로테 이모 하하. 아재다운 해석이네요. 근데 그럴듯해요.

뭉이쌤 아내가 준 노란 병, 파란 병, 빨간 병을 심리적으로 해석해 볼 가능성도 있어요. 말하자면…….

퉁이 쌤, 그만요. 그냥 다음 이야기로 넘어가요.

뭉이쌤 그래. 그건 각자 생각해 보기로.

퉁이 저에게 좋은 아이디어가 있어요. 세계에 수많은 요괴들이 있잖아요? 각자 알고 있는 특이한 요괴에 대해서 얘기를 나누는 거예요.

동이 오오, 그거 좋지! 나도 아는 얘기 많다구.

세계의 요괴들

✴

세계 각국

태국의 내장귀신

혹시 내장귀신이라고 들어봤어? 세상에 요괴들이 많지만 얘가 아주 특이한 녀석이야. 얼굴 밑에 내장만 달고서 날아다닌다니 신기하지 않아? 내가 예전에 태국을 지나갈 때 직접 보기도 했다고. 밤중에 깜깜한데 공중에 뭐가 번쩍번쩍하면서 날아다니지 뭐야. 보니까 그게 내장에서 나는 빛이더라고. 사람 얼굴 밑에 간이랑 심장이 주렁주렁 매달리고 창자가 연 꼬리처럼 나풀대는데 아주 끔찍하더군. 내가 겁이 통 없는데도 저절로 진저리가 나더라니까.

태국의 내장귀신은 이름도 있어. 남자 내장귀신은 '가스'라고 해. 여자 내장귀신은 '크라스'라고 부르고. 크라스가 달고 다니는 내장은 밤에 녹색 빛을 내면서 떠다니지. 밤하늘에 녹색 불빛이 보이면 사람들이 그런 난리법석이 없어.

근데 애들이 늘 그런 모습을 하는 게 아냐. 낮에는 멀쩡한 사람처럼 지내다가 밤이 되면 머리가 내장을 달고 쑥 빠져나가서 날아다니는 거지. 그러면서 가축 같은 걸 잡아먹는 거야. 얘들이 짐승 내장을 쭉 뽑아 먹는데 입에 피가 묻을 거 아냐? 그 피를 사람들이 널어놓은 빨래에다 닦고 간다는 거야. 실제로 밤사이에 빨래에 짐승 피가 묻는 일이 드물지 않아.

얘가 그래놓고는 날이 새기 전에 다시 원래 몸으로 쏙 들어가. 그럼 다시 사람이 되는 거지. 우리가 멀쩡한 사람이라고 생각하는 누군가가 밤에 출렁출렁 내장을 달고 날아다니면서 짐승 내장을 빼 먹는다는 거, 이거 무섭지 않아? 여기 비하면 구미호 누이는 젠틀한 편이지. 하하.

내장을 빼 먹는 태국 귀신에는 '뻭'이란 애도 있어. 얘도 밤에 움직이는데 가스랑 달리 사람 눈에는 전혀 보이질 않아. 그런데 무서운 건 뻭은 사람을 해친다는 거야. 사람의 내장을 쏙 빼 먹는 거지. 뻭에게 당한 시체는 배 속에 내장이 하나도 없다는 거야. 얘도 날이 밝기 전에 사람으로 돌아오는데 특이하게 그림자가 없대. 가만! 그림자가 낮에는 없다가 밤에 스스슥 돌아다니는 건가? 하여튼 태국 사람들은 뻭을 꽤나 싫어해. 누구한테 "너 뻭이지?" 이렇게 말하면 정말 큰 욕이야. 가스나 크라스라고 하는 것도 마찬가지고.

태국 사람들이 내장귀신을 어떻게 방비하는지 알아? 대문이나 계단에 하얀 실을 잔뜩 묶어놓으면 얘들이 못 들어온대. 그리고 스님이 남문 쪽에다가 물을 뿌려줘도 얘들이 다가오질 못한다지.

집 밖은 어떡하냐고? 안 돌아다니는 게 상책이지 뭐. 그래서 그런지 태국에서는 밤에 사람들이 밖에 잘 안 나다니더라고. 옛날엔 그랬어. 이상 끝!

필리핀, 베트남, 캄보디아의 내장귀신

안녕하세요. 달이에요. 저도 세상 곳곳을 날아다니면서 귀신을 많이 봤어요. 태국에서 내장귀신 가스와 크라스도 만났죠. 아주 끔찍하더라고요. 뻭은 제 눈에도 안 띄었어요. 하지만 밤에 갑자기 사람이 픽 쓰러지면서 내장이 빠져나가는 건 봤어요. 이제 보니 그게 뻭의 짓이었네요.

근데 내장귀신이 태국에만 있는 게 아니에요. 베트남과 필리핀, 캄보디아 같은 나라들에도 많아요. 베트남에선 내장귀신을 '말라이'라고 부르고, 필리핀에서는 '마라낭갈'이라고 해요. 얘들도 태국 내장귀신이랑 좀 비슷해요. 낮에는 멀쩡한 사람처럼 있다가 밤이 되면 머리만 떨어져 나와서는 내장을 주렁주렁 달고서 하늘을 날아다니는 거예요. 얘들이 특히 좋아하는 게 뭐냐면 태반이에요. 태반이 버려진 데가 있으면 귀신같이 찾아서 먹는 거죠. 아, 귀신 같은 게 아니라 진짜 귀신이네요. 호호. 어떤 애는 끔찍하게도 임산부 몸속에 있는 태아를 빼 먹는대요. 얘들이 산 사람의 내장도 빼서 먹는데 특히 흰옷을 입은 사람이 타깃이에요. 밤에 누가 흰옷을 입고 다니면 내장을 쏙 빼 가는 거예요. 흰옷 속으로 내장이 비쳐 보이나 봐요.

애들이 날이 밝기 전에 다시 몸으로 돌아와서 합체하잖아요? 근데 거기 분리된 자국이 있대요. 목에 칼자국 같은 게 있다는 거죠. 필리핀 마라낭갈은 칼자국이 세 개라고 해요. 다른 사람이 그걸 보면 안 되잖아요? 그래서 얘들은 낮에도 목에 뭘 두르고 다녀요. 그래서 그 나라에선 목을 감추고 다니면 귀신으로 의심받을 수 있답니다.

밤에 머리하고 내장이 빠져나가면 몸뚱이와 팔다리만 남잖아요? 그걸 발견하면 어떡해야 할까요? 엎어놔야 해요. 그러면 머리와 내장이 몸에 붙지 못하고 죽는다는 거예요. 만약 그게 자기 가족이라면 정말 끔찍한 일이죠.

예전에 어떤 신랑이 밤에 보니까 신부가 몸통만 있더래요. 그래서 들은 대로 몸을 엎어놓은 거예요. 새벽에 머리와 내장이 돌아왔는데 몸에 못 들어가잖아요?

"여보, 내 몸을 뒤집어 줘요. 제발요!"

이렇게 울면서 신랑한테 사정했대요. 하지만 신랑이 말을 안 들어줘서 여자가 죽었다는 거예요.

내장귀신이 싫어하는 게 소금과 마늘이라고 해요. 그래서 사람들이 평소에 그걸 많이 챙겨서 다녀요. 임산부에겐 필수죠. 그리고 밤중에 흰옷은 완전 금기예요. 검은 옷을 입어야 귀신 눈에 안 띈다는 거죠. 그곳 사람들이 요즘도 그러는지는 잘 모르겠어요. 아마도 시골에선 그럴 거예요.

튀르키예의 요괴 아오카르스

얘기를 듣다 보니 튀르키예의 요괴가 떠오르네요. 이름은 '아오카르스'예요. 이 요괴가 노리는 대상은 바로 산모와 아기예요. 엄마와 아기의 간을 빼 먹는 거죠.

아기를 낳은 뒤 40일 동안이 위험한 시기예요. 그때는 특별히 신경을 써야 해요. 산모를 혼자 놔두면 안 되고, 밤에도 방에 불을 켜놔야 한답니다. 그래야 아오카르스가 접근하지 못하죠. 요괴는 다 어두운 걸 좋아하나 봐요. 그리고 이 요괴는 빨간색을 꺼리는 게 특징이에요. 빨간색이 있으면 가까이 안 온대요. 그러니까 산모 있는 곳에는 빨간색이 필수예요. 그래서 옷이나 이불 같은 걸 빨간색으로 많이 하죠.

아오카르스 요괴의 유래에 대한 전설도 있어요. 태초에 하느님이 사람을 창조할 때 아담, 하와와 함께 일릿이라는 여자도 만들었었대요. 어디서는 릴리스라고도 해요. 근데 이 여자가 아담을 거부하는 바람에 저주를 받아버렸다는 거예요. 그 일릿의 화신이 바로 아오카르스예요. 저주에 대한 복수로 산모와 아기를 노리는 거죠.

나도 임신해서 자식을 낳아봤지만, 아기를 낳아서 키운다는 건 참 어려운 일이에요. 예전엔 더 그랬겠지만 요즘도 다르지 않아요. 주변에서 많이 신경 쓰고 꼼꼼히 보살펴 줘야 해요. 나쁜 기운을 막으려면요.

필리핀의 무서운 요괴들

얘들아, 조금 전에 달이가 필리핀 내장귀신 얘기를 했잖아? 내가 필리핀에서 온 아주머니하고 얘기를 나눈 적이 있는데 내장귀신 말고도 기괴하고 무서운 요괴가 많더라고.

먼저 와꽉. 내장귀신 비슷하게 몸이 나뉘는 요괴야. 낮엔 멀쩡히 있다가 밤이 되면 상반신이 분리된 채 날아다니면서 사람을 잡아먹는대. 꽉 꽉 꽉 소리를 내면서 움직이는데 그게 완전 공포의 소리지. 와꽉은 상반신이 떨어져 나간 자리에 소금을 뿌려놓으면 다시 붙지 못하고 죽는대.

아수왕도 와꽉이랑 비슷한데 이건 여자야. 밤 12시가 지나면 상반신이 분리돼서 날아다니는데 지붕에 앉았다가 혀를 쭉 내밀어서 밑에 있는 사람의 피를 쪽쪽 빨아 먹는다지 뭐니. 이 요괴가 특별히 노리는 건 태아야. 임산부가 있는 집을 떠돌다가 혀를 쭉 뻗어서 배 속의 아기를 빨아 먹는 거지. 아주 끔찍한 요괴야. 드라큘라는 비교가 안 될 정도. 이 요괴를 방비하는 데는 마늘과 십자가를 쓴대. 남은 몸을 뒤집어놓으면 다시 붙지 못하고 죽는다고 해.

필리핀 요괴들이 피를 좋아하나 봐. 시그빈이란 괴물은 사람 발뒤꿈치를 깨물어서 피를 빨아 먹어. 애완동물처럼 자그마한 짐승인데 보통 사람 눈에는 안 보인대. 얘가 좀 음침한 게 숯을 먹고 살아. 그리고 사람 그림자를 통해서도 피를 촉촉 빨아 먹는대. 모습은 안 보이지만 냄새가 지독한 게 특징이야.

'발발'이라는 귀신도 있어. 이건 사람의 시체를 먹는 요괴야. 필리핀은 시신을 매장하기까지 시간이 꽤 걸린대. 길게는 20일까지 집에 둔다는 거야. 발발이 그 틈을 노려서 시체를 훔쳐 가거나 파먹는 거지. 발발은 시체를 먹고 나면 빈 자리를 바나나 나무로 채워놓는대. 바나나 나무가 껍질을 벗기면 줄기 색깔이 사람 피부하고 비슷한가 봐. 사람들이 그걸 시체로 착각하고 그냥 장례를 치르기도 한다는데, 이게 대체 뭔 일이니!

바티바트는 뚱뚱한 여자아이 모습을 한 요괴야. 밤에 사람들이 잠을 잘 때 가슴을 밟는다지 뭐니. 얘가 아주 무겁거든. 그러면 사람들이 가위에 눌리면서 악몽을 꾸게 되는 거지. 바티바트는 원래 나무 위에서 사는데 누가 자기 나무를 자르면 그를 찾아가서 괴롭힌다고 해. 나무를 괜히 잘못 건드렸다가 봉변을 당하는 거지. 필리핀에서는 나무 기둥 맞은편에서 잠을 자는 것도 금기래.

카프리도 나무 위에 사는 괴물이야. 발리떼 나무. 반얀 트리로 알려져 있는 나무지. 카프리는 전형적인 몬스터야. 커다란 검은 짐승인데 몸 크기를 마음대로 바꿀 수 있대. 나무 위에서 뻑뻑 담배를 피우는 게 취미라지 뭐니. 애들이 아주 무서워하는 요괴야.

벨벨루까라는 물귀신도 있어. 얘는 어부를 잡아먹는 요괴인데, 방법이 특이해. 강이나 호수의 물을 쫙 빨아들였다가 어부가 오면 세차게 내뱉는 거야. 마치 낫이나 칼날처럼. 그러면 어부들이 그걸 이기지 못하고 물에 빠져서 죽는 거지. 사람들이 물고기를 잡아 가는 게 싫어서 그러는 걸까? 그건 나도 잘 모르겠어. 아무튼

내 얘기는 여기까지!

통이

일본의 요괴들

저는 일본 요괴 얘기를 해보겠습니다. 일본은 요괴의 나라라고 할 만해요. 오니는 다 알 거예요. 한국의 도깨비 비슷한 요괴인데 종류가 무척 많대요. 오니 말고 기다란 빨간 코를 가진 텐구나 숲속의 식인귀 야만바도 유명한 요괴죠.

제가 먼저 소개할 요괴는 코나키지지예요. 우리나라에서는 이 요괴를 '응애 할아범'이라고 불러요. 사람들이 밤길을 가면 애가 응애응애 울음을 우는 거예요. 사람들이 버려진 아기인 줄 알고 불쌍하게 생각해서 업거나 등에 메잖아요? 그럼 애가 점점 무거워져요. 돌덩어리처럼요. 뭐지 하면서 살펴보면 얼굴이 할아버지인 거예요. 몸에 딱 붙어서 떨어지질 않죠. 사람들은 점점 늘어나는 무게를 못 이기고 결국 깔려 죽는다고 해요.

갓파는 물귀신이에요. 강에 살면서 아이들을 잡아가는데 생긴 게 사람이랑 개구리랑 거북이를 섞어놓은 모습이래요. 색깔은 초록색이고요. 기괴하고 무섭죠. 이 요괴는 머리 위에 접시처럼 동그란 게 있는데 그게 약점이에요. 그게 말라버리거나 깨지면 죽는 거죠. 원래 아이들을 해치는 요괴인데, 요즘에는 귀여운 캐릭터로 표현되는 경우가 많아요.

베토베토상이라는 요괴는 원래 좀 소심하고 귀여워요. 사람들이 밤길을 걸으면 계속 자박자박 소리를 내면서 따라오는 거예요. 모습은 안 보이는데 발자국 소리가 나면 무섭죠. 하지만 얘를 보내는 방법이 있어요. "베토베토상, 먼저 가세요." 이렇게 말하면 착 착 착 소리를 내면서 사라지거든요.

아즈키아라이도 베토베토상하고 좀 비슷해요. 얘는 발자국이 아니라 촉 촉 촉 팥 씻는 소리를 내요. 또는 쇽 쇽 쇽 이렇게요. 소리만 내고 사람을 해치지는 않는다고 해요. 팥을 다 씻지 못하고 죽은 원귀일까요?

누리카베라는 요괴도 특이해요. 밤길을 가는데 난데없이 앞에 벽이 턱 나타나는 거예요. 거친 벽이 아니라 미장 작업을 말끔하게 해놓은 벽이에요. "됐어. 됐어. 쉬, 쉬!" 이렇게 말하면 사라진대요. 이건 미장 작업을 제대로 못 하고 죽은 귀신의 장난 같아요.

일본에서 오신 분들께 직접 들은 얘기들이었어요. 더 있지만 여기까지 할게요.

브라질의 요괴

내가 아시아에서 훌쩍 남미로 날아가 볼까? 브라질에서 온 사람에게 직접 들은 건데, 그 나라에도 신기한 요괴가 많더군.

먼저 사시빼레레. 우리나라 도깨비 비슷한 요괴야. 형체는 사람인데 다리가 하나뿐이야. 검은 피부에 빨간 모자를 쓰고 다니는데 화가 나면 눈이 빨개진대. 파이프 담배

를 피우는데 손에 연기 구멍이 송송 나 있지. 다리는 하나지만 아주 빨라. 회오리바람을 타고 다니거든. 바람이 없을 땐 한 다리로 콩 콩 콩 뛴다지. 담배 파이프 속에 몸을 숨겼다가 불쑥 나타나곤 한대. 브라질에선 아이들이 말을 안 듣거나 이상한 행동을 하면,

"너 그러면 사시뻬레레가 잡아간다!"

이렇게 말한다고 해. 그러면 아이들이 잔뜩 겁을 내는 거지. 한국의 망태할아버지하고 좀 비슷해.

보투라는 요괴는 물속에 살아. 물에서 돌고래로 지내다가 호수 근처에 여자가 나타나면 아름다운 남자로 변해서 나타나는 거야. 그러고는 여자를 유혹해서 임신시켜 놓고서 사라진대. 아비 없는 자식이 생겨나게 되는 거야. 겉모습만 보고 혹했다가 큰일 나는 거지.

이아라도 물속에 사는 요괴인데 얘는 여자야. 인어를 생각하면 돼. 상반신은 아름다운 여자인데 아래쪽은 물고기인 거지. 이아라는 노래로 남자를 유혹한 다음 물속으로 끌고 들어가서 죽인대. 이아라의 노래를 들으면 최면에 걸린 것처럼 저절로 끌려간다는 거야.

몰라센카베사라는 요괴도 있는데 여자가 변한 괴물이야. 몸은 노새인데 머리가 있을 자리에 불이 활활 타고 있대. 교회 신부님과 연애한 죄로 벌을 받아서 이렇게 변했다고 해. 금지된 불장난을 했다가 아예 불이 돼버린 거지.

로버즈옹은 남자 노새 인간이야. 늑대에게 물려서 괴물이 됐는

데, 평소에는 보통 사람처럼 있다가 보름달이 뜨면 몸이 노새로 변한대. 그래서 어떻다는 얘기는 못 들었어. 노새니까 마구 뛰어다니지 않을까? 몰라센카베사처럼 노새의 몸은 날뛰는 욕망의 상징이 아닐까 싶어.

칠레의 요괴와 정령

이반

저는 브라질 옆에 있는 나라 칠레의 요괴와 정령에 대해 이야기해 볼게요. 칠레에서 온 브루노라는 분이 얘기해 주신 거예요.

엘타라우코라는 요괴가 있는데 얘는 여자를 잡아가는 나무 유령이에요. 몸은 인간 남자처럼 생겼는데 키가 작고 팔과 발이 없어요. 나무줄기랑 비슷하죠. 밤에 여성에게 소리 없이 다가와서 알아듣지 못할 말을 해요. 근데 여자가 거기 넘어가서 연애했다가 임신하는 거예요. 이 요괴는 항상 웃고 있는 게 특징이에요.

라킨트랄라는 남자를 홀려서 돈을 빼앗는 요괴예요. 겉보기에는 그냥 예쁜 여자예요. 눈동자가 파란 게 특징이라면 특징이죠. 남자가 홀려서 청혼하면 돈을 요구해요. 남자가 돈을 더 주지 않으면 화가 나서 때리는데 그러면 곧바로 죽는다고 해요. 남자가 애인을 두고 다른 여자에게 눈길을 돌리면 라킨트랄라가 생길 거라고 한답니다.

꼴러꼴러는 개 비슷하게 생긴 괴물인데 피를 좋아해요. 특히 사람 피를요. 이 괴물은 아이들을 많이 노려요. 아이들이 밤에 나가면 꼴러꼴러에게 당할 수 있다고 해요. 꼴러꼴러라는 이름이 특이한데, 피를 빨아 먹을 때 나는 소리에서 나온 이름일까요?

라핑코야는 요괴보다 요정 쪽이에요. 예쁜 여자였는데, 애인이 바다에 나갔다가 죽자 바다로 걸어 들어가서 물로 변했다고 해요. 근데 밤물결 속에 언뜻언뜻 이 여자의 모습이 비치는 거예요. 라핑코야가 있으면 낚시가 잘 된다고 해요. 그래서 남자들이 밤낚시를 하면서 라핑코야를 찾는다죠.

칠레에 돈을 불러오는 도깨비 배에 대한 전설도 있어요. 실체가 없는 배니까 유령선이죠. 이름은 엘칼레오체예요. 바다에서 동그라미를 그리며 움직인대요. 이 배를 보면 일이 잘 풀리고 돈을 벌게 된다고 해요. 유령선이 아니라 보물선인 셈이에요.

도미니카공화국의 요괴 시구아파

도미니카공화국에는 무서운 여자 요괴가 있대요. 이름은 시구아파예요. 얼굴이 아주 못생겼는데, 가늘고 긴 머리카락이 옷 구실을 한대요. 옷은 안 입나 봐요. 보통 사람과는 달리 몸이 뒤쪽으로 굽어서 배가 등처럼 보여요. 그리고 발이 앞이 아니라 뒤쪽으로 향해 있대요. 이 요괴가 앞으로 걸으면 마치 뒤로 걷는 것처럼 보이겠죠. 밤에 남자들이 시구아파를 만나면 홀려서 정신을 잃어버린다고 해요.

네팔의 처녀귀신

발이 앞이 아니라 뒤쪽으로 향하는 귀신이 네팔에도 있는 거 알려나 몰라. 신기하지? 얘는 이름은 따로 없어. 그냥 처녀귀신. 결혼을 못 하고 죽은 여자가 귀신이 된 거지.

동이 　얘가 어떤 짓을 할까? 밤에 남자 앞에 나타나서 유혹을 하는 거야. 그럼 남자가 홀리는 거지. 발을 보기 전까지는 얘가 귀신이라는 걸 전혀 몰라. 멀쩡히 잘 사귀다가 발을 보는 순간! 상상에 맡길게. 하하.

근데 이 귀신이 밤에 으슥한 산길에 나타나서 자동차를 세운다는 거야. 영어로 히치하이킹이지. 하얀 옷에 긴 머리를 하고 있으니까 눈에 딱 뜨이지. 이 여자를 무심코 태웠다가는 사달이 나는 거야. 자꾸 이상한 데로 가다가 그대로 콰광! 뭐 운전을 하다가 힐끗 여자 발을 보는 순간 끝장이지.

하여튼 네팔 사람들은 밤에 여자를 만나면 무조건 발부터 본다는 거야. 네팔에 있을 때 한번 만났다가 나도 몰래 식겁했다는 건 비밀!

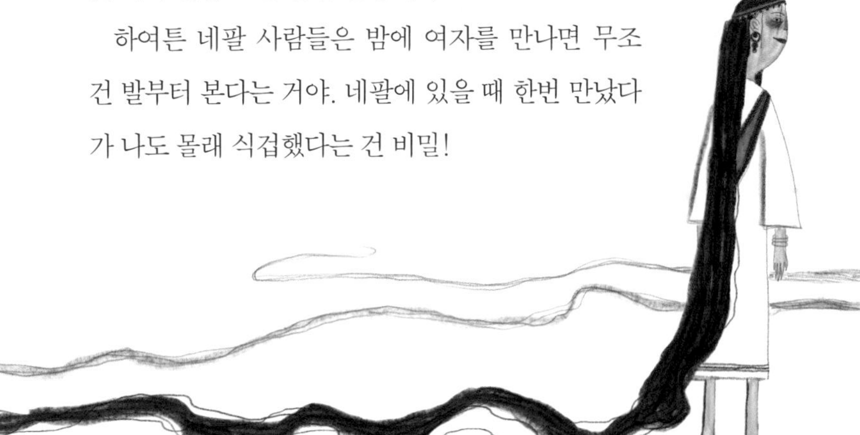

러시아의 인어 로사올카

러시아의 요괴라면 바바야가가 유명하잖아? 그 밖에도 요괴들이 많이 있는데 로사올카 얘기를 해볼게. 세계 어딜 가나 처녀귀신이 참 많지. 로사올카도 처녀귀신이야. 결혼을 못 하고 죽은 여자나 세례를 안 받고 죽은 아이가 로사올카가 된다고 해. 루살카라고 부르기도 하더군. 러시아 말고 우크라이나나 벨라루스 같은 나라에도 출몰하는 요괴야.

로사올카는 반은 사람이고 반은 물고기야. 명색은 인어지만 따지고 보면 요괴지. 러시아 사람들은 로사올카를 꽤나 믿더군. 어느 집에서 딸이 결혼을 못 하고 죽으니까 로사올카로 변하지 못하게 하려고 나무에 묶어놓는 걸 내가 직접 보기도 했어.

로사올카가 무서운 게 뭐냐면 엉뚱한 동물로 변신할 수 있다는 거야. 토끼나 개구리 같은 작은 동물로 말이지. 토끼가 깡총깡총 뛰거나 개구리가 개골개골 우는데 그게 실은 처녀귀신이라고 생각해 봐. 자그마한 토끼가 갑자기 인어로 변해서 "나 좀 봐!" 그러고서는 옆구리를 간질간질. 그러면 몸이 딱 굳어서 쓰러지는 거지. 정신 똑바로 차리고 뾰족한 걸로 푹 찔러야 해.

근데 착한 로사올카도 있어. 숲속에서 아이들을 구해주기도 하고 물에 빠진 사람을 밖으로 밀어주기도 해. 가을에 열매가 잘 익도록 도와주기도 하지. 그래서 사람들이 열매를 많이 얻으려고 로사올카에게 잔치를 베풀어주기도 해. 귀신이든 요정이든 자기를 알아주고 잘 대접해 주면 좋아하기 마련이지. 세계 공통이야.

세라

카자흐스탄의 요괴와 정령

얘들아, 카자흐스탄 알지? 러시아 남쪽에 있는 나라. 거기도 요괴와 정령이 많은가 봐. 카자흐스탄에서 오신 분들이 많은 얘기를 해주셨는데 간추려서 설명해 볼게.

먼저 잘마우스 김플. 아주 흉측하게 생긴 할머니 마녀야. 등이 잔뜩 굽었는데 커다란 입을 쫙 벌리면 누런 이빨이 불쑥! 이게 사람을 잡아먹는 요괴야. 커다란 냄비에다 물을 펄펄 끓여서 사람을 삶아 먹는다지 뭐니. 젊은 여자는 산 채로 앉혀놓고서 무릎에서 피를 쪽쪽 빨아 먹기도 한대. 끔찍한 일이지. 노인이 젊은이를 잡아먹는 거니까.

무스탄 김플도 흉측하게 생긴 할머니 마녀야. 이 요괴는 어린아이들을 잡아먹는 게 특징이야. 우리나라 망태할아버지 비슷해. 카자흐스탄에서는 아이들이 멋대로 행동하면 무스탄 김플이 잡아간다고 해. 그러면 아이들이 무서워서 떠는 거지.

알바스트는 뚱뚱한 여자 모습을 한 악마야. 몸에 털이 많고 젖가슴이 바닥까지 처졌다니 흉측하지. 날카로운 송곳니를 가지고 있대. 무서운 게 이 요괴가 아주 빠르다는 거야. 한번 걸리면 피할 수가 없지. 알바스트는 변신도 잘해서 개나 여우, 염소로 변할 수 있대. 이 요괴가 좋아하는 먹거리가 뭐냐면 산모의 몸속에 있는 폐야. 그걸 꺼내서 씹어 먹는 거지. 이 요괴가 말을 타고 달리면서 말의 털을 땋는 걸 좋아한다는데 이건 좀 독특하지? 하여튼 카자흐스탄에서는 누구한테 알바스트 같다고 하면 진짜로 험한 욕이래.

칸아약은 남자 악마야. 초원으로 멀리 길 떠나는 사람을 노리는 악마지. 몸을 숨기고 기다리다가 등에 훌쩍 올라타서 두 다리로 허리를 꽉 감아서 죽인다는 거야. 몸에서 피가 나도록. 칸아약이 '피 흐르는 다리'라는 뜻이래. 그 다리에 많은 사람들의 피가 흘러내린 거지.

데브라는 몬스터인데, 얘는 외눈박이 거인이야. 힘이 아주 세고 겁이 전혀 없는 게 특징이야. 근데 좀 바보 같은 면도 있대. 머리를 잘 쓰면 당하지 않고 이용해 먹을 수도 있겠지.

카자흐스탄에 지니도 있어. 〈알라딘〉 때문에 유명해졌는데, 힘센 거인 지니 이야기는 꽤 여러 나라에 퍼져 있지. 카자흐스탄에서는 죽은 사람의 영혼이 지니가 된다고 한대. 그래서 그런지 사람 편을 잘 드나 봐. 지니를 이용해서 악마들을 물리칠 수 있다는 거야. 근데 나쁜 지니도 있어. 샤이탄이 그래. 샤이탄은 산 사람 몸으로 들어가서 그를 미치게 만들곤 한대. 고슴도치 가시가 있으면 이 요괴를 물리칠 수 있다니 좀 특이하지? 아, 낙타도 무서워한대.

카자흐스탄은 물귀신도 종류가 많아. 먼저 우베. 강이나 호수에 사는 정령인데 일자 눈썹이 특징이야. 사람들에게 수수께끼를 내는 게 취미지. 못 맞히면 물속으로 끌고 들어가서 죽인대. 물에 안 빠지려면 정신을 똑바로 차려야 하는 거지. 우베가 좋아하는 수수께끼 하나 내볼까? 다리도 손도 없고 걷지도 못하는데 그림을 그리는 것은? 정답이 뭐냐면 바로 추위야. 추워지면 서리가 내리고 성에가 끼잖아.

굴드르그식은 예쁜 여자 모습을 한 물귀신이야. 얘는 축제를 하는 것처럼 꾸며서 외로운 남자를 유혹해 가지고 해친대. 특이한 게 간지럼을 태워서 죽인다지 뭐니. 남자가 그걸 견디고서 도망치면 옷을 홀딱 벗고서 쫓아간다는 거야. 거기 혹해서 머뭇거리다가는 끝장나는 거지.

아이다 하르는 용으로 변한 뱀이야. 뱀이 100년을 살면 아이다 하르가 된대. 일종의 드래곤인데, 뱀 출신이라서인지 날개랑 다리가 없는 게 특징이야. 얘가 다시 100년을 살면 예쁜 여자로 변하는데, 밤에 사람을 잡아먹는대. 사람이랑 똑같이 생겼는데 물을 유난히 많이 마신다고 해. 그리고 배에 배꼽이 없다는 거야. 배꼽이 없는 여자, 소름 돋지 않니?

피를 빨아 먹는 뱀파이어도 있어. 제스트르낙은 여자 뱀파이어인데 손톱이 쇠로 돼 있대. 장식물로 손톱을 가리고 다니면서 사람들에게 최면을 걸고는 쇠 손톱으로 몸을 찔러서 피를 빨아 마신다지 뭐니. 제스트르낙을 죽이면 소릴이라는 남편 악마가 나타나서 복수를 한대. 소릴은 키가 큰데 다리는 짧은 요괴야. 사람을 간지럽혀서 죽인 뒤 피를 빨아 먹고 몸도 씹어 먹는대. 얘를 죽인다고 끝이 아니야. 아이들이 찾아와서 복수한다는 거야. 일가족 흡

혈귀 뱀파이어, 생각만 해도 끔찍하다.

얘기하고 보니 나쁜 요괴들투성이네. 한국의 산신령 비슷한 좋은 정령도 있어. 하드라탄 할아버지가 그 주인공이야. 사람들에게 복을 주고 소원을 들어주는 존재지. 사람들이 이 할아버지 정령을 맞이하려고 밥을 차려놓고 문을 열어두곤 한대.

내가 들은 얘기는 대략 여기까지야.

사우디아라비아의 귀신들

세상 어디든 요괴나 귀신이 없는 데는 없는 듯. 사우디아라비아에도 귀신 얘기가 있는 거 알려나 몰라. 사우디아라비아에서 한국어 공부하러 온 젊은 친구들을 만난 적 있는데 귀신 얘기에 진심이더라고. 하하.

먼저 손가락 귀신. 손가락이 딱 한 개만 있는 요괴야. 사람들이 밤에 잠을 안 자고 있으면 이 귀신이 살금살금 다가와서 눈앞에 손을 쑥!

다음은 옴 알 아바야 귀신. 아바야가 뭐냐면 아랍 여자들이 입는 기다란 검은 옷이야. 이 귀신이 착용하는 의상이지. 근데 옷만 검은 게 아니야. 얼굴도 새까매. 그리고 밋밋. 눈, 코, 입 아무것도 없거든. 밤에 안 자고 있으면 이 귀신이 슬쩍 다가와서 눈앞에 얼굴을 쑥!

사람을 잡아먹는 여자 식인귀도 있어. 이름은 참 예뻐. 셀리야야. 어떤 사람이 식인귀 셀리야를 죽였거든. 근데 그거 잘못 건드린 거야. 얘가 더 끔찍한 모습으로 나타나서 사람들을 마구 잡아먹는 거라. 어떤 모습? 머리카락과 젖가슴이 함께 바닥까지 축 늘어진 모습. 그런 모습으로 슬쩍 다가와서 몸에 찰싹! 까무러치지 않을 수 없지. 끝!

이야기에 대한 이야기

연이

통이

이반

세라

꾸 아재

뭉이쌤

노고할망

연이 우와! 세상 여기저기에 요괴가 참 많기도 하네요. 사우디아라비아의 귀신들, 무섭다.

세라 그래. 꾸 아재께서 워낙 무섭게 얘기하셔서.

꾸 아재 엉? 재미있게 한 건데. 하하.

연이 제가 이야기를 듣다 보니까 뭔지는 잘 몰라도 상징적인 뜻이 있는 것 같았어요. 요괴에게 당하는 사람들은 이유가 있는 것 같은 느낌.

뭉이쌤 그래. 이야기에 담긴 의미를 풀이하는 대화를 많이 하다 보니 거기 익숙해졌나 보구나. 하지만 뜻을 헤아리려고 너무 애쓸 필요는 없어.

통이 그래. 너무 생각에 빠지면 귀신이 찾아올 수도.

연이 오빠!

노고할망 요괴 귀신이나 정령이란 게 있다면 있는 거고 없다면 없는 거지. 좋은 생각 맑은 마음으로 편안하게 움직이면 걱정할 것 없어. 내 생각에 연이는 귀신을 볼 일이 없을 것 같구나.

연이 고마워요, 할망님. 하지만 무서운 요괴 이야기가 왠지 재미있는 건 사실이에요.

통이 실은 연이가 몬스터물을 아주 좋아해요.

뭉이쌤 그래? 공포가 주는 특별한 매력이 있지. 요즘 공포는 미학의 대상이

되기도 한단다.

이반 오늘 공포의 미학을 실감한 날이었어요. 기억에 오래 남을 것 같아요.

뭉이쌤 오케이. 이번에는 이런저런 해석 붙이지 말고 이것으로 깔끔하게 마무리하자꾸나. 다들 수고 많았어요.

storytelling time

나도 이야기꾼

기본 스토리텔링

이번 스테이지에서 만난 이야기 중 가장 마음에 드는 것을 골라서 다음과 같은 단계로 스토리텔링 활동을 해보자.

step 1: 책에 쓰인 그대로 이야기를 소리 내어 읽는다.

step 2: 책에 쓰인 그대로 이야기를 소리 내어 읽되, 가상의 청자에게 말해주듯이 읽는다.

step 3: 청자에게 이야기를 전달하되, 틈틈이 책을 참고한다.

step 4: 청자에게 이야기를 전달하되, 책을 참고하지 않는다.

step 5: 청자에게 이야기를 전달하되, 표현과 내용을 조금씩 자신의 방식대로 바꿔본다.

step 6: 완전히 내 것이 된 이야기를 구연 환경과 청자의 성향에 맞춰 내용과 표현을 자유자재로 조절하며 전달한다.

이야기별 재창작 스토리텔링

다음은 이번 스테이지에서 만난 이야기들에 대한 활동거리이다. 이 중 하나를 골라 스토리텔링 활동을 해보자.

<다섯 자매와 숲속 할머니>

① **숨은 이야기 상상하기:** (1) 다섯 자매의 아버지는 어떻게 된 것인지 상상해서 말해보자. 그 뒤에 계모가 어떻게 됐을지도 이야기해 본다. (2) 얼굴만 남은 다섯 자매와 마녀는 그 뒤에 어떻게 됐을지 상상해서 말해보자. 어느 날 막내가 숲속의 집으로 찾아간 상황을 가정한다.

② **문제의 해법에 대해 토론하기:** 숲속에서 다섯 자매가 모두 살려면 어떻게 하는 게 최선이었을지에 대해 토론해 보자.

<낯선 청혼자의 정체>

③ **인물 캐릭터 제작하기**: 얼굴을 위아래로 돌려서 바꿀 수 있는 하이에나 인간을 게임 캐릭터 형태로 만들어보자. 상징적 의미가 살아나도록 한다.

<화피>

④ **삽화 그리기:** 요괴가 살가죽을 펼쳐놓고 사람 그림을 그리는 장면을 한 장의 일러스트로 표현해 보자.

⑤ **인물의 내력 상상하기:** 광인은 어떤 존재일지 그 정체와 내력을 상상해서 이야기해 보자.

⑥ 반성문 쓰기: 아내의 노력 덕분에 되살아난 왕생이 아내에게 반성문을 썼다고 가정하고 그 내용을 작성해 보자.

<말보다 빠른 할머니>

⑦ 숨은 이야기 상상하기: 이야기 속의 황소에게 어떤 사연이 있었을지 상상해서 말해보자. 물귀신 할멈에 얽힌 내용을 포함한다.

<여우 누이>

⑧ 인물의 대화 재현하기: 이야기 속에서 막내딸과 아버지가 대화하는 모습을 재현해 보자. 딸이 아버지에게 돈을 달라고 하는 내용으로 한다.

⑨ 화소의 상징 풀이하기: 이야기에 나오는 노란 병과 파란 병, 빨간 병을 심리적 상징물로 본다면 각각 어떻게 풀이할 수 있을지 이야기를 나눠보자.

⑩ 현실과 연관 짓기: 실제 현실 속에서 여우 누이처럼 '남의 간을 빼 먹는 사람'의 사례에 대해 이야기를 나눠보자. 대상에 남성도 포함한다.

<세계의 요괴들>

⑪ 또 다른 요괴에 대해 말하기: 이야기 속에 화자로 참여한다고 가정하고, 자신이 알고 있는 특별한 요괴에 대해 말해보자. 잘 알려지지 않은 무서운 요괴면 더 좋다.

이야기 연계 스토리텔링

1. 세상에 수많은 요괴들이 생겨나서 움직이는 데 있어 그것을 조종하는 거대한 어둠의 세계가 있다고 가정하고, 어떤 힘에 의해 어떤 요괴들이 만들어지는 것일지를 웹소설이나 게임의 세계관 형태로 설정해 보자.

2. 이 스테이지에 나오는 여러 요괴들이 평범한 인간을 쫓아오고 그가 도주하며 맞서는 내용의 게임 스토리를 구성해 보자. 보리수, 사냥꾼, 팔각마 같은 조력자와 색색의 병, 불진, 요괴의 칼, 똥 무더기 같은 기물을 적절히 배치하도록 한다.

3. 이 외에 이야기들을 흥미롭게 연계할 수 있는 여러 가지 방법을 찾아보고 이를 토대로 다양한 스토리텔링 활동을 해보자.

stage 03

가까워서 더 무서운

설녀 유키온나

불나방

남섬에 사는 여자

파인애플이 된 아이

노간주나무

호랑이가 된 효자

보물단지

미치광이 마을의 미치광이

세라

얘들아, 내가 그동안 살아오면서 느낀 건데, 진짜 무서운 건 멀리 있는 게 아니더라고. 나의 일상 가까운 곳에 수많은 공포의 씨앗이 있는 거야. 또는 우리 곁이 아니라 바로 우리 안에도. 개인적으로 아주 무섭게 다가왔던 이야기를 하나 해볼게. 일본에서 전해온 이야기야. 중세에 만들어진 '모노가타리'라고 하는데 지금은 전설이나 민담처럼 얘기되고 있지. 특정 지역 이야기가 아니고 증거물도 없으니까 민담 쪽인 것 같아.

설녀 유키온나

*

일본 민담

북쪽 추운 지방에 아버지와 아들이 살았어. 겨울이 되면 눈이 많이 쌓이는 곳이야. 그때가 막 겨울이 시작될 무렵이었나 봐. 아버지가 아들을 부르더니,

"얘야. 더 추워지기 전에 땔감을 구해 와야겠다. 지금 있는 걸로는 모자라겠어."

그러니까 아들이,

"네, 아버지. 알겠어요."

얘가 말 잘 듣는 착한 아들이었나 봐.

그래서 둘은 지게랑 낫 같은 걸 챙겨가지고 산속으로 들어갔어. 그런데 갑자기 파란 하늘이 잿빛으로 변하더니 눈보라가 몰아치지 뭐니. 두 사람은 금세 그치려니 하고서 바위 밑에 들어갔는데 눈보라가 점점 거세지는 거야. 삽시간에 눈이 무릎 높이까지 쌓였어. 안 되겠다 싶어서 눈을 헤치고 나가는데 쉽지가 않지. 무엇보다도 추워서 견딜 수가 없어. 얼어 죽기 직전이지.

그때 웬 오두막이 눈에 들어온 거야.

"오오, 집이다. 살았어! 저기로 가자."

두 사람이 다가가서 문을 두드리니까 문이 스르르 열려. 그 순간 두 사람은 딱 얼어붙었지 뭐니. 하얀 옷을 입은 젊은 여자가 앞에 서 있는데, 세상에나, 너무나 예쁜 거야. 여자는 말없이 두 사람을 안으로 안내했어.

때는 날이 저물 무렵이라 아버지와 아들은 그 집에서 하룻밤을 묵게 됐어. 아버지가 간절히 부탁하니까 여자가 말없이 고개를 끄덕인 거야. 천만다행이지 뭐. 그런데 그날 밤…….

아들이 잠을 자는데 옆에서 이상한 기척이 들리지 뭐니. 아들은 뭔가 싫어서 눈을 뜨고 고개를 돌렸어. 그랬더니 이게 웬일이니. 여자가 하얀 옷을 입은 채로 아버지 몸 위에 올라타 있는 거야. 여자는 아버지 얼굴 쪽으로 머리를 숙이더니 후 후 입김을 불어 넣었어.

"으아아, 으아!"

아버지가 이렇게 신음을 해. 근데 신음 소리가 점점 가늘어지더니 잦아들지 뭐니. 아들이 깜짝 놀라서 일어나 앉으면서,

"아주머니! 지금 뭐 하는 거죠?"

그러자 여자가 천천히 얼굴을 돌려서 아들을 보는데 그게 세상에서 가장 예쁘면서도 가장 무서운 모습이야. 아들이 여자를 밀치면서,

"아버지! 아버지!"

하지만 아버지는 움직이지 않았어. 이미 숨이 끊어진 거야.

"당신은…… 유키온나, 맞죠? 아아, 이럴 수가!"

유키온나는 바로 설녀야. 눈을 뜻하는 설(雪)에 여자를 뜻하는 녀(女). 산 사람의 온기를 빨아 먹고 산다는 전설적인 존재지. 설녀가 입김을 불면 온기가 사라지면서 얼어 죽는 거야. 아들이 아버지 몸을 만져보니까 완전 얼음장이지.

그때 설녀 유키온나가 아들을 털썩 넘어뜨리고 몸에 턱 올라탔는데 얘가 꼼짝도 할 수가 없어. 아들의 두 팔을 누르면서 얼굴을 숙이더니 입김을 솔솔! 얘가 있는 힘을 다해서 입을 열고서,

"살려주세요. 살, 려, 주, 세, 요!"

그러자 설녀가 아이 눈을 물끄러미 바라보더니,

"그래. 아직 어리니까……."

그러면서 이렇게 말하는 거야.

"오늘 여기서 있었던 일을 아무에게도 말하지 않는 거야. 약속할 수 있지?"

"네. 약속하겠어요!"

그러자 유키온나는 아들 몸에서 내려오더니 조용히 문을 열고서 사라졌어. 눈보라 치는 어둠 속으로. 아들이 거기서 아버지 시체와 함께 밤을 지내는데 그게 꿈인가 싶어도 꿈이 아닌 거야.

죽다 살아난 아들은 그 뒤로 아버지 몫까지 열심히 살았어. 새로 얻은 생명이라고 치고서 어려운 사람들을 이리저리 도우면서 살았대. 그런데 어느 눈보라 치는 밤에 누군가 찾아온 거야. 문을

열어보니까 예쁜 여자가 서 있지 뭐니.

"눈보라 속에서 길을 잃었어요. 하룻밤만 쉬어 가게 해주세요."

그러니까 이 아들이 당연히 안으로 들이지. 여자가 들어와서 난롯가에서 몸을 녹이는데 두 사람이 청춘남녀잖아? 이런저런 얘기를 나누다 보니 서로 마음이 끌리는 거야. 들어보니까 그 여자도 가족이 없이 혼자지 뭐니. 둘은 서로 뜻이 맞고 연정이 생겨나서 함께 살게 됐어.

둘은 오손도손 알콩달콩 살면서 아기도 낳았어. 엄마를 닮은 예쁜 아기야. 하나만 낳은 게 아니고 귀여운 아들딸을 다섯 명이나 낳았대. 근데 신기한 게 이 여자가 자식을 여럿 낳고도 여전히 젊은 거야. 처음 만날 때 모습 그대로지 뭐니. 어느 날 남자가 무심코 말했어.

"내가 당신을 보고 있으면 생각나는 여자가 있다오."

여자가 무슨 말인가 하고 바라보니까 남자가 예전에 산속에서 설녀 유키온나를 만난 일을 이야기한 거야. 남자가 이야기를 마치니까 여자가 남편 눈을 바라보면서,

"그런 일이 있었군요. 그런데 얘기를 안 했으면 더 좋았겠어요."

그때 여자의 얼굴색이 서서히 변해서 점점 하얘지지 뭐니. 그걸 본 남자의 얼굴도 백지장처럼 변했어.

"다, 당신은……."

그게 바로 설녀 유키온나였지 뭐니. 마침 여자가 흰옷을 입고 있었나 봐. 남편 몸 위에 턱 올라타더니 두 손으로 남자 목을 콱!

"아악, 으아악!"

남자가 막 숨이 끊어지기 직전에 여자가 힘을 풀더니,

"함께 살면서 자식까지 낳았으니 차마 죽이지는 못하겠네요. 하지만 우리 사이는 이걸로 끝이에요."

여자는 자리에서 일어나더니 문을 열고 밖으로 사라졌대. 눈보라 치는 어둠 속으로.

이야기에 대한 이야기

연이

퉁이

엄지

이반

세라

뭉이쌤

약손할배

엄지 오, 소름 끼친다. 아이들을 놔두고 갔을까요?

세라 응. 잘 부탁한다면서 두고 갔다고 들었어. 하지만 데리고 갔다고 해도 어울릴 것 같아.

퉁이 엄마가 나가니까 아이들도 말없이 일어나서 눈보라 속으로 사라졌다. 이렇게 해야 더 무섭지 않을까?

연이 오오, 그거 무섭다. 아이들이 좀비처럼 움직이는 모습이 떠올라.

뭉이쌤 꽤 그럴싸하구나. 앞으로 이 이야기를 들려줄 때 써먹어야겠어.

퉁이 오오! 근데 세라 누나, 누나도 설녀 스타일인 거 알아요? 차가운 표정을 하면 진짜 무섭다는.

세라 내가 좀 냉철하긴 하지.

퉁이 누나라면 남편을 살려두지 않았을지도.

세라 가능해. 그래서 이 이야기가 더 무섭게 다가온 것 같아. 내 모습이 비쳐서.

이반 근데 진짜 무서운 건 설녀가 하필 거길 찾아왔다는 거예요. 자기가 죽인 사람의 아들을.

엄지 그러네. 그거 이상하다.

퉁이 남자가 귀여웠던 거 아닐까? 애초에 살려줬던 것도 그렇고.

연이 아휴! 몹쓸 외모지상주의!

뭉이쌤 어쩌면 거길 찾아와서 남자를 시험한 것일지도. '네가 진짜 약속을 지킬 수 있을까? 내가 한번 천천히 지켜보지.' 이런 식으로.

엄지 오, 그건 진짜 무섭네요.

연이 그 남자가 자기 아버지를 죽인 사람하고 살면서 자식까지 낳은 거잖아? 진짜 무서워. 그 사실을 알았을 때 얼음이 됐을 것 같아.

이반 할아버지, 저는 그게 궁금해요. 말 안 하고 살았으면 문제가 없었을까요?

약손할배 글쎄. 어려운 일이구나. 약속을 지킨다는 일과 진실을 직면한다는 일, 둘 다 중요하니까. 근데 설녀가 아버지를 죽인 사람인 한편으로 자기를 살려준 사람이라는 것도 생각해야겠지.

뭉이쌤 맞아요. 이 이야기에는 삶과 죽음이 묘하게 맞물려 있어요.

세라 쌤, 뭔가 또 다른 상징은 없을까요? 설녀가 자연현상과도 관련이 있지 않나 싶어요. 추위 같은 거.

퉁이 오호, 한국으로 치면 동장군 같은 건가?

뭉이쌤 그렇게 볼 수도 있지. 남자는 추위 속에서 가까스로 살아남았던 거잖아? 설녀가 그를 찾아온 건 추위가 다시 닥쳐온 상황과 연결시켜 볼 가능성이 있어. 중요한 건 언제라도 마음을 놓으면 안 된다는 거지. 좋은 동반자였다가 갑자기 악마로 변하기도 하는 게 자연이거든.

연이 저는 남자의 뒷일이 궁금해요. 설녀가 자식들을 두고 갔다고 해도 잘 살진 못했을 것 같아요.

퉁이 걔들이 또 다른 설녀처럼 보였을지도.

뭉이쌤　그래. 그 뒷이야기는 한번 잘 상상해 보도록 하자. 다음 이야기를 할 선수는 누구?

엄지　제가 하나 해볼게요. 짧은 걸로요.

남아메리카 대륙에 있는 페루에서 전해온 이야기예요. 실제 있었던 일처럼 전해온다고 해요. 실화인지는 확실치 않아요. 하지만 충분히 있을 만한 일 같아요. 우리에게도 비슷한 일이 벌어질 수 있다고 생각돼서 무서웠어요.

불나방

✳

페루 민담

옛날에 예쁜 아들을 두고 행복하게 사는 부부가 있었어요. 그런데 어느 날 일이 생겨서 남편이 길을 떠나게 됐어요. 오래 걸리는 일이었죠. 두 사람은 눈물로 밤을 지새우고, 헤어지면서도 손을 못 놨대요.

남편이 떠난 뒤 아내는 밤에 잠을 이루지 못하고 수를 놓았어요. 어느 날 아이가 잠결에 눈을 떴다가 낯선 걸 발견하고 물었어요.

"엄마, 팔락팔락하면서 엄마에게 말을 거는 게 뭐예요?"

"응, 내 애인이야. 늘 나하고 놀아주는 다정한 친구란다."

아이는 '그렇구나.' 하면서 잠이 들었죠.

그렇게 지내던 어느 날, 남편이 일을 마치고 집에 돌아왔어요. 마침 아내는 없고 아들만 있을 때였죠. 그가 아들에게 물었어요.

"얘야, 내가 나가 있는 동안 엄마가 밤에 무슨 일을 하면서 지냈니?"

그러자 아들이 이렇게 말한 거예요.

"밤마다 엄마 애인이 찾아왔어요. 엄마는 수를 놓으면서 늦게까지 애인하고 얘기를 나눴죠."

그 말을 들은 남편은 분노했어요. 그는 아내가 있는 곳으로 찾아가서 벼랑에 떠밀어 죽여버렸답니다.

어느 날, 남자가 밤에 우울하게 앉아서 불빛을 바라보고 있는데 갑자기 아들이 소리쳤어요.

"아빠, 엄마의 애인이 왔어요. 늘 엄마하고 같이 있던 애인요!"

그러면서 아들이 가리킨 건 불빛을 찾아와서 팔락대는 나방이었답니다.

"아아, 이런! 네 엄마의 애인이……."

남편은 절망에 빠져서 죽고 말았답니다.

이야기에 대한 이야기

연이 **통이** **엄지** **이반** **세라** **뭉이쌤** **약손할배**

통이 뭐야, 이거! 완전 무섭다.

연이 맞아. 소름 돋았어. 아이한테 무심코 한 말이 이렇게…….

약손할배 아이들 듣는 데서 말을 쉽게 하면 안 되지. 가벼운 농담이라고 해도.

엄지 말을 조심해야 하는 건 저희에게도 필요한 일이에요.

뭉이쌤 그래. 언어라는 게 본래 다의적이라서 자칫하면 오해를 낳지. 내 식으로 편하게 말하면 안 돼.

세라 근데 저는 조금 다른 생각을 해봤어요. 엄마가 나방을 보면서 애인이라고 했잖아요? 애인이라도 있으면 좋겠다는 마음이 무심코 드러난 거 아닐까요?

이반 오, 날카롭다! 소름 돋았어.

엄지 근데 저는요, 남자에게 잘못이 있다고 생각했어요. 자세한 사정을 들어보지도 않고 아내를 죽였잖아요. 아이가 하는 말만 듣고서요.

통이 오, 정말 그러네.

뭉이쌤 남자가 집에 와서 아이에게 엄마가 밤에 무얼 했는지 묻잖아? 마음속에 의심을 품었던 거라고 볼 수 있어. 그러니까 아이 말을 듣고서 진짜 애인이라고 확신한 거지.

이반 오, 또 소름 돋았어요. 이게 단순히 엉뚱한 오해가 낳은 결과가 아니었군요.

퉁이 역시나 우리 엄지의 선택은! 옛이야기가 네 애인인 거 맞지?

엄지 그건 인정!

연이 하하. 옛이야기는 내 애인인데. 나도 하나 해볼게.

연이

베트남에서 오신 아주머니께 들은 이야기를 하나 해볼게요. 그분이 이야기 제목도 말씀해 주셨어요. <남섬에 사는 여자>라고요. 실제로 이런 일이 있었던 것 같기도 해요. 진짜일까 싶기도 하고요. 전설이라고 보면 대충 맞겠죠?

남섬에 사는 여자

*

베트남 전설

베트남에 남섬이라고 불리는 곳이 있대요. 거기서 일어난 일이에요. 거기 부티탭이라는 여자와 청싱이라는 남자가 결혼해서 살았어요. 집이 가난했지만 서로 사이좋게 잘 지냈대요. 둘 사이에는 아기도 생겼답니다.

그런데 남자가 군대에 끌려가게 된 거예요. 아이가 태어나는 걸 보지도 못하고요. 부티탭은 혼자 아들을 낳아서 키우면서 늙은 시어머니도 잘 모셨어요. 시어머니가 돌아가시니까 장례도 잘 치렀고요. 아들은 쑥쑥 자라서 말을 할 수 있게 됐어요.

그때 군대에 갔던 청싱이 돌아온 거예요. 청싱은 아들을 처음 보잖아요? 번쩍 들어 안으면서,

"얘야, 내가 네 아빠다!"

아들은 이 사람을 처음 보니까 낯선 거예요. 아빠를 뿌리치면서,

"아빠 아냐. 우리 아빠 밤에 와."

청싱이 그 말을 들으니까 수상하잖아요?

"뭐, 아빠가 밤에 와? 와서 뭘 하는데?"

"아빠가 엄마 따라가. 엄마가 앉으면 아빠도 앉고 엄마가 누우면 아빠도 누워."

그 말을 들으니까 청싱이 불같이 화가 났어요. 부티탭을 다그치면서,

"내가 군대 간 사이에 애인을 두고서 놀았구나. 맞지?"

부티탭이 절대 아니라고 하는데도 청싱이 믿질 않아요. 어린아이가 거짓말을 할 리가 없다고 생각하는 거죠. 남편이 계속 다그치고 의심하니까 부티탭은 슬프고 속상해서 견딜 수 없었답니다. 결국 밤에 아이를 침대에 눕혀놓고서 강으로 가서 몸을 던져서 죽었어요.

아내가 늦도록 안 오니까 청싱은 웬일인가 싶었죠. 그런데 사람들이 와서 아내가 강물에 빠졌다는 거예요. 놀라서 달려갔지만 부티탭의 시체는 찾을 수 없었답니다.

청싱이 집에 오니까 아이가 깨어서 엉엉 울고 있어요. 청싱은 아이를 달래면서 등불을 켰어요. 그러자 아이가 손가락으로 한쪽을 가리키면서,

"아빠다. 아빠 왔다!"

청싱이 보니까 아무것도 없는 거예요.

"아빠다. 아빠 움직인다."

그러면서 아이가 계속 무언가를 가리켜요. 아이의 손이 향하는 곳에는 남자의 그림자가 움직이고 있었답니다. 아이가 그림자를

보고서 아빠라고 했던 것이었어요.

"아아, 이럴 수가……."

청싱은 자기의 오해 때문에 아내가 죽었다는 걸 깨닫고 절망했답니다. 결국 그도 자살해서 세상을 떠났다고 해요.

이야기에 대한 이야기

연이

퉁이

엄지

이반

세라

달이

뭉이쌤

이반 아이고. 이 이야기는 되게 슬프다.

엄지 맞아. 어린아이가 한 말 때문에…….

세라 청싱이라는 남자가 청승이야. 의심과 불신이 아내를 죽게 만든 거지 뭐니.

연이 맞아요 언니. 그런 면에서 무서워요.

퉁이 악마는 우리 안에 있다, 이렇게 되는 건가요?

뭉이쌤 그래. 퉁이가 핵심을 잘 짚었구나.

연이 근데 왜 아이가 그림자더러 아빠라고 한 걸까요?

이반 엄마가 아이한테 그림자를 가리키면서 "이게 네 아빠야." 이런 거 아닐까?

퉁이 헉! 불나방을 가리키면서 애인이라고 한 것처럼?

세라 글쎄. 만약 그랬다면 부티탭이 청싱에게 그걸 설명하지 않았을까?

뭉이쌤 엄마가 밤에 "네 아빠는 늘 우리 곁에 있어. 함께 움직인단다." 이렇게 말하는 걸 듣고서 아이가 그림자를 아빠라고 여긴 것일 수도 있지.

퉁이 오오, 그럴싸하네요. 쌤다운 상상이에요.

엄지 어떻든 말이란 게 참 무서운 것 같아요. 조심해야겠어요.

달이 맞아요. 사람들은 말을 참 함부로 해요. 그러다 보니 문제가 많이 생겨요.

이반 그래서 달이가 계속 입을 다물고 있었던 거야? 그래도 이야기는 하나 해야지.

달이

안녕하세요. 이야기하는 종달새 달이예요. 세상을 이곳저곳 날아다니면서 많은 걸 보고 많은 얘기를 들었어요. 필리핀에서 전해온 이야기를 하나 해볼게요. 파인애플이 생겨난 내력을 말해주는 전설이에요.

파인애플이 된 아이

*

필리핀 전설

옛날에 피나라는 여자아이가 엄마하고 살았는데 어느 날 엄마가 몸이 아파서 자리에 누웠어요. 엄마가 힘드니까 딸을 불러서 말했어요.

"피나야, 내 몸이 이러니 네가 집안일을 해야겠다. 빨래도 하고 음식도 만들고."

근데 딸은 그게 귀찮고 싫은 거예요. 마지못해 대답은 했는데 건성건성이죠. 더구나 얘는 살림살이가 어디 있는지 하나도 몰라요. 누워 있는 엄마한테 오더니,

"엄마, 냄비 어디 있죠?"

"찬장 맨 아래 칸!"

금방 다시 오더니,

"거기 없는데? 국자는 또 어디 있는 거야?"

"잘 좀 찾아봐. 부엌에 다 있어."

조금 있다 또 오더니,

"못 찾겠어요. 쌀이랑 밀가루는 또 어디 있는 거야? 호박이랑 참기름이랑 고춧가루도."

자꾸 이렇게 물으니까 엄마가 짜증이 나죠.

"아, 좀 잘 찾아봐!"

"찾아도 안 보인단 말예요."

그러자 엄마가 소리쳤어요.

"두 눈을 대체 어디다 둔 거니? 눈이 백 개는 있어야 되겠구나!"

엄마는 화를 내면서 아픈 몸을 이끌고 부엌으로 갔어요. 피나는 말없이 문을 열고 나갔답니다.

그러고서 시간이 많이 지났는데 딸이 안 돌아오지 뭐예요. 엄마는 아픈 몸을 이끌고 어린 딸을 찾아 나섰죠. 하지만 아이는 찾을 수 없었어요. 동네 사람들과 함께 일주일 넘게 찾아봤지만 허탕이었답니다.

엄마가 축 처져서 집으로 들어가는데 울타리 밑에 낯선 풀이 보였어요. 초록색 줄기 위에 둥그런 열매가 자라나 있었죠. 허리를 숙여서 열매를 살펴보던 엄마는 소스라치면서 놀랐어요.

"뭐야, 이거? 이거 다 눈이야?"

그 열매는 눈으로 꽉 차 있었어요. 백 개나 되는 눈을 동그랗게 뜨고 있었죠.

'엄마 말대로 나 눈 백 개 됐어. 이제 만족해?'

마치 이렇게 말하는 것 같았죠. 엄마는 눈들을 쓰다듬으면서 하염없이 울었답니다.

"불쌍한 딸! 내가 너를 이렇게 만들었구나."

하지만 동그랗게 뜬 눈들은 감기지 않았어요. 눈을 동그랗게 뜨고서 계속 소리 없이 외쳤답니다.

'이제 만족해? 응? 만족하냐고!'

엄마는 아무 말도 할 수 없었어요. 열매를 쓰다듬으며 눈물을 흘릴 뿐이었답니다.

그 후로 사람들은 죽은 아이의 이름을 따서 그 식물을 피냐라고 부르게 됐다고 해요. 피냐는 파인애플을 뜻하는 필리핀 말이랍니다.

이야기에 대한 이야기

연이

퉁이

엄지

이반

세라

달이

뭉이쌤

약손할배

연이 아아, 슬프면서도 무섭다.

퉁이 맞아. 나 소름 돋았어. 그게 다 눈이라니!

이반 이제 파인애플 먹을 때마다 이 얘기 생각날 것 같아. 어쩌지?

뭉이쌤 파인애플이 필리핀에서는 흔한 과일이잖아? 그곳 사람들은 파인애플을 볼 때마다 자연스럽게 이 얘기를 떠올릴 거야. 그러면서 스스로를 돌아보는 거지.

세라 무심코 던진 말이 아이에게 큰 상처가 될 수 있다는 걸 되새기는 거겠죠?

퉁이 확실히 그런 효과가 있겠어요. 자식이 없는 저도 말이 참 무섭다는 걸 실감하게 돼요.

엄지 그런데 그게 다 엄마 잘못은 아니잖아요? 피나도 마음에 안 들어요.

퉁이 어떤 면에서?

엄지 평소에 집안일에 관심이 없었다는 것도 그렇고, 엄마 말에 꽁해서 주저앉은 것도 그래.

연이 그건 그래. 잠깐 꽁한 것도 아니고 백 개나 되는 눈을 부릅뜨고서……. 아, 그 장면 상상도 하기 싫다.

약손할배 평소에 엄마가 아이에게 싫은 일도 해야 할 때가 있다는 걸 제대로 가르쳤어야 한다고 생각되는구나.

세라 그 말씀이 맞네요. 애들 하고 싶은 대로 다 허용하는 양육 방법이 큰 문제라는 글을 본 적이 있어요.

달이 이 이야기가 그렇게 연결될 줄은 몰랐어요. 하여튼 저 성공한 거 맞죠?

이반 응. 무서운 비극이 우리 옆에 있다는 걸 잘 말해준 얘기였어.

뭉이쌤 가족이 누구보다 가까운 사이잖아? 뭔가 잘못 얽히면 큰 문제가 생겨날 수 있지. 정말로 무서운 일도 벌어지고 말아. 이제 내가 그런 얘기를 하나 해볼게.

내가 《그림 형제 민담집》을 좋아하는 건 다들 알지? 아주 대단한 책이거든. 버릴 이야기가 하나도 없을 정도야. 거기서 제일 무서운 이야기를 하나 꼽으라면 나의 픽은 <노간주나무>야. 진짜로 소름이 끼치는 포인트가 있거든. 아, 노간주나무가 어떻게 생겼는지는 알려나? 우리나라에도 많이 있는 나무야. 향나무 비슷하게 생겼는데 잎새가 삐죽삐죽 날카로운 게 특징이지.

노간주나무

✴

독일 민담

아주 먼 옛날, 어떤 부자가 아름다운 아내와 정답게 잘 살고 있었어. 부족한 건 하나뿐이었지. 자식이 없었던 거야. 부부는 아이를 얻게 해달라고 늘 하느님께 기도했단다.

그 집 정원에는 커다란 노간주나무가 한 그루 서 있었어. 어느 겨울날 부인이 그 나무 아래에서 사과를 깎다가 손가락을 벴지 뭐냐. 하얀 눈 위에 핏방울이 똑 똑 똑.

"아, 이 핏방울처럼 빨갛고 눈처럼 하얀 아이가 있다면!"

이렇게 말을 뱉고 나니까 우울한 마음이 풀리면서 왠지 좋은 일이 생길 것 같았지. 그러더니 아이를 임신하게 된 거야. 부인은 그게 왠지 노간주나무 덕인 것 같았어. 그 뒤로 틈만 나면 나무 아래로 와서 시간을 보냈지. 배 속의 아기가 태어날 때가 다가왔을 적에 나무에 동그란 열매들이 달리니까 그걸 따서 맛있게 먹었단다. 그랬더니 이상하게 몸이 아프고 힘이 빠지는 거라. 부인은 자리에 누워서 남편에게 말했어.

"내가 죽거든 노간주나무 밑에 묻어주세요."

두 눈에 눈물이 송송송. 얼마 뒤 부인은 아기를 낳았어. 눈처럼 하얗고 피처럼 빨간 남자아이였지. 엄마는 아기 손을 잡고서 활짝 웃음을 짓더니 영원히 눈을 감았단다.

아내가 죽자 남자는 큰 슬픔에 빠졌어. 하지만 그것도 잠시, 얼마 후 남자는 다른 여자와 결혼했단다. 그리고 둘 사이에 딸이 한 명 태어났지. 엄마는 그 딸을 금쪽같이 여기면서 사랑했어. 모든 걸 다 해주려고 했지. 근데 아들이 눈엣가시처럼 걸리는 거야. 자기 딸이 걔 때문에 모든 걸 차지하지 못한다는 생각을 하면 울화가 치밀어 올랐지. 그래서 자꾸 아들을 못살게 구는 거야. 툭하면 손을 대기 일쑤였어.

그 아들이 또 엄청 잘생겼거든. 엄마는 그게 영 싫은데 딸은 달랐어. 오빠를 좋아하고 잘 따랐지. 어느 날 엄마가 사과를 주면서 먹으라고 하니까,

"엄마, 오빠도 하나 주면 안 돼요?"

근데 엄마는 그러기가 싫은 거야. 때마침 창밖을 보니까 아들이 오고 있었지. 엄마가 딸 손에 있는 사과를 빼앗아서 궤짝에 던지더니만,

"사과는 이제 네 오빠 거다. 그걸 원하는 거 맞지?"

눈빛이 이글이글. 딸은 감히 입을 못 떼고 자리를 피했어. 엄마가 화난 걸 눈치챈 거지. 아들이 들어오니까 엄마가 활짝 웃으면서,

"아들아, 사과 하나 먹을래?"

그러니까 아들이 이게 웬일인가 싶으면서도 고개를 끄덕이지.

"사과는 궤짝 안에 있단다. 네가 직접 꺼내 먹으려무나."

그게 꽤 큰 궤짝이었나 봐. 아들은 사과를 꺼내려고 궤짝으로 몸을 숙였어. 그 순간, 궤짝의 뚜껑이 그대로 쾅! 아들의 머리가 궤짝 속으로 툭! 그 뚜껑이 아주 무겁고 날카로웠던 거야.

그때 이 엄마가 한 행동이 참 기괴해. 궤짝에서 아들의 머리를 꺼내서 잘린 목 위에 살짝 올려놓고는 손수건을 감지 뭐냐. 손에는 빨간 사과를 쥐여주고 말이지. 그렇게 해놓고선 태연히 부엌으로 와서 요리를 시작하는 거라. 그때 딸이 쪼르르 달려오더니,

"엄마, 오빠가 이상해요. 내가 사과를 달라고 하는데 대답을 안 하고 쳐다도 안 봐요."

"그래? 허파에 바람이 든 건가? 가서 다시 말해보고, 그래도 대답을 안 하면 뺨을 찰싹 때려줘. 그래야 정신을 차리지!"

딸은 다시 오빠에게 가서 말했어.

"오빠, 나에게 사과 좀 줘."

하지만 오빠는 꿈쩍도 하지 않았지. 그러자 딸이 오빠에게 다가가더니 뺨을 찰싹! 그랬더니 이게 웬일이야. 오빠 머리가 뚝 떨어져서 궤짝 안으로 데굴데굴. 동생이 기겁하면서,

"오빠! 오빠, 왜 이래?"

딸은 잔뜩 겁에 질려서 엄마한테로 달려갔어. 눈물을 철철 흘리면서,

"엄마! 어떡해요. 내가 오빠 머리를 부러뜨렸어요. 오빠가 목이

떨어져서 죽었어요."

그러자 엄마가 딸의 작은 어깨를 두 팔로 꽉 움켜쥐면서,

"뭐라고? 오빠 머리를 부러뜨렸다고? 오오 마들렌, 너 대체 무슨 짓을 한 거니!"

애 이름이 마들렌이야. 엄마가 그렇게 다그치니까 마들렌이 진저리를 치면서 엉엉 울지. 엄마가 그 몸을 마구 흔들면서,

"얘야, 정신 차려! 그렇게 소리를 내면 사람들이 오잖아!"

마들렌이 흠칫 놀라서 입을 다물지. 엄마가 애를 데리고 시체 있는 곳으로 가더니,

"이걸 이렇게 두면 안 돼. 빨리 치워야 네가 살 수 있어. 나한테 좋은 생각이 있다."

이 여자가 아들의 몸통을 들고서 일어서더니,

"뭐 하니? 빨리 머리통 들고서 따라오지 않고!"

마들렌이 오빠 머리를 들고서 엄마를 따라 부엌으로 가보니까 커다란 냄비에 물이 팔팔 끓고 있지 뭐냐. 여자가 아들 몸통을 냄비에 풍덩 집어넣더니,

"그것도 빨리 집어넣어!"

얘가 그 일을 어떻게 하겠어? 그냥 발발 떨고 있으니까 엄마가 머리통을 낚아채서 냄비에 첨벙. 딸은 차마 그 모습을 눈 뜨고 보질 못하지. 근데 엄마는 아주 신이 났지 뭐냐. 삶은 고기를 큰 접시에 나눠 담더니 국물까지 부어서 식탁 위에 척. 때마침 남편이 들어오더니 식탁에 턱 앉으면서,

"오, 맛있는 냄새 난다."

그러고선 접시에 담긴 걸 국물까지 깨끗이 먹었지 뭐냐. 뼈는 식탁 아래로 툭툭 던지면서 말이지.

"오, 맛있다. 더 먹을 수 있을까?"

"그럼요. 마음껏 드세요. 호호."

그러자 남편은 딸이 손을 안 댄 접시까지 끌어다가 싹 먹어 치웠어. 마를렌은 넋이 나가서 아무 말도 못 하고 멍하니 있지. 이제 눈물도 안 나와.

식사가 끝나니까 마를렌은 자기 방으로 가서 아끼는 비단 손수건을 가지고 나왔어. 그걸로 식탁 아래에 흩어져 있는 뼈를 조심스레 모아서 밖으로 나가는데 그제서야 눈물이 왈칵! 마를렌은 그 뼈를 노간주나무 아래에 고이 내려놨어. 그렇게 하고 나니까 마음이 조금 가벼워진 것 같았지.

그때 이상한 일이 벌어졌어. 나무가 움직이기 시작한 거야. 나뭇가지들이 쫙 벌어졌다가 다시 모아지는데 그게 박수를 치는 모양이지 뭐냐. 그때 나무에서 연기가 피어오르더니 불꽃 속에서 한 마리 예쁜 새가 날아올랐어. 새는 낭랑하게 지저귀다가 하늘로 사라졌단다. 마를렌이 보니까 나무는 원래대로 서 있는데 뼛조각들은 사라지고 없었지. 마를렌은 다시 마음이 가벼워졌어. 왠지 오빠가 살아 있는 느낌이 든 거야.

하늘로 날아오른 새는 금 세공사의 집으로 갔어. 거기 나무에 앉더니 노래를 하기 시작했단다.

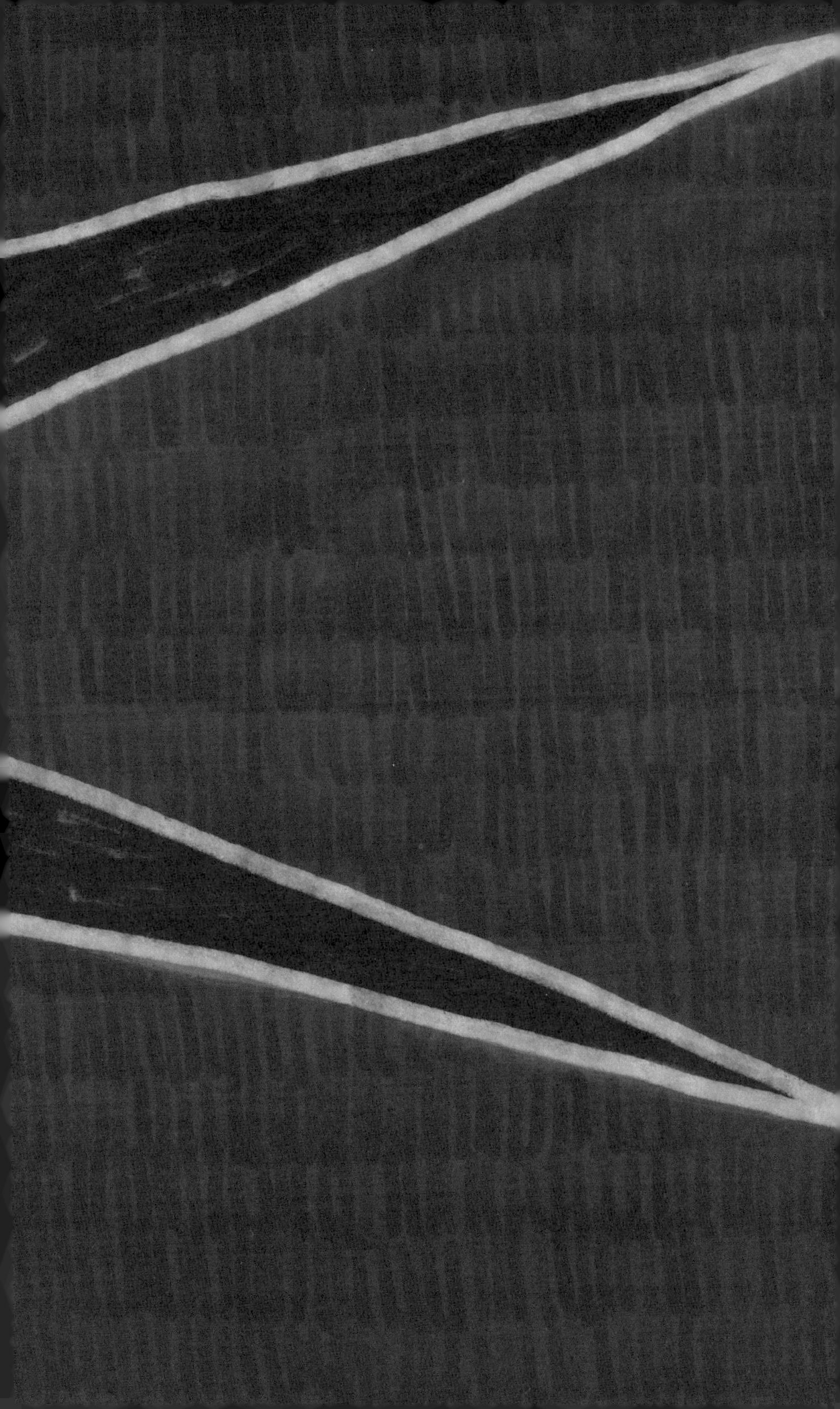

우리 엄마가 나를 죽였어요.

아빠는 내 몸을 먹었죠.

내 동생은 뼈를 손수건에 고이 감싸서

노간주나무 아래 놓아줬어요.

키빗, 키빗, 나는 참 예쁜 새라네.

세공사가 들어보니까 노랫소리가 너무 낭랑하고 매혹적이야. 하던 일도 멈춘 채 넋을 놓고 노래를 들었지. 노래가 끝나자 세공사는 새를 바라보면서,

"예쁜 새야, 참 아름다운 노래구나. 한 번만 더 들려줘."

"그 금목걸이를 주신다면요."

그러자 세공사는 고개를 끄덕이면서 목걸이를 들어 올렸어. 새는 한 발로 목걸이를 받아 들고서 다시 노래하기 시작했지. 조금 전에 했던 그 노래인데 더 낭랑해.

노래를 마친 새는 높이 날아올라서 구두장이 집으로 갔어. 거기 나무 위에 앉더니만,

우리 엄마가 나를 죽였어요.

아빠는 내 몸을 먹었죠.

내 동생은 뼈를 손수건에 고이 감싸서

노간주나무 아래 놓아줬어요.

키빗, 키빗, 나는 참 예쁜 새라네.

구두장이도 새가 부르는 노래에 홀딱 반했어. 새를 바라보면서,

"예쁜 새야, 참 아름다운 노래구나. 한 번만 더 들려줘."

"빨간 구두를 주신다면요."

그러자 구두장이는 예쁘장한 빨간 구두를 꺼내서 내밀었지. 새는 그걸 한쪽 발로 받은 뒤 다시 노래를 했지. 전보다 더 낭랑하고 아름다운 소리로 말야.

예쁜 새가 그다음으로 찾아간 곳은 방앗간이었어.

우리 엄마가 나를 죽였어요.

아빠는 내 몸을 먹었죠.

내 동생은 뼈를 손수건에 고이 감싸서

노간주나무 아래 놓아줬어요.

키빗, 키빗, 나는 참 예쁜 새라네.

일하던 사람들이 노랫소리를 듣고서 말했어.

"예쁜 새야, 참 아름다운 노래구나. 한 번만 더 들려줘."

"그 맷돌을 주신다면요."

그러자 사람들은 서로 바라보고 고개를 끄덕인 뒤 맷돌을 마당에 꺼내놨어. 이때 새가 맷돌구멍 속으로 머리를 쏙 내미니까 맷돌이 둥그런 옷깃처럼 보이는 거라.

우리 엄마가 나를 죽였어요.

아빠는 내 몸을 먹었죠.

내 동생은 뼈를 손수건에 고이 감싸서

노간주나무 아래 놓아줬어요.

키빗, 키빗, 나는 참 예쁜 새라네.

새는 다시 노래를 들려준 뒤 목걸이와 구두, 맷돌을 잘 챙겨서 마를렌의 집으로 날아갔어. 집 안에서는 세 사람이 밥을 먹고 있었지. 아빠는 뭐가 좋은지 싱글벙글인데 딸은 접시에 눈물을 뚝뚝. 엄마는 불안한 표정으로 이곳저곳을 돌아보다가,

"여보, 아무래도 이상해요. 무서운 일이 닥쳐올 것 같아요."

그때 예쁜 새가 노간주나무에 앉아서 노래를 부르기 시작한 거야.

우리 엄마가 나를 죽였어요.

아빠는 내 몸을 먹었죠.

내 동생은 뼈를 손수건에 고이 감싸서

노간주나무 아래 놓아줬어요.

키빗, 키빗, 나는 참 예쁜 새라네.

그 노랫소리를 듣고 아빠가 나무 아래로 다가가니까 새가 그를 바라보면서,

우리 엄마가 나를 죽였어요.

아빠는 내 몸을 먹었죠.

그러면서 새는 금목걸이를 뚝 떨어뜨렸어. 아빠는 그걸 주워 들고서는 신이 나서 안으로 들어왔지. 이어서 딸이 노간주나무 아래에 섰어.

내 동생은 뼈를 손수건에 고이 감싸서
노간주나무 아래 놓아줬어요.

그러면서 새는 빨간 구두를 뚝 떨어뜨렸어. 마를렌은 그걸 들고서 얼굴이 환해져서 안으로 들어왔지. 마지막으로 엄마가 노간주나무 아래에 서서,
"예쁜 새야, 나에게는 무얼 줄 거니?"
그러자 새가 대답 대신 노래를 시작했어.

우리 엄마가 나를 죽였어요.
우리 엄마가 나를 죽였어요.

그 소리를 들으니까 엄마는 머리가 깨지는 듯이 아팠어. 머리를 감싸 쥐고서,
"하지 마! 하지 마!"
하지만 새는 노래를 멈추지 않았어.

우리 엄마가 나를 죽였어요.

아빠는 내 몸을 먹었죠.

내 동생은 뼈를 손수건에 고이 감싸서

노간주나무 아래 놓아줬어요.

키빗, 키빗, 나는 참 예쁜 새라네.

엄마는 머리를 꽉 움켜쥐고서 난리법석이지. 하지만 숨을 곳을 찾질 못해. 그때 새가 목에 걸고 있던 맷돌을 땅으로 뚝!

쾅! 커다란 소리와 함께 맷돌은 엄마를 박살 냈어. 마를렌과 아빠가 소리를 듣고서 와보니까 엄마는 없고 노간주나무 아래에서 이상한 연기와 불꽃이 피어오르고 있었지. 그러더니 짜자잔! 연기가 사라진 자리에 오빠가 서서 웃고 있었단다.

세 사람은 손을 꼭 잡고 안으로 들어왔어. 그들은 식탁에 둘러앉아 맛있게 밥을 먹었다고 해.

이야기에 대한 이야기

연이 퉁이 엄지 이반 세라 뭉이쌤 약손할배

퉁이 쌤, 이 이야기 아주 엽기적이에요! 엄마가 어떻게 저럴 수 있죠?

이반 딸을 살인자로 만드는 게 진짜 소름이야.

뭉이쌤 그런 일이 실제 현실에도 있는 거 아니?

퉁이 진짜요? 완전 초엽기 살인 사건이네요.

뭉이쌤 꼭 몸을 찌르거나 잘라서 죽여야만 죽이는 게 아니지.

세라 가스라이팅 같은 걸 두고 하시는 말씀 맞죠? 이 엄마는 딸을 심리적으로 장악해서 조종하고 있어요. 자식을 이렇게 다루는 사람이 현실에도 종종 있죠.

퉁이 자기가 낳은 친딸인데도 그렇게 하다니.

뭉이쌤 내 말이! 하지만 친자식을 이렇게 심리적 죽음으로 내모는 경우가 꽤 있어. 자녀가 가깝고도 만만한 가스라이팅 대상이 되는 거지.

약손할배 그런 부모는 자기가 무슨 짓을 하는지도 모르더군요.

뭉이쌤 맞아요. 오히려 그게 사랑이라고 착각하기도 하죠.

엄지 사랑이라는 이름의 폭력.

세라 쌤, 이 이야기 속의 계모도 아들의 친엄마로 풀이될 수 있나요?

뭉이쌤 그냥 계모로 보는 게 자연스러워 보이긴 하지만 친모로 해석될 가능성도 없지 않아요. 자식을 낳으면서 본래의 자기가 사라지고, 더 사랑하는 자식이 생기면서 편애와 차별이 생겨났다는 식으로요.

이반　　친자식을 차별하는 부모도 은근 많아요.

연이　　근데 쌤, 마지막에 세 사람이 맛있게 밥을 먹는 게 이해가 안 돼요.

퉁이　　맞아. 그 대목도 엽기적이었어. 뭔가 다들 정상이 아닌 듯.

뭉이쌤　　흠…… 이런저런 풀이를 해볼 수 있겠다만 그건 생각할 거리로 놔두마. 어떻든 그래서 더 재미있어지지 않았니?

연이　　맞아요. 더 재미있고 무서워졌어요. 쌤이 각색하신 거 아니죠?

뭉이쌤　　원전에 있는 대로야. 아빠와 딸이 목걸이와 구두를 받고서 좋아했다는 내용도. 한번 잘 뜻을 음미해 보렴. 뭐 그냥 넘어가도 좋고! 어디까지나 옛날이야기니까. 하하.

퉁이　　다음 이야기로 넘어갈 타이밍 맞죠? 제가 한번 해보겠습니다.

퉁이

제가 들려드리려는 이야기도 가족에 얽힌 내용입니다. 처음에 이걸 들었을 때 완전 충격이었어요. 주인공은 어머니에게 정성을 다했던 효자 아들입니다. 병든 어머니를 살릴 길을 찾으려고 호랑이로 둔갑할 정도였죠. 그래서 제목이 '호랑이가 된 효자'입니다.

호랑이가 된 효자

*

한국 민담

옛날 어느 마을에 아내와 함께 어머니를 모시고 사는 황팔도라는 사람이 있었습니다. 글공부를 하는 선비인데 소문난 효자였어요. 늙은 어머니를 늘 정성껏 보살폈습니다. 혹시 불편한 게 없는지 작은 일까지 꼼꼼히 살폈다고 해요.

그런데 어머니가 병이 들어서 자리에 누우셨어요. 어떤 약을 써도 어머니의 건강은 돌아오지 않았습니다. 황팔도는 팔도에서 제일 용하다는 의사를 청해 와서 어머니를 진찰하게 했어요. 그랬더니 의사가 이렇게 말하는 거예요.

"다른 건 다 소용없고 누런 개의 간 삼백 개를 먹어야 나을 병입니다."

그러고서 의사가 가버리니까 황팔도의 고민이 시작됐어요. 한두 개도 아니고 개의 간 삼백 개를 어떻게 구하겠어요? 개 삼백 마리를 죽여야 하는 건데요. 게다가 황팔도는 개를 잡아서 죽일 만한 사람이 아니었거든요. 하지만 어머니를 꼭 살려야겠는 거예요. 그는 신령님께 약을 구할 수 있도록 해달라고 밤낮으로 기도했습니다. 그러던 어느 날, 도사처럼 생긴 낯선 사람이 찾아와서 이상한 말을 했어요.

"개의 간이 많이 필요하시다고요? 내가 방법을 알려드리리다. 호랑이로 변해서 개를 잡는 거예요. 이 책이 있으면 호랑이로 변했다가 다시 사람으로 돌아올 수 있다오."

그러면서 책을 한 권 내미는데 거기에는 이상한 주문이 두 가지 적혀 있었습니다. 하나는 호랑이로 변하는 주문이고 하나는 사람으로 돌아오는 주문이에요. 황팔도가 시험을 해보니까 진짜였습니다.

"됐다. 이제 어머니를 살릴 수 있어!"

그날부터 황팔도는 밤에 주문을 외워서 호랑이로 변한 뒤 개를 한 마리씩 죽여서 간을 꺼내기 시작했습니다. 처음에는 개가 피 흘리며 죽는 모습에 진저리가 났지만 자꾸 하다 보니까 점점 익숙해졌죠. 꾸준히 개의 간을 드리니까 어머니도 몸이 점점 좋아졌습니다.

낮에는 사람으로 지내다 밤에는 호랑이가 돼서 움직이는 이중생활이 1년 가까이 이어졌어요. 이제 곧 간 삼백 개를 채우기 직전이었죠. 황팔도가 둔갑 책을 꺼내더니,

"자, 오늘도 슬슬 사냥을 나가야지. 오늘은 어떤 놈을 찢어발길까?"

야릇한 웃음을 흘리면서 커다란 호랑이가 돼가지고 '어흥!' 하

면서 벌건 입을 벌리는데, 아내가 그 모습을 보고서 덜덜 떨어요. 한구석에 쪼그리고서 숨도 못 쉬죠. 남편이 나간 뒤에도 한참 그대로 있던 아내는 다락을 뒤져서 남편이 숨겨놓은 둔갑 책을 찾아냈어요. 아내는 그걸 부엌으로 가져가서 아궁이에 넣고서 불을 질렀습니다. 거의 제정신이 아니었죠.

얼마 뒤에 호랑이가 피가 뚝뚝 떨어지는 개의 간을 물고서 돌아왔어요. 호랑이는 다락을 열고 책을 찾았지만 보일 리 없었죠. 보니까 한쪽에는 아내가 벌벌 떨고 있었습니다. 호랑이는 눈에 불을 뿜으면서 아내에게 다가갔어요. 호랑이 황팔도는 그 자리에서 아내를 조각조각 찢어서 살점을 씹어먹었습니다. 그러고도 성이 안 풀린 황팔도는 안방으로 가서 어머니도 쾅 후려쳤어요. 어머니도 그대로 숨이 끊겨서 죽었습니다.

호랑이 황팔도는 그날 밤새도록 으르렁거리면서 날뛰다가 산으로 사라졌어요. 그 뒤로 여기저기 나타나서 사람을 산 채로 찢어발기는데 그야말로 가장 무서운 호랑이였다고 해요. 완전히 공포의 대상이죠. 그런데 이렇게 말하는 사람은 안 죽이고 살려줬대요.

"황팔도 황 선생, 천하제일 효자님이 납시었군요."

이 말을 들으면 고개를 끄덕이면서 그냥 물러났다는 거예요.

그래서 호랑이 황팔도는 어떻게 됐냐고요? 포수를 피해 다니는데도 한계가 있죠. 어느 재빠르고 머리 좋은 포수가 길목을 지켰다가 총으로 쏴서 죽였다고 합니다.

이야기에 대한 이야기

연이 통이 엄지 이반 세라 뭉이쌤 약손할배

연이 결국 다 죽은 거네. 근데 엄마까지 죽인 건 이상하다. 어머니 살리려고 호랑이로 변했던 거잖아?

통이 나도 처음엔 말이 안 된다고 생각했는데 가만 생각해 보니까 말이 되더라고. 원래는 효자였지만 지금은 호랑이니까.

엄지 진짜 호랑이는 아니고 사람이 임시로 변한 거 아닌가?

뭉이쌤 아마도 처음에는 호랑이로 변했어도 여전히 사람에 가까웠을 거야. 근데 날마다 호랑이가 돼서 짐승을 살해하는 짓을 반복하다 보니 진짜로 호랑이가 된 거 아닐까?

세라 맞아요. '오늘은 어떤 개를 죽일까?' 하면서 웃는 대목에서 소름 돋았어요. 피를 보는 일에 재미를 느낀다는 거잖아요.

연이 그렇구나. 그래서 아내도 견디지를 못했나 봐요. 그전에는 참다가 책을 불사른 걸 보면요.

엄지 남편이 사람으로 있을 때 책을 없앴으면 됐을 텐데.

통이 나도 처음에 여자가 바보라고 생각했었어. 근데 호랑이가 된 남편이 너무 무서워서 앞뒤를 가리지 못한 것 같아.

약손할배 사실 어머니 살리겠다고 호랑이가 될 때부터 걸음을 잘못 내디딘 거라고 할 수 있지. 개들도 귀한 생명이잖니? 죄 없는 개를 수백 마리나 죽인다는 게…….

엄지 정말 그러네요! 그렇게 개들을 죽이다 보니 아내도 죽이고 또 엄마도 죽이고. 와, 이거 진짜 무서운데요!

퉁이 후훗. 이 몸이 무서운 이야기 전문가입니다요.

세라 인정! 아주 품격 있는 이야기였어. 우리도 발을 잘못 내디디면 끔찍한 짐승이 될 수 있는 거잖아? 이게 진정한 무서움 같아.

이반 얘기를 듣다 보니 조폭이 떠올라요. 가족을 위한다는 명분으로 폭력의 세계에 발을 담근 사람들 있잖아요?

퉁이 형, 나 소름 돋았어. 진짜로 그러네. 그래봐야 결국 사람들 괴롭히는 조폭인 거잖아. 황팔도가 더 이상 효자가 아니라 호랑이인 것처럼.

뭉이쌤 아주 멋진 토론이구나. 가슴이 웅장해지는 느낌.

이반 쌤, 제가 바통을 넘겨받아서 이야기를 하나 하겠습니다. 이 분위기를 잘 살려볼게요.

제가 들려드릴 이야기는 러시아에서 전해온 민담이에요. 황팔도 비슷한 사람이 나옵니다. 물론 똑같지는 않아요. 황팔도 이야기는 느낌이 뭔가 한국적이잖아요? 이 이야기는 색깔이 좀 다르게 다가올 거예요. 제목은 '보물단지'입니다. 원래의 제목이에요.

보물단지

✳

러시아 민담

옛날 꽤 오래전 러시아 시골 마을에 할머니 할아버지가 살았어요. 평생을 아주 가난하게 살아온 사람들이에요. 그런데 어느 추운 겨울날 할머니가 세상을 떠났습니다. 할아버지는 아주 슬펐어요. 아내의 마지막 가는 길만큼은 잘 보내주고 싶었습니다.

하지만 세상 인심은 싸늘했어요. 돈 없는 노인을 위해서 무덤을 파줄 사람은 없었습니다. 고민 끝에 노인은 정교회 사제를 찾아갔어요.

"존경하는 신부님! 제 아내를 묻을 수 있게 도와주세요."

그러자 신부가 차갑게 말했습니다.

"그러려면 돈이 필요한데! 선불이라야 하오."

할아버지는 눈물을 흘리며 돌아섰습니다. 돈이라곤 한 푼도 없었거든요. 집에 돌아온 할아버지는 삽을 들고서 혼자 묘지로 갔어요. 그리고 땅을 파기 시작했습니다. 언 땅을 파는 건 아주 힘든 일이었죠. 바람은 얼마나 매서운지 몰라요. 하지만 할아버지는 묵

묵히 작업을 계속했습니다. 어두워질 때까지요.

그때였어요. 할아버지의 삽 끝에 이상한 쨍그랑 소리가 났습니다. 조심스레 삽질을 계속해서 파내고 보니까 단지였어요. 단지를 열어본 할아버지는 깜짝 놀랐습니다. 금화가 가득 들어 있었던 거예요. 달빛 아래 금화가 반짝반짝 빛났습니다. 할아버지의 눈물도요.

"하느님, 아내의 장례를 잘 치를 수 있게 도와주셔서 감사합니다."

다음 날 아침, 죽은 할머니를 위한 묘지가 훌륭히 만들어졌습니다. 돈이 있으니까 사람들이 너나없이 나서서 거들었어요. 뒤늦게 소식을 듣고 찾아온 사제는 뭐가 마음에 안 드는지 쩍쩍 입맛을 다셨습니다. 그는 집에 돌아와서 아내에게 말했어요.

"이봐, 그 비렁뱅이 노인네가 보물단지를 발견해서 부자가 됐지 뭐야. 그 초라한 영감이 나보다 돈이 많다는 게 말이 돼? 이건 도저히 있을 수 없는 일이라구!"

한참을 식식대던 사제는 보물단지를 빼앗을 궁리를 하기 시작했어요. 아내와 함께 머리를 맞대고서요. 마침내 사제는 묘안을 찾아냈습니다.

"크하하! 됐어. 그 보물단지는 이제 내 거야!"

사제는 날이 어두워지기를 기다렸다가 밖에 나가서 큰 염소 한 마리를 집 안으로 끌고 왔습니다. 그는 날카로운 칼로 염소를 찌른 뒤 조심스레 가죽을 벗기기 시작했어요. 뿔과 수염이 떨어져

나가지 않게 주의하면서요. 작업이 끝나자 사제는 피비린내 나는 염소 껍질을 머리에서부터 꾹 뒤집어썼습니다. 그러고서 아내에서 말했어요.

"이봐, 여기 벌어진 틈을 튼튼한 실로 단단히 꿰매. 가죽이 벗겨지지 않도록."

아내가 가죽을 꿰매서 이으니까 감쪽같았습니다. 그건 영락없는 악마의 모습이었죠. 사제는 그 모습을 하고서 할아버지의 오두막집을 찾아가서 창문을 툭툭 두드렸습니다.

"이 밤중에 누구요?"

그러자 사제가 소리쳤습니다.

"나는 악마다!"

할아버지가 놀라서 내다보니까 정말로 악마가 앞에 우뚝 서 있는 거예요. 기겁한 할아버지는 성호를 긋고서 기도문을 외웠습니다.

"아무리 그래봤자 소용없다. 내 돈을 내놓기 전엔 벗어날 수 없어. 내가 묻어둔 보물단지를 차지하고서 무사할 줄 아느냐? 당장 통째로 내놔."

그 말을 들은 할아버지는 곧바로 금화가 든 보물단지를 밖으로 내놓고 문을 잠갔습니다. 악마가 멀어져 가는 걸 보면서 안도의 한숨을 내쉬었죠.

금화 단지를 들고 집으로 돌아온 사제는 신이 나서 소리쳤습니다.

"이봐, 이것 좀 보라구! 보물단지가 통째로 내 손에 들어왔거든. 킬킬."

아내가 웃으며 다가오자 사제가 짜증 내면서 말했어요.

"아이고 답답해 죽겠어. 염소 가죽 꿰맨 거 빨리 좀 뜯어내!"

아내는 칼을 가져와서 꿰맨 부분을 트려고 했습니다. 그러자 피가 줄줄 흘러내렸어요.

"으아아, 뭐 하는 거야! 아파 죽겠어! 그만해!"

아내가 다른 곳을 조심스레 째봤지만 결과는 마찬가지였습니다. 사제의 살갗이 벌어지면서 피가 줄줄 흘렀어요. 모든 곳이 다 그랬습니다. 염소 가죽이 사제의 피부와 한 몸이 돼버린 거예요. 아무리 용을 써도 그것을 분리할 방법은 없었습니다.

날이 밝자 사제는 보물단지를 들고서 할아버지 집으로 갔어요.

"으윽, 악마다! 악마가 또 왔어."

사제는 겁에 질린 할아버지 앞에 무릎을 꿇고서 보물단지를 내밀었습니다. 자기가 한 일을 고백하면서 용서를 빌었죠. 하지만 소용없는 짓이었어요. 하느님의 벌은 돌이킬 수 없었습니다. 염소 가죽은 결코 떼낼 수 없었죠. 사제는 악마의 모습으로 평생을 살아야 했습니다.

이야기에 대한 이야기

연이 통이 엄지 이반 세라 뭉이쌤 약손할배

연이 황팔도는 호랑이 가죽을 썼다가 호랑이가 됐고 사제는 악마 가죽을 썼다가 악마가 된 거네. 뭔가 통한다.

통이 하지만 효자였던 황팔도와 달리 이 사제는 처음부터 냉정하고 욕심이 많았어. 이미 조금은 악마였다고나 할까?

뭉이쌤 그래. 하지만 황팔도는 정말 좋은 사람이었고 없던 호랑이가 갑자기 생겨난 걸까?

통이 그러네요. 황팔도도 자기중심적인 면이 있었어요. 아내를 대하는 방식도 그렇고요.

세라 겉으로 칭찬이나 존경을 받는 사람의 숨은 얼굴. 위험해!

이반 그 부분을 잘 살려보려고 했는데 성공한 걸까요?

세라 성공! 강렬한 구연이었음.

엄지 저는 꽤 무섭고 끔찍했어요. 염소 가죽을 벗겨서 뒤집어쓰는 장면하고 꿰맨 부분을 칼로 뜯는 장면에서요. 지옥이 떠올라요.

세라 그게 악마의 시간이니까 지옥이라는 표현이 잘 맞는 듯.

뭉이쌤 악마의 시간이라, 딱 적절한 표현이네요. 황팔도도 그렇고 사제도 그렇고, 악마의 시간이 우리 아주 가까운 곳에서 불현듯 펼쳐지게 된다는 걸 잊지 말아야 해요.

약손할배 돌아보면 악마의 시간을 살았던 경험들이 떠오릅니다. 누구라도 거기서 자유롭기는 어렵지요.

퉁이 넵! 근데 할아버지, 이제 이야기를 하나 해주셔야 할 시간이에요.

연이 와, 근데 이건 악마의 시간이 아니라 천사의 시간!

약손할배 하하. 알았어요. 하나 해볼게요.

약손할배

내가 하려는 얘기는 태국에서 전해온 민담이랍니다. 무섭거나 끔찍한 장면 같은 건 없는 이야기지요. 그런데 내 마음속에 아주 무서운 이야기로 남아 있어요. 살아오면서 이 비슷한 일들을 실제로 겪었기 때문인 것 같아. 그럼 시작할게요.

미치광이 마을의 미치광이

✳

태국 민담

옛날에 아주 흉측한 도적 네 명이 감옥에 갇혀 있었어요. 사형 집행을 앞둔 죄수들이었지. 그런데 이 도적들이 작당해서 탈옥을 한 거예요. 태국이 꽤 큰 나라거든. 이 도적들이 구석진 시골을 찾아 들어가니까 나라에서 잡지를 못해요. 더구나 도적들이 머리를 밀고 감쪽같이 스님으로 변장을 한 거예요. 이자들이 연기력도 뛰어났나 봐. 그러고 다니니까 사람들이 죄수라고 생각을 못 하지.

도적들은 시골을 여기저기 다니다가 어느 산자락에 있는 낡은 절을 발견했어요. 오랫동안 비어 있어서 황폐해진 곳이었지. 도적들은 거기 눌러앉기로 했어요. 이자들이 숨겨뒀던 돈이 꽤 있었나 봐. 돈을 써서 절을 수리하니까 꽤 번듯해졌어요.

그 절에서 좀 떨어진 곳에 작은 마을이 하나 있었어요. 스님들이 넷이나 와서 절을 되살리니까 마을 사람들이 아주 좋아했지. 사람들은 아침마다 절을 찾아와서 스님들에게 먹을 것을 바치고 부처님께 절을 드렸어요. 태국이 원래 부처님을 숭상하는 나라거든.

그때 스님들이 마을에 기적을 일으키기 시작했어요. 마을 사람들이 잃어버린 물건이나 사라진 가축 같은 걸 신통력으로 착착 찾아준 거예요. 그러니까 사람들이 깜짝 놀라면서 더 존경하지. 그게 도적들이 슬쩍 훔쳐서 숨겨놨던 거라는 사실을 꿈에도 몰라요. 스님들이 뭐라고 하느냐면,

"다 부처님께서 신통력으로 하신 일입니다."

그러면 사람들이 머리를 조아리면서 절을 해요. 있는 것 없는 것 다 갖다 바치면서 말이지.

그러던 어느 날 스님들이 마을 사람들을 모아놓고서 이상한 말을 했어요.

"이 마을에 곧 재액이 닥쳐옵니다. 역병이 찾아와서 마을을 휩쓸 거예요. 마을에 있으면 아무도 살아남지 못합니다."

그러자 사람들이 깜짝 놀라서 그럼 어떻게 해야 되느냐고 묻지.

"역병을 퍼뜨리는 귀신들을 절로 유인해서 부처님의 법력으로 잡아 죽여야 합니다. 귀한 음식과 술을 절에 가득 차려놓으면 역신들이 그리로 올 거예요. 그러면 우리가 정성껏 기도를 올려서 역신들을 물리쳐 보겠습니다."

그 말을 들으니까 사람들이 살았다 싶지. 마을 사람들은 재산을 톡톡 털어서 진귀한 음식을 잔뜩 마련한 다음 절에다 가득 차려놨어요. 준비가 끝나자 스님들이 뭐라느냐면,

"이제 우리가 역신들을 유인한 다음 결계를 쳐서 가둬놓고 전멸시키겠습니다. 절 주변에 밧줄을 둘러놓을 거예요. 거기를 침범하

면 절대 안 됩니다. 집 밖으로 절대 나오지 말고 안에서 부처님께 기도를 드리세요."

사람들은 그 말을 철석같이 믿고 집 안에 꼭 틀어박혔어요. 얼마 뒤부터 멀리 절에서 왁자지껄 시끄러운 소리가 울려 퍼지기 시작했지. 사람들은 스님들이 귀신과 싸우기 시작했다는 걸 알고 두 손을 모아 열심히 기도했어요. 문밖에는 감히 나갈 엄두를 못 내지.

그런데 그때 한 사람이 절을 찾아 들어간 거예요. 완디라는 청년이에요. 원래 그 마을 사람인데 외지에 나갔다 돌아오는 길에 절에서 나오는 시끄러운 소리를 들은 거야. 줄을 넘어서 본당으로 들어간 완디는 눈을 의심했어요. 스님들이 술판을 벌여놓고 잔뜩 취해서 야단법석이지 뭐예요. 이자들에게는 거기가 천국이겠지만 완디가 보기에는 지옥이었어요. 눈빛과 언행이 영락없이 악마였죠.

완디는 급히 마을로 뛰어와서 사람들에게 그 사실을 알렸어요. 절에 있는 게 스님들이 아니라 변장한 악마들이라고 소리쳤지요. 그러자 사람들이 이렇게 말하는 거예요.

"미쳤니? 그게 무슨 소리야. 지금 스님들이 역신들과 싸우고 있다는 걸 온 세상이 다 아는데!"

"아니에요. 스님이 아니라 악마예요. 못 믿겠거든 함께 가봐요!"

하지만 마을 사람들은 절로 가서 줄을 침범한다는 걸 상상도 못해요. 집 밖에 나가는 것도 무서운데 거길 어떻게 가겠어요. 그런데 완디가 거기로 갈지 모르잖아? 사람들은 완디를 꽁꽁 묶어서 창고에 집어넣었어요.

"왜 이래? 난 멀쩡하다고! 미친 건 당신들이야!"

하지만 사람들은 완디의 말을 무시했어요. 독한 귀신이 들었다고 믿으면서 빨리 정신이 돌아오게 해달라고 기도할 뿐이었답니다.

며칠 뒤 절에서 스님 한 사람이 마을로 찾아왔어요.

"여러분, 이제 안전합니다. 마침내 역신들을 물리쳤어요. 귀신들이 절을 어지럽혔으니 치우는 걸 도와주세요."

그러니까 마을 사람들이 환호하지. 그들은 절로 올라가서 난장판이 된 절을 청소하기 시작했답니다. 그때 창고에서 풀려난 완디가 달려와서 스님들에게 손가락질하면서 외쳤어요.

"이 악마들! 당신들이 이렇게 만든 거잖아? 내가 두 눈으로 똑똑히 다 봤다고!"

그러자 스님들 가운데 우두머리가 나서서 말했어요.

"어허, 악귀가 단단히 씌었군요. 내가 쫓아내 보겠습니다. 몇 분이 이 사람을 움직이지 못하게 눌러주세요."

그러자 마을 사람들이 달려들어서 완디의 몸을 꽉 눌렀어요. 완디는 발악을 하면서 욕을 하지요. 그때 스님이 조그만 대나무통 두 개를 가져와서 완디의 콧구멍에 대고 불기 시작했어요.

"으아악! 이게 뭐야! 엣취, 엣취……."

그 통에 매운 후춧가루가 들어 있었던 거예요. 완디가 계속 발악하자 스님이 말했어요.

"보통 이 정도면 되는데 모자라는군요. 가서 더 가져와야겠어요."

완디가 그 말을 들으니까 이러다가 정말로 죽게 생겼지 뭐예요.

완디는 일부러 기절한 척 몸에 힘을 빼고 축 늘어졌어요. 얼마 있으니까 콧구멍에 대나무통이 닿는 게 느껴졌지요. 완디가 눈을 뜨니까 스님 두 사람이 통을 한 개씩 불려고 하는 중이었답니다. 완디가 말했어요.

“아아! 제가 무서운 꿈을 꿨어요. 꿈속에서 절에 왔는데 스님들이 술에 취해서 난리법석을 벌이고 있었답니다. 끔찍한 광경이었어요. 꿈이라서 정말 다행이에요.”

그러자 스님이 말했어요.

“드디어 망상에서 깨어나셨군요. 부처님이 이기셨습니다.”

그 말에 사람들이 다들 환호하면서 스님들과 부처님을 향해서 절을 올렸답니다.

완디는 겨우 살아나서 마을로 돌아왔어요. 하지만 마음에서 치미는 울분을 참을 수 없었지. 완디는 화가 가득한 목소리로 어머니 아버지에게 말했어요.

“그건 꿈이 아니라 현실이었어요. 그 스님들은 악마라고요!”

그러자 어머니 아버지가 신음하듯이 말했답니다.

“아아, 부처님! 우리 아이가 또 이상해졌어요. 구원해 주세요!”

그 말을 들은 완디는 완전히 입을 닫았어요. 더는 이 미치광이 마을에서 멀쩡한 미치광이로 살 수 없다고 생각한 완디는 그날 밤 조용히 마을을 빠져나갔답니다. 그러고서 다시는 돌아오지 않았다고 해요.

이야기에 대한 이야기

이반 할아버지, 이거야말로 진짜 무서운 이야기네요. 멀쩡한 사람을 미치광이로 만들다니요!

세라 집단 광기의 무서움이야. 역사적으로도 이런 일들이 많았지.

퉁이 제가 완디였다면 진짜로 미쳐버렸을 거예요.

연이 맞아. 오죽하면 가족까지 버리고 영원히 떠나갔을까.

뭉이쌤 가까운 사람까지 나를 이상한 사람으로 생각하면 버티기가 힘들지.

세라 불교에도 이런 광신도가 있는 줄은 몰랐어요.

약손할배 실제 일은 아니고 이야기니까. 하지만 그런 일들은 어디서든 벌어질 수 있지요.

엄지 학교에서도 비슷한 일이 있어요. 저도 종종 아이들한테 비정상으로 취급된답니다.

퉁이 엄지가 조금 비정상적으로 영민하긴 하지. 하하.

뭉이쌤 정말 무서운 건 우리 자신이 집단폭력의 가해자가 될 수 있다는 사실이야. 보고 싶은 것만 보고 듣고 싶은 것만 들으면 안 되지.

이반 넵. 그래서 이야기가 필요한 것 같아요. 이런 이야기를 들으면 자기 성찰을 하게 되거든요.

퉁이 역시나 우리의 결론은 옛이야기의 힘! 옛이야기 최고!

storytelling time
나도 이야기꾼!

기본 스토리텔링

이번 스테이지에서 만난 이야기 중 가장 마음에 드는 것을 골라서 다음과 같은 단계로 스토리텔링 활동을 해보자.

step 1: 책에 쓰인 그대로 이야기를 소리 내어 읽는다.

step 2: 책에 쓰인 그대로 이야기를 소리 내어 읽되, 가상의 청자에게 말해주듯이 읽는다.

step 3: 청자에게 이야기를 전달하되, 틈틈이 책을 참고한다.

step 4: 청자에게 이야기를 전달하되, 책을 참고하지 않는다.

step 5: 청자에게 이야기를 전달하되, 표현과 내용을 조금씩 자신의 방식대로 바꿔본다.

step 6: 완전히 내 것이 된 이야기를 구연 환경과 청자의 성향에 맞춰 내용과 표현을 자유자재로 조절하며 전달한다.

이야기별 재창작 스토리텔링

다음은 이번 스테이지에서 만난 이야기들에 대한 활동거리이다. 이 중 하나 이상을 골라 스토리텔링 활동을 해보자.

<설녀 유키온나>

① **인물의 정체 탐색하기:** 설녀 유키온나는 어떤 존재였을지, 그 숨은 정체에 대한 의견을 나누어보자. 사람으로 봐도 좋고 자연현상과 연결시켜도 좋다.

② **뒷이야기 만들기:** 설녀가 떠나간 뒤 남자와 자식은 어떻게 됐을지 뒷이야기를 상상해서 말해보자.

<불나방>

③ **문제의 원인 분석하기:** 이야기 속에서 발생한 비극의 가장 큰 원인은 무엇이었을지 분석해서 각자의 의견을 발표해 보자.

<남섬에 사는 여자>

④ **비슷한 사례 찾아보기:** 말로 인한 오해로 큰 비극이 생긴 또 다른 사례를 찾아서 이야기 형태로 구술해 보자.

<파인애플이 된 아이>

⑤ **캐리커처 그리기:** 아이의 눈 모양을 살려서 파인애플 그림을 그려보자.

⑥ **장면 내용 바꾸기:** 엄마가 아파서 누워 있을 때 딸과 나누는 대화 내용을

문제가 없는 좋은 방향으로 재구성해 보자.

<노간주나무>

⑦ 인물 심리 재현하기: 친딸로 하여금 오빠의 머리를 때리도록 해서 살인자로 몰아간 엄마의 심리를 독백 형태로 풀어내 보자.

⑧ 이상한 장면 해석하기: 이야기 끝부분에서 세 사람이 맛있게 식사하는 장면에 대해서 이를 어떻게 풀이해야 할지 의견을 말해보자.

<호랑이가 된 효자>

⑨ 인물의 심리 변화 과정 정리하기: 황팔도의 심리가 변화하는 과정을 다음 단계마다 각각 한 문장으로 표현해 보자. (1) 어머니가 누웠을 때, (2) 호랑이 둔갑법을 알았을 때, (3) 처음 개를 죽이던 때, (4) 개의 간 삼백 개를 채워갈 때, (5) 둔갑 책이 불탄 걸 알았을 때, (6) 어머니를 후려쳐서 죽일 때, (7) 사람들이 효자라고 하며 인사할 때, (8) 총에 맞아 죽어갈 때.

<보물단지>

⑩ 인물 모습 그리기: 염소 가죽을 뒤집어쓰고 악마로 변장한 사제 모습을 그려보자. 눈빛을 잘 살리도록 한다.

<미치광이 마을의 미치광이>

⑪ 현실에서 사례 찾기: 여러 사람이 멀쩡한 사람을 바보나 광인으로 만든 사례를 현실 속에서 찾아 발표해 보자. 원인과 과정을 분석하면 더 좋다.

이야기 연계 스토리텔링

1. 이 스테이지에 있는 8편의 이야기에서 가장 무섭게 다가온 장면을 하나 고르고 그 이유를 설명해 보자.

2. 다음 인물들을 초청해서 '내가 과거의 어느 때로 돌아갈 수 있다면'을 주제로 한 가상의 대화를 진행해 보자.

(1) 설녀 유키온나의 남편

(2) 피나의 엄마

(3) 호랑이 황팔도

(4) 악마가 된 사제

3. 이 외에 이야기들을 흥미롭게 연계할 수 있는 여러 가지 방법을 찾아보고 이를 토대로 다양한 스토리텔링 활동을 해보자.

stage 04

지지 않아!
공포와의 싸움

로테 이모

내가 독일에서 전해온 이야기를 하나 해볼게요. 프랑스의 <푸른 수염> 이야기는 다 알지요? 그 이야기의 독일 버전이라고 보면 돼요. 하지만 분위기와 내용이 꽤 다르답니다. 나는 이 이야기가 더 마음에 들었어요. 주인공이 좀 더 씩씩하거든요. 이야기 원제목은 'Fitchers Vogel'이랍니다. Vogel은 새라는 뜻이에요. Fitchers는 정체불명의 특별한 새랍니다. 백조 비슷한 모양인데 사람처럼 움직이고 말도 해요. 한국에는 이 이야기가 '하얀 새'나 '너덜네의 새'라는 제목으로 번역돼 있어요. 저는 새 이름을 그냥 '휫처스'로 부르도록 할게요.

납치범과의 결전

*

독일 민담

옛날에 아주아주 끔찍한 마법사가 살았어요. 더없이 불쌍한 사람처럼 꾸미고 구걸을 다니면서 예쁜 소녀들을 잡아갔답니다. 그에게 잡혀간 소녀들은 아무도 돌아오지 못했어요. 그의 본거지가 어디인지 아무도 알 수 없었답니다.

어느 날 마법사는 예쁜 딸 세 명이 있는 집에 나타났어요. 불쌍하고 힘없는 거지 차림으로요. 등에는 커다란 광주리를 메고 있었죠. 그가 문을 두드리자 맏딸이 문을 열었어요.

"이 불쌍한 거지에게 먹을 걸 조금만 주세요!"

맏딸은 안으로 들어가서 빵을 한 조각 가져왔어요. 그걸 거지에게 전해주려는 순간, 소녀의 몸은 이미 광주리 속에 들어가 있었답니다. 마법사는 바람처럼 빠져나가서 캄캄한 숲 한가운데에 있는 집으로 소녀를 데려갔어요.

그 집은 더없이 호화찬란했어요. 맏딸은 거기서 원하는 걸 뭐든지 얻을 수 있었지요. 마법사는 그녀를 공주처럼 대했답니다. 그러던 어느 날 마법사가 말했어요.

"내가 어딜 좀 다녀와야 하니까 집을 지키도록 해. 여기 열쇠 꾸러미. 집 안 어디든 다 구경해도 돼. 다만 한 곳, 이 작은 열쇠로 열리는 방만은 금지야. 그 안에는 절대 들어가면 안 된다는 걸 명심하라구."

그러더니 마법사는 하얀 달걀을 하나 내밀었어요.

"이걸 늘 몸에 지니고 있도록 해. 이걸 잃어버리면 큰 불행이 닥친다는 걸 잊지 말도록!"

맏딸은 고개를 끄덕이면서 열쇠 꾸러미와 달걀을 받았어요. 마법사가 집을 떠나자 집 안을 이곳저곳 구경하기 시작했지요. 방들은 진짜로 화려했어요. 금과 은으로 만든 물건이 가득했죠.

집을 두루 구경한 맏딸은 금지된 방에 이르렀어요. 허름한 문에 작은 자물쇠가 달려 있었지요. 맏딸이 그냥 지나치려 하는데 문득 호기심이 일어났어요. 점점 커지는 호기심은 도저히 누를 수 없었지요. 맏딸은 결국 참지 못하고 열쇠를 꽂아서 문을 열었답니다.

아아, 너무나 끔찍한 광경이었어요. 방 한가운데 커다란 그릇이 놓여 있는데 붉은 피가 가득했지요. 그 안에 가득 잠겨 있는 것들은 토막 난 시체들이었답니다. 그릇 옆의 통나무에 도끼가 번쩍이고 있었지요. 맏딸은 깜짝 놀라서 쥐고 있던 달걀을 그릇에 퐁당 빠뜨렸어요.

"아아, 안 돼!"

맏딸은 얼른 달걀을 꺼내서 피를 닦았어요. 하지만 소용없었지

요. 아무리 문질러도 붉은 핏자국은 사라지지 않았답니다.

얼마 뒤 사내가 여행에서 돌아왔어요. 그가 제일 먼저 찾은 건 열쇠와 달걀이었답니다. 달걀을 받아서 살펴본 마법사가 두 손으로 맏딸의 어깨를 꽉 붙잡으면서 말했어요.

"흐흐! 역시나 들어가셨군. 마음에 드셨으려나? 영원히 머물게 해드리지. 크크."

마법사는 맏딸을 작은 방으로 질질 끌고 가서 통나무 위에 올려놓더니, 도끼를 들고서…… 그렇게 맏딸은 토막 난 상태로 그릇에 던져졌답니다.

"크크. 이제 둘째를 데려올 차례군."

그는 다시 불쌍한 거지로 변장해서 마을로 갔어요. 이번엔 둘째 딸이 빵 조각을 주다가 광주리에 갇혀 숲속의 집으로 잡혀 왔죠. 둘째 딸도 호기심을 못 이기고 금지된 방을 열었다가 언니와 똑같은 신세가 되었답니다.

이제 막내딸 순서예요. 막내딸도 거지에게 호의를 베풀다가 광주리에 갇혀서 숲속으로 잡혀 왔어요. 얼마 뒤 마법사는 막내딸에게 열쇠와 달걀을 주고서 여행을 떠났지요. 진짜로 떠난 게 아니고 근처에 숨은 건지도 몰라요. 음흉한 사람이니까요.

막내딸도 금지된 방의 유혹을 이겨낼 수 없었어요. 하지만 언니들과는 좀 달랐답니다. 달걀이 위험한 물건이란 걸 눈치채고 한쪽에 조심스레 보관해 둔 거예요. 방에 들어간 소녀는 깜짝 놀랐지만 달걀은 안전했지요. 막내딸은 피그릇 속에서 두 언니의 토막 난 시체를 하나하나 다 건져낸 다음 퍼즐을 맞추듯이 꿰어 맞췄어요. 그러자 두 언니가 눈을 뜨고 살아났지요. 세 자매는 꼭 껴안았어요.

막내딸은 언니들을 외진 곳에 숨겨두고서 마법사를 맞이했어요. 마법사가 열쇠와 달걀을 꼼꼼히 살펴보더니,

"오호! 약속을 지켰군. 합격이다. 너는 이제 나의 신부가 되는 거야. 크크."

그러자 소녀가 말했어요.

"아아, 좋아요! 여기 계속 살고 싶었어요. 근데 나와 결혼하려면 선물이 필요해요. 광주리에 보물을 가득 담아서 부모님께 가져다 주세요. 그렇게 해줄 거죠? 나는 여기서 결혼식 준비를 할게요."

마법사는 흔쾌히 승낙하고 마을로 떠날 준비를 했어요. 커다란 광주리에 보물이 가득 담겼지요. 그때 막내딸은 몰래 광주리 안에 있는 보물을 꺼낸 다음 두 언니를 거기 들어가게 했어요.

"언니들! 악당이 집에 도착하면 부모님께 말해서 사람들을 보내줘! 가다가 악당이 광주리를 내려놓으려 하면 내가 시킨 대로 해. 제대로 해야 해. 못하면 죽음이라는 걸 명심해."

마법사는 두 딸이 안에 들어 있는 걸 꿈에도 모르고 광주리를 등에 짊어졌어요. 막내딸이 활짝 웃으면서,

"내 사랑! 소원을 들어줘서 고마워요. 가는 길에 멈춰서 쉬지 않기예요. 내가 위층 창문으로 지켜보겠어요."

마법사는 고개를 끄덕이고 길을 떠났어요. 근데 광주리가 너무 무거운 거예요. 얼굴에 땀이 줄줄. 그가 광주리를 내려놓고 쉬려

고 하니까 어디선가 말소리가 들려왔답니다.

"쉬지 말라고 했잖아요. 내가 지금 창에서 다 보고 있다니까!"

마법사는 흠칫 놀라서 내려놓으려던 광주리를 다시 짊어졌어요. 뒤돌아서 보니까 2층 창가에 신부가 서 있는 게 보였지요. 얼마 뒤 다시 마법사가 광주리를 내려놓으려 할 때도 같은 일이 벌어졌어요. 신부가 귀신처럼 알아차리고 타박했답니다.

그게 사실은 막내딸이 한 말이 아니었어요. 광주리 속에 있는 언니들이 멀리서 소리가 들려오는 것처럼 목소리 연기를 한 것이었답니다. 목숨을 건 연기였지요. 마법사가 광주리를 내려놓고 안을 들여다보는 순간 세 자매 모두 죽음이니까요. 목소리가 저절로 덜덜덜. 하지만 두 언니는 공포와의 싸움을 이겨냈어요. 마법사는 결국 한 번도 쉬지 못하고 신부의 집에까지 와서 광주리를 내려놓았답니다. 두 딸은 몰래 광주리를 빠져나와 집 안으로 숨어드는 데 성공했지요. 온몸에 식은땀이 가득. 정말 무서웠거든요.

집에 남은 신부는 무얼 하고 있었을까요? 신부는 해골을 사람처럼 치장해서 윗층 창가에 세워놓은 다음 마법사의 친구 일당에게 결혼식 초대장을 보냈어요. 그러고는 솜이불을 속이 다 드러나게 뜯더니 몸에 가득 벌꿀을 바르고 이불 위에 몸을 굴렸답니다. 온몸에 솜이 가득 달라붙어서 괴상한 모습이 됐지요. 신부는 그 상태로 밖으로 나와서 두 팔을 새처럼 흔들면서 마을로 향했어요.

마을로 가는 길에 신부는 결혼식 하객으로 오는 신랑 친구들을 만났어요. 하객들이 보니까 그게 전설 속의 새 휫처스지 뭐예요.

"어이, 휫처스 새. 어디서 오는 길이야?"

"휫처 휫처, 휫처스 집에서 온단다."

"젊은 신부는 집에서 뭘 하고 있나?"

"잔치 준비 다 마치고 창가에 서 있다네."

그렇게 하객들을 지나쳐 간 신부는 터덜터덜 걸어오는 신랑을 만났어요. 신랑은 눈을 둥그렇게 뜨면서,

"어이, 휫처스 새. 어디서 오는 길이야?"

"휫처 휫처, 휫처스 집에서 온단다."

"젊은 신부는 집에서 뭘 하고 있나?"

"잔치 준비 다 마치고 창가에 서 있다네."

신랑이 숲속으로 들어와서 집을 바라보니까 윗층 창가에 신부가 서 있는 게 보였어요. 드레스에 꽃다발까지 들고 있었지요. 신랑은 신부를 향해 다정하게 인사를 보낸 다음 안으로 들어와서 하객들과 인사를 나눴어요. 잠시 후 그는 하객들을 이끌고 위층으로 향했어요. 친구들에게 신부를 소개하려고요. 그가 창가로 다가가서 신부를 툭 치는 순간, 해골이 와르르르.

"이게 뭐야? 속았다!"

하지만 이미 늦은 뒤였어요. 마을에서 신부의 아버지와 함께 몰려온 사람들이 때맞춰 도착한 거예요. 그들은 아무도 나가지 못하게끔 집을 꼭꼭 틀어막고 불을 질렀답니다. 마법사는 못된 패거리들과 함께 불에 타서 죽어버렸어요. 세 자매는 다시 가족과 함께 행복하게 잘 살았답니다.

이야기에 대한 이야기

연이 통이 세라 뀨 아재 로테 이모 뭉이쌤 노고할망

연이 이모님, 재미있어요. 막내딸 대단하다.

퉁이 그러게. 악당 패거리를 집에 몰아넣고서 전멸시킨 거잖아. 자기는 살짝 빠져나오고.

뀨 아재 타임라인을 정확히 맞춘 절묘한 작전이었음. 연기력 최고. 상상 못 한 분장술도.

세라 무서워서 숨거나 피할 수도 있었을 텐데 공포와 맞서는 게 놀라워요. 길에서 악당들을 만날 걸 다 알았던 거잖아요?

퉁이 정말 대단한 용기예요. 〈푸른 수염〉 이야기의 아내와는 확실히 달라요.

뭉이쌤 그래. 〈푸른 수염〉의 신부는 잔뜩 겁에 질린 상태로 오빠들을 기다리지. 조금 소극적이야. 스릴은 있지만.

연이 광주리 속에 들어 있던 두 언니도 대단한 것 같아요. 그 속에서 연기하기가 쉽지 않았을 텐데요.

퉁이 근데 이모님, 두 언니가 토막 나서 죽었다가 훌쩍 살아나는 건 뭐예요? 조금 황당했어요.

로테 이모 그랬니? '심리적 죽음과 부활' 같은 걸로 풀이될 수 있지 않을까? 쌤 생각은 어떠세요?

뭉이쌤 제 생각도 비슷해요. 폭력과 공포에 짓눌려 갈기갈기 찢어졌던 상태에 있다가 동생과 만나면서 회복되는 것으로요. 지옥에서 벗어날 길이 생기니까 정신이 돌아올 수 있었겠죠.

세라 막내와 언니들의 차이가 '달걀'이라는 게 인상적이에요.

로테 이모 그게 악마가 은근히 던져놓은 미끼였던 거죠. 작은 열쇠도 그렇고.

연이 그러면 막내딸은 미끼에 반은 걸리고 반은 안 걸린 건가요?

뭉이쌤 그렇게 볼 수도 있지만, 달걀을 숨겨놓고 나서 문을 연 것은 의도적인 탐색이라고 볼 수가 있어. 그 뒤에 막내딸이 상황을 냉정하게 수습해 나가는 걸 보더라도.

연이 그렇군요! 갑자기 드라마에서 본 여성 과학수사 요원이 떠올라요.

퉁이 두 언니가 살아나서 좋긴 한데요, 이치에 맞는지는 모르겠어요. 두 사람이 잘한 거 없지 않아요?

세라 악마 같은 범죄자가 파놓은 함정에 빠진 걸 죄라고 하기도 어렵지 않을까?

노고할망 두 언니도 원래 좋은 사람이었다는 걸 잊지 말거라. 불쌍한 거지에게 먹을 걸 주려고 하다가 생긴 일이잖아.

퉁이 아, 그 내용을 깜빡 잊고 있었어요.

연이 저는 왠지 세 자매가 서로 많이 친했던 것 같아요.

뀨 아재 서로의 믿음이 없으면 진행하기 어려운 작전이었지.

퉁이 이런 위험한 작전 필요 없는 세상이 되면 좋겠어요. 나쁜 범죄자들, 지구 밖으로!

뭉이쌤 그렇게 되면 좋으련만…… 자, 다음 이야기는 연이가 해보겠니?

연이 네, 하나 해볼게요.

저는 아이누족이 전해온 이야기를 소개할게요. 아이누족은 러시아의 사할린과 쿠릴 열도, 일본 홋카이도 지역에 사는 소수민족이에요. 아이누는 '사람'이라는 뜻을 가진 말이래요. 들려드릴 이야기는 악마에 대한 건데, 내용이 특이해서 기억에 남았어요.

악마와 아가씨

*

아이누족 민담

옛날에 가족 없이 혼자 사는 아가씨가 있었어요. 어느 날 아가씨는 바닷가에 갔다가 이상한 목소리를 들었답니다. 노랫소리 같은데 아무도 보이지 않았죠. 소리가 점점 가까이 다가오는가 싶더니 누군가의 거친 숨결이 느껴졌어요. 온몸이 으스스. 아가씨는 그게 악마라는 걸 눈치채고 급히 집으로 도망갔답니다. 목소리는 끔찍하게 생긴 커다란 악마로 변해서 아가씨를 쫓아갔어요.

아가씨는 집에 도착하자마자 얼른 문손잡이로 변신했어요. 뒤쫓아온 악마가 손잡이를 꽉 잡고서 문을 열었죠. 하지만 악마는 그게 아가씨라는 걸 눈치채지 못했어요. 악마는 집 안을 구석구석 뒤졌지만 아가씨를 찾을 수 없었죠. 악마는 씩씩대면서 돌아갔어요.

하지만 그것으로 끝이 아니었어요. 어느 날 아가씨는 다시 악마의 목소리를 들었답니다. 이번에 아가씨는 집으로 몸을 피해서 화초로 변했어요. 보랏빛 꽃이 찬란하게 피어난 큰 화초였죠. 집 안에서 아가씨를 찾아내지 못한 악마는 화초를 보면서 군침을 흘렸어요.

"매력적이군! 맛을 좀 봐야겠어."

악마는 화초의 줄기를 꺾으려 했어요. 하지만 줄기는 질기고 단단해서 손댈 수가 없었답니다. 화가 난 악마는 화초에 오줌을 누기 시작했어요.

"크크크. 이제 너는 내 물건이 되는 거야. 몸에서 내 오줌 냄새가 풍기겠지."

악마는 화초를 오줌으로 적시고 그곳을 떠나갔어요. 사람으로 돌아온 아가씨는 몸을 깨끗이 씻은 뒤 문을 열고 나가서 작은 새로 변했답니다. 아가씨는 악마를 앞지른 다음에 커다란 나무로 변해서 길을 가로막았어요. 악마는 기어서 나무를 넘어가야 했지요.

"으휴, 힘들다. 아까는 없었는데 이게 어디서 나타난 거지?"

악마가 투덜거리면서 길을 가는데 처녀가 다시 새로 변해서 악마의 머리 위에서 노래했어요.

"치비피! 치비피!"

그러자 악마가 새를 향해 말을 걸었죠.

"이봐. 너는 하늘을 나니까 세상을 내려다볼 수 있지? 내가 여자를 찾고 있거든. 오두막에 혼자 사는 여자 알지? 걔를 찾으면 나에게 말해줘."

그러자 새가 말했어요.

"그 아가씨가 어디 있는지 알아요. 계곡에 가면 못 보던 큰 나무가 있을 거예요. 그 나무의 뿌리를 캐서 넘어뜨리면 여자를 찾을 수 있답니다."

악마는 신이 나서 계곡으로 향했어요. 그때 새가 먼저 계곡으로 날아가서 거대한 나무로 변했답니다. 얼마 뒤 악마가 도착해서 나무의 뿌리를 파내기 시작했죠. 뿌리는 악마의 몸이 파묻히고 남을 정도로 컸어요. 악마가 뿌리 아래쪽으로 들어올 때 나무는 몸을 훽 눕혀서 악마를 꽉 짓눌렀답니다.

"어어어…… 으아아아아악!"

그게 악마의 최후였어요. 악마는 나무에 눌린 채로 숨이 막혀서 죽었답니다.

아가씨는 악마의 가죽을 벗긴 뒤 몸을 토막 내서 자루에 집어넣었어요. 그런 뒤 악마의 가죽을 몸에 뒤집어쓰고서 악마의 마을로 향했답니다. 아가씨가 도착하자 악마의 무리는 그게 당연히 자기들의 왕이라고 생각했죠. 아가씨는 자루를 내려놓은 뒤 악마의 목소리를 흉내 내서 말했어요.

"요리조리 잘도 피해 다니던 여자를 드디어 잡았다. 이제 이 고기를 다 함께 먹을 거야. 아이들까지 한 명도 빼놓지 말고 다 모이게 해."

잠시 후 모든 악마들이 한자리에 모였어요. 그들 앞에 김이 모락모락 나는 음식이 차려졌죠. 악마의 몸으로 만든 음식이에요.

"자, 축제의 밤이다. 내가 신호를 하면 동시에 먹는 거다."

악마들이 다들 사람 고기를 먹을 생각에 들떠서 웃고 떠들면서 야단이에요. 아가씨가 손을 하늘로 쳐들면서,

"식사 시작!"

그러자 악마들은 어른 아이 할 것 없이 한꺼번에 음식을 입에 넣었어요. 그게 자기네 악마의 몸이라는 걸 모르고 말이죠. 결국 악마들은 모두 그 자리에서 몰살하고 말았답니다.

아가씨는 쓰고 있던 가죽을 벗어 던진 뒤 마을을 깨끗이 불태웠어요. 그러고는 집으로 돌아와서 오래오래 평안하게 잘 살았답니다.

이야기에 대한 이야기

연이 통이 세라 뀨 아재 로테 이모 뭉이쌤 노고할망

통이 뭐야, 이 아가씨? 진짜 대단하네. 로테 이모님 이야기에 나온 막내딸보다 더 센 것 같아.

로테 이모 인정! 혼자서 모든 일을 해내는 게 참 놀라워.

세라 아이누족 이야기라고 했잖아? 강렬한 야생의 기운 같은 게 느껴져. 무서운 악마에게 정면으로 맞서다니 기백 최고!

뀨 아재 꾀도 만만치 않아요. 악마를 한 방에 일망타진!

연이 이 이야기를 처음 봤을 때 깜짝 놀랐었어요. 진짜 무서웠을 텐데 어찌 이럴 수 있나 싶었죠. 나는 너무 나약하게 살고 있는 거 아닌가 돌아보게 됐답니다.

노고할망 연이도 충분히 강해. 목소리에 기백이 느껴지더구나.

연이 하하. 제가 좀 힘을 주었어요.

통이 근데 쌤, 아가씨가 그 정도 변신 능력을 가졌으면 악마를 쉽게 물리칠 수 있었던 거 아닌가요? 거의 마력 만렙인데요.

뭉이쌤 아가씨가 새나 큰 나무로 변한 게 처음부터 그랬던 게 아니잖아? 첫 번째는 문손잡이였고 그다음에는 화초였지. 악마와 맞서면서 성장한 거라고 볼 수 있지 않을까?

통이 오오, 마력 레벨이 높아지는 과정인 건가요? 그 생각은 못 했어요. 근데 어떻게 높아진 거지?

뭉이쌤 아가씨가 악마를 피해서 구석으로 숨지 않았다는 데 유의하렴. 문손잡이와 화초, 길을 가로막은 나무, 그 모두에 악마의 손길이 닿았잖아?

퉁이 앗! 악마의 공격을 몸으로 겪으면서 항마력이 높아진 거군요! 그래서 가죽도 뒤집어쓸 수 있었던 거고요. 저 지금 소름 돋았어요.

연이 그러게요. 그건 저도 미처 생각하지 못했어요.

뀨 아재 너희들 그거 아니? 지금 우리의 항마력이 높아지는 중이라는 사실.

세라 하하. 그러네요. 이제 아재가 우리 항마력을 더 높여주세요.

뀨 아재 넵!

뀨 아재

남태평양 지역에 위치한 스람(Seram)섬의 원주민들 사이에서 전해온 이야기를 하나 해볼게. 전문가들이 이 지역의 설화를 조사해서 책으로 냈는데 정령과 동물 이야기가 많아. 대표적인 정령이 '할리타'인데 사람을 해치는 나쁜 존재야. 그러니까 악령이지. 악마나 마귀 비슷하다고 생각하면 돼. 근데 사람 모습을 하고 있는 게 특징이야.

어린 형제와 할리타

✳

남태평양 민담

옛날에 어린 형제가 먹을 걸 찾으러 숲속으로 들어갔어. 열매 같은 걸 찾는 거지. 어떤 열매냐면 잠부 열매나 우텔레 열매. 먹어도 죽지 않으면 다 식량이지 뭐.

애들이 뭔가 먹을 걸 구하지 못하면 돌아가지를 못해. 숲속에서 계속 방황하는 거지. 근데 호랑이 소리가 들리는 거라. 형은 얼른 바위 위로 기어 올라갔어. 동생은 올라오질 못하고 끙끙끙. 형은 얼른 바위 아래로 덩굴을 내려서 동생을 끌어 올렸어. 위기 탈출 성공. 하지만 바위 위에 먹을 게 있을 리 없잖아? 몸은 오들오들, 배는 꼬르륵꼬르륵. 애들이 호랑이가 무서워 오도 가도 못하고 있는데 웬 할아버지가 턱 나타나서는,

"너희들 왜 여기 있는 거냐? 뭐 하러 여길 왔어?"

"우텔레 열매를 구하려고요."

"그래? 그럼 나를 따라와라."

그러니까 아이들이 할아버지를 졸졸 따라가지. 가다 보니까 숲

속에 웬 집이 턱 나와.

"내 손자들! 오늘은 여기서 쉬어라. 내가 내일 열매가 있는 곳으로 데려다주마."

근데 할아버지가 아이들을 침대에 눕히는 게 아니라 커다란 통 속에 넣더니 뚜껑을 꾹 덮는 거라.

"손자들! 바깥은 위험하니까 그 안에 가만히 있도록 해."

그래 둘이 통 속에 남았는데 동생이 형에게 기대서 잠을 자려고 해. 안전한 곳에 있으니까 긴장이 탁 풀린 거지. 그때 형이 동생 몸을 흔들면서,

"얘, 자면 안 돼. 이 할아버지 할리타일지도 몰라. 여기서 나가야 해!"

할리타라는 말에 동생이 정신을 번쩍 차리지. 둘은 겨우 통을 빠져나와서 외진 구석으로 숨어들었어. 그때 할아버지가 돌아오더니,

"얘들아, 안에 있지? 얘들아!"

아무리 불러도 대답이 없거든. 그러자 할아버지가 창을 들어서 통을 콱콱 찌르면서,

"이 녀석들아, 대답해!"

이리저리 콱콱 찔러도 대답이 없지. 할아버지가 뚜껑을 열어보더니만,

"에잇, 뭐야! 기껏 요릿감을 사냥했더니 달아나 버렸군. 하지만 뛰어봤자 벼룩이지!"

눈이 벌게져서 창을 들고 밖으로 나가는데 그게 할리타 아니고 뭐겠어. 아이들이 계속 할리타 집에 있을 수 없잖아? 뒷문으로 해서 숲으로 달아나는데 할리타가 눈치채고 쫓아오는 거라. 형제는 팔라카나무 앞에 가서 소리쳤어.

"팔라카나무야, 우리가 마을로 돌아가서 엄마 아빠를 만나야 한다고 생각하면 땅바닥까지 키를 낮춰줘."

그러자 나무가 착착착착 작아지는 거라. 아이들이 나무에 올라가서,

"팔라카나무야, 우리가 마을로 돌아가서 엄마 아빠를 만나야 한다고 생각하면 하늘까지 높이 자라줘."

그러자 나무가 착착착착 자라나서 하늘로 우뚝 솟아나지. 할리타가 도착해서 애들이 높은 나무 위에 올라가 있는 걸 보고는,

"손자들! 어떻게 거기 올라간 거냐?"

"덩굴을 잡고서 기어올라 왔어요. 할아버지, 창끝을 위로 가게 해서 땅에 꽂고 우리처럼 기어올라 오세요."

그러자 할리타는 덩굴을 잡고서 나무를 올라가기 시작했어. 손에 날카로운 칼을 들고 말이지. 이제 아이들을 따라잡기 직전이야.

"할아버지, 그 칼을 주세요. 우리가 들고 있을게요."

할리타가 무심코 칼을 건네주니까 형제는 칼로 덩굴을 탁 잘랐어. 덩굴을 잡고 있던 할리타는 그대로 수직 낙하지.

"으아아아!"

하필이면 자기가 세워놨던 창끝에 몸이 쿡! 당연 사망이지 뭐.

아이들이 다시 나무를 향해서,

"팔라카나무야, 할리타가 살았으면 이대로 머물고 할리타가 죽었으면 우릴 땅에 내려줘."

그러자 나무가 착착착착 작아지는 거라. 형제는 땅으로 내려와서 할리타의 머리를 댕강 잘랐어. 그런 다음 할리타 집으로 가서 악령이 숨겨놨던 보물들을 챙겨가지고 마을로 향했단다.

마을이 다가오자 형제는 소라로 만든 나팔을 불었어. 메뚜기 한 마리가 나팔 소리를 듣더니 마을 사람들을 향해서,

"나팔 소리예요. 아이들이 돌아오고 있어요."

그러자 사람들이 그 말을 무시하면서,

"아니야. 아이들은 돌아오지 못해. 벌써 떠난 지 여러 날이야."

그때 두 아이가 턱 도착한 거라. 메뚜기가 뽐내면서,

"거봐요! 내가 뭐랬어요?"

사람들은 그 말을 듣는 둥 마는 둥 아이들에게 달려가서 꼭 껴안았단다. 뭐니 뭐니 해도 아이들이 제일 큰 보물이지 뭐.

이야기에 대한 이야기

연이 퉁이 세라 뀨 아재 로테 이모 뭉이쌤 노고할망

퉁이 잘 들었어요, 아재. 근데 갑자기 메뚜기는 뭐예요? 하하.

뀨 아재 원전에 있는 내용 그대로임.

연이 무서우면서도 재미있었어요.

세라 그러게. 한순간에 죽음이 왔다 갔다 하는 게 뭔가 거칠고 짜릿했어. 야생적인 느낌.

퉁이 나도 그랬어요. 아이들이 할리타 머리를 자르는 대목에서 소름.

뀨 아재 확인 사살! 상대는 끔찍한 악귀니까.

세라 쌤, 할리타를 자연의 상징으로 볼 수 있을까요?

뭉이쌤 그렇게 볼 수 있겠죠. 사실 이야기 속의 모든 정령이 자연과 연관이 있어요. 이 이야기 속 할리타는 야만적인 느낌이 강한데, 세라 씨 얘기대로 야생적 자연의 공격성 같은 걸로 연결될 수 있죠.

로테 이모 팔라카나무는 아이들을 도와주잖아요? 그건 사람들을 보호하는 자연의 모습일까요?

뭉이쌤 그렇죠. 자연과의 조화나 공생으로 볼 수 있겠어요.

노고할망 자연은 저절로 사람을 돕지는 않아요. 사람들의 소망이나 의지가 중요하지.

연이 아이들이 나무와 대화하는 장면이 인상적이었어요. 말을 안 걸었으면 나무가 도와주지 않았을 거예요.

뭉이쌤 그래. 연이가 할망님 말씀을 곧바로 이해했구나.

세라 할리타가 노인이잖아요? 구세대나 구세력으로 볼 수 있을 것 같기도 해요.

로테 이모 신세대를 잡아먹으려는 구세대?

뭉이쌤 우리 사는 세상으로 연결시키면 충분히 가능한 해석이에요.

뀨 아재 나는 구세대 대신 그냥 메뚜기로. 알아주든 말든.

퉁이 메뚜기가 재미있는 이야기꾼 같았어요. 이제 제가 메뚜기가 돼볼게요. 메뚜기가 들려주는 무서운 이야기, 기대하셔도 좋습니다.

퉁이

헝가리에서 전해온 이야기예요. 악마가 등장하는 이야기입니다. 이 악마는 숲속이나 폐가 같은 데 사는 게 아니라 사람들이 사는 마을로 치고 들어와요. 멀쩡한 모습으로요. 애인인 줄 알았던 사람이 알고 보니 악마라면 우리는 어찌해야 할까요? 악마를 애인으로 두었던 처녀 이브론카를 소개합니다.

이브론카의 악마 애인

✳

헝가리 민담

옛날에 예쁜 아가씨가 살았어요. 이름이 이브론카인데 다들 '예쁜 처녀 이브론카'라고 불렀습니다. 하지만 예쁘면 무슨 소용이겠어요. 다른 친구들은 다 남친이 있는데 얘만 없는 거예요. 아무리 기다리고 노력해도 이상하게 남자친구가 생기질 않았습니다.

"아, 악마라도 좋으니까 나한테도 애인이 있으면!"

이브론카는 이렇게 푸념했어요. 바로 그날 밤, 처녀들이 함께 모여서 실을 잣고 있는데 가죽 외투에 깃털 모자를 쓴 멋진 청년이 찾아왔어요. 그는 예쁜 처녀 이브론카 옆에 앉았습니다. 이런저런 얘기를 나누다 보니 서로 호감을 느끼게 됐죠. 이브론카에게 드디어 남친이 생긴 거예요. 다들 부러워할 멋진 신사로요.

한창 얘기를 나누던 중에 이브론카 손에서 물렛바늘이 미끄러 떨어졌어요. 이브론카는 몸을 숙여서 물렛바늘을 찾다가 무심코 신사의 발을 만지게 됐습니다. 그런데 발굽이 염소처럼 갈라져 있지 뭐예요. 이브론카는 비명이 터져 나오는 걸 겨우 참았습니다.

그때부터 내내 가슴이 쿵쾅거리는 걸 멈출 수 없었죠. 작별 포옹을 할 때 신사의 손톱이 살을 쑥 파고드는데 거의 기절할 뻔했어요.

"즐거웠어요. 또 찾아올게요. 그대가 어디에 있든지간에요."

신사가 이렇게 말하면서 웃는데 그게 악마의 미소예요. 이브론카는 온몸에 소름이 돋았습니다.

다음 날 이브론카는 할머니 현자를 찾아갔어요. 전날 밤에 있었던 일을 자세히 얘기하면서 어쩌면 좋겠느냐고 물었지요. 말을 하면서도 자꾸 몸서리를 쳤습니다.

"여기저기 다른 곳으로 옮겨 다니면서 실을 자아봐. 진짜로 그가 너를 찾아내는지 보자꾸나."

이브론카는 그 말대로 여기저기 옮겨 다니면서 일했어요. 그 신사는 어디든 찾아왔습니다. 아무도 모를 만한 곳으로 가도 소용없었어요. 이브론카는 악마에게 제대로 걸려든 걸 깨달았죠.

"할머니, 제가 어디로 가든 그가 귀신같이 찾아와요."

"그래? 내 말대로 하거라. 미리 실뭉치를 챙겨뒀다가 부산한 틈을 타서 남자 외투에 실 끝을 꿰는 거야. 그러면 실이 솔솔 풀리겠지? 그 실을 따라서 뒤를 밟으면 정체를 알 수 있을 게다."

이브론카는 이번에도 그 말대로 했어요. 남자는 여느 때처럼 예쁜 애인에게 작별 인사를 하고 떠나갔죠. 실은 끝없이 풀리다가 마침내 움직임을 멈췄습니다. 이브론카는 실을 되감으면서 나아가기 시작했어요. 너무나 무서웠지만 그래도 정체를 알아야 했지요.

실이 향한 곳은 교회였어요. 교회 안에는 아무도 없었습니다.

실은 교회를 관통해서 묘지로 향하는 문으로 이어져 있었죠. 이브론카는 그 문을 여는 대신 눈을 열쇠 구멍에 대고 밖을 내다봤습니다. 마침 달이 밝아서 풍경을 볼 수 있었어요.

아니, 안 보이는 게 나았을 거예요. 자기 애인이 무덤에서 꺼낸 시체의 머리를 톱으로 자르고 있었습니다. 그러더니 뇌를 꺼내서 맛있게 먹는 거예요. 냠냠 쩝쩝. 그때 갑자기 그가 머리를 홱 돌려서 교회 쪽을 봤습니다. 두 눈이 번득!

"으아악!"

이브론카는 소리를 지를 뻔한 걸 겨우 참았어요. 그녀는 실을 끊고 급히 집으로 뛰어왔습니다. 그녀가 막 집에 들어가 문을 잠갔을 때 누가 창문을 똑똑 두드렸어요.

"나의 예쁜 이브론카! 교회 열쇠 구멍으로 뭘 봤지?"

"아무것도 안 봤어요."

"진짜로? 사실대로 말하지 않으면 네 동생이 죽을 거야!"

"아무것도 안 봤어요."

그러자 애인은 그대로 사라졌습니다. 그리고 그날 밤에 그의 말이 이루어졌어요. 이브론카의 여동생이 덜컥 죽은 거예요. 이브론카는 공포에 질린 채로 할머니를 찾아가서 그 사실을 말했습니다.

"그랬구나. 죽은 여동생을 묻지 말고 헛간에 두도록 해."

이브론카는 할머니 말대로 했어요. 그날 저녁에 애인이 또 찾아와서 창을 두드리면서,

"나의 예쁜 이브론카! 교회 열쇠 구멍으로 뭘 봤지?"

"아무것도 안 봤어요."

"진짜로? 사실대로 말하지 않으면 네 어머니가 죽을 거야!"

"아무것도 안 봤어요."

그러자 애인은 사라졌고 그날 밤에 이브론카의 어머니가 죽었습니다.

"어머니 시신도 묻지 말고 헛간에 두거라."

이브론카는 다시 할머니 말대로 했어요. 그날 저녁, 애인이 또 찾아와서 창을 두드리면서,

"나의 예쁜 이브론카! 교회 열쇠 구멍으로 뭘 봤지?"

"아무것도 안 봤어요."

"진짜로? 사실대로 말하지 않으면 네 아버지가 죽을 거야!"

"아무것도 안 봤어요."

그러자 애인은 사라졌고 그날 밤에 아버지가 죽었습니다.

"할머니! 아버지도 돌아가셨어요. 이제 옆에 아무도 없어요. 다음은 뭘까요?"

"뭐는 뭐겠니? 다음은 네 순서다."

"으아아. 어떻게 해야 하지요?"

"정신을 바짝 차려야 해. 친구들에게 밤에 네 곁에 있어달라고 하거라. 그리고 네가 죽어서 관을 교회 묘지로 옮길 때 절대 현관이나 창문으로 지나가면 안 된다고 말해."

"그러면 어디로 해서 옮겨요?"

"벽에 구멍을 내고 거기로 관을 내가야 해. 그리고 큰길 대신

샛길로 해서 옮겨야 한다. 관은 교회 묘지 말고 도랑에 던지라고 해."

"제가 들어 있는 관을 도랑에요? 꼭 그래야 해요?"

"하고 말고는 네가 결정할 일이지."

이브론카는 할머니 말고는 믿을 구석이 없었어요. 그녀는 저녁이 되자 친구들을 불러 모았습니다. 그때 애인이 찾아와서 물었어요.

"나의 예쁜 이브론카! 교회 열쇠 구멍으로 뭘 봤지?"

"아무것도 안 봤어요."

"진짜로? 사실대로 말하지 않으면 네가 죽을 거다!"

"아무것도 안 봤어요."

그러자 애인은 그대로 사라졌습니다. 이브론카는 친구들에게 그날 밤에 자기가 죽을 거라면서 유언을 남겼어요. 할머니에게 들은 얘기 그대로요. 친구들은 그 말이 믿기지 않았지만, 아침에 보니 이브론카는 이미 죽어 있었습니다. 친구의 마지막 부탁을 안 들을 수 없잖아요? 그들은 벽에 구멍을 뚫고 관을 꺼낸 다음 샛길로 옮겨서 도랑에 던졌습니다.

이브론카가 던져진 곳에서는 아름다운 장미 한 송이가 피어났어요. 어느 날 길을 지나던 왕자가 장미를 발견하고 마부를 시켜서 꽃을 꺾어 오게 했습니다. 하지만 마부가 아무리 힘을 써도 장미는 꼼짝을 안 했어요. 그러자 왕자가 직접 다가갔지요. 왕자가 손을 대자 장미꽃은 금방 꺾여서 손 안으로 들어왔습니다.

왕자는 그 꽃을 가슴에 꽂고 돌아온 뒤 식당 거울 앞에 뒀어요. 그 후로 이상한 일이 일어났습니다. 왕자를 위해 마련한 음식이 자꾸만 감쪽같이 사라지는 거예요. 하인은 범인을 찾으려고 몰래 숨어서 엿봤어요. 그랬더니 거울 앞의 장미꽃이 예쁜 여자로 변해서 음식을 먹지 뭐예요. 그녀는 물까지 다 마신 뒤 장미로 변해서 제자리로 돌아갔습니다.

그 말을 들은 왕자는 다음 날 직접 숨어서 동정을 살폈어요. 전날과 같은 일이 벌어졌지요. 왕자는 이브론카를 보는 순간 사랑에 빠졌어요. 그녀가 장미로 변하기 전에 얼른 붙잡고서 말했습니다.

"당신은 내 운명의 여인이에요. 영원히 나와 함께해 줘요."

"아아, 그 일이 그리 간단하다면 얼마나 좋겠어요. 흑흑."

이브론카는 눈물을 줄줄 흘리면서 지난 사연을 이야기했습니다.

"저는 죽어서도 악마를 피해 다니고 있어요. 그가 언제 찾아올지 모릅니다."

"그건 상관없어요. 제발 나와 결혼해 줘요."

왕자는 이브론카를 놓지 않고 끈질기게 구혼했어요. 그러자 그녀가 말했습니다.

"알겠어요. 하지만 조건이 있습니다. 교회에 가라고 강요하지 마셔야 해요."

왕자는 절대 그녀를 교회에 보내지 않겠다고 약속했습니다. 그래서 둘은 결혼하게 됐지요.

그때 악마는 어떻게 됐을까요? 이브론카가 죽어서 관이 나간 날 저녁에 그는 이브론카의 집에 찾아왔어요. 창문을 두드리면서 물었죠.

"나의 예쁜 이브론카! 안에 있나요?"

하지만 죽은 사람이 대답할 리가 없지요. 그러자 악마는 현관으로 가서 발로 문을 걷어차면서,

"말해! 이브론카의 관이 이곳을 통해서 나갔지?"

"아니요. 이곳을 지나간 적 없습니다."

그러자 악마는 창문으로 가서 소리쳤어요.

"말해! 이브론카의 관이 이곳을 통해서 나갔지?"

"아니요. 이곳을 지나간 적 없습니다."

악마는 큰길로 가서 물었습니다.

"말해! 이브론카의 관이 이곳을 지나갔지?"

"아니요. 이곳으로 간 적 없습니다."

악마는 교회 묘지로 가서 소리쳤습니다.

"말해! 예쁜 이브론카가 이곳에 묻혔지?"

"아니요. 이곳에 묻히지 않았습니다."

그러자 악마는 악에 받쳐서 소리쳤어요.

"두고 봐라! 나의 쇠신발과 쇠지팡이가 닳아 없어질 때까지 너를 찾고야 말 거다. 예쁜 이브론카! 사랑하는 나의 애인, 기다려!"

그러면서 악마는 곳곳으로 이브론카를 찾아다니기 시작했어요. 일요일이 되면 눈을 부릅뜨고 교회 입구를 지켰죠. 하지만 그가 기다리는 애인은 나타나지 않았습니다.

그러는 사이 이브론카는 왕자와 결혼해서 두 아이를 낳았어요. 아이들은 자라나서 교회에 다니게 됐죠. 하지만 엄마는 동행하지 않았습니다. 그러자 사람들이 수군대기 시작했어요. 왕자비를 마치 마녀처럼 바라보는 거예요. 어느 날 그녀에게 왕자가 말했습니다.

"여보, 아이들과 함께 한 번만 교회에 가주면 안 되겠소? 당신이 한 말을 기억하지만 이미 오래된 일이에요. 평생 교회에 발을 끊을 수는 없잖아요?"

"알겠어요. 당신의 소원이라면 그렇게 하지요. 하지만 어떤 일이 벌어져도 놀라지 마세요."

왕자는 아내가 교회에 간다는 말에 기뻤습니다. 다른 일은 신경 쓰지 않았죠. 왕자비가 아이들 손을 잡고 왕자와 함께 교회에 나타나자 사람들이 다들 좋아하며 반겼습니다. 하지만 미사가 끝나갈 때 한 남자가 왕자비 쪽으로 다가왔습니다. 손에는 쇠지팡이를 짚고 있고, 구멍 난 쇠신발을 신고 있었죠.

"나의 어여쁜 이브론카! 이제야 나타나셨군. 나를 배반하고 다른 남자를 만난 거야? 하지만 결국 내가 찾아내고 말았지. 신발과 지팡이가 닳기 전에 말야. 기다려, 오늘 밤에 내가 너를 찾아간다!"

이러고서 그는 연기처럼 사라졌습니다. 이브론카보다 왕자가 훨씬 더 놀랐죠.

"이게 무슨 소리요? 오늘 밤에 무슨 일이 벌어지는 거지?"

"내가 말했잖아요. 당신은 그냥 지켜만 보세요. 내가 그를 상대

하겠어요."

그날 저녁, 왕자는 삼엄하게 경비를 세워서 아무도 궁 안으로 들어오지 못하게 했습니다. 하지만 밤이 되자 누가 창문을 똑똑 두드렸어요. 그 악마였지요.

"나의 예쁜 이브론카! 그날 교회 열쇠 구멍으로 뭘 봤지?"

그러자 이브론카가 외쳤습니다.

"그날 나는 실을 따라서 당신을 찾아갔지. 밤에 당신이 간 곳은 교회 묘지였어. 내가 열쇠 구멍으로 똑똑히 봤지. 당신은 무덤에서 꺼낸 시체의 머리를 톱으로 잘라서 뇌를 꺼내 먹었어. 그리고 나를 찾아와서 묘지에서 본 걸 말하라고 협박했지. 내 여동생을 죽이고 어머니 아버지를 차례로 죽였어. 그리고 나를 죽음에 몰아넣었지. 나는 죽어서도 당신이 무서워서 벽에 구멍을 뚫고 이동해서 도랑에 던져졌어. 겨우 살아났지만 산 게 아니었지. 결국 이렇게 당신이 찾아왔군. 이 모든 것이 내가 악마라도 좋으니 애인이 생겼으면 좋겠다고 한 말 때문이었어."

"크크크. 이제야 사실대로 말하는군. 그게 너의 운명이야. 예쁜 이브론카, 어서 나랑 함께 가자."

그러자 이브론카가 다시 외쳤어요.

"아니! 당신은 내가 원한 애인이 아니야. 내가 말하고 있는 상대는 한갓 악마일 뿐이야. 산 사람이 아니고 죽은 사람이라고. 너는 산 사람을 어찌할 수 없어!"

"뭐라고? 다시 말해봐."

"당신은 나의 애인이 아니고 악마야. 산 사람이 아니고 죽은 사람이야!"

"다시 말해봐."

그러자 이번에는 왕자가 이브론카와 함께 외쳤습니다.

"너는 악마야. 산 사람이 아니고 죽은 사람이야! 너는 이브론카를 어찌할 수 없어!"

그러자 악마는 온 성이 허물어지도록 고함을 쳤습니다. 온 세상이 공포에 떨었죠. 다음 순간 누군가가 창문 아래로 떨어져 내렸습니다. 그건 이브론카가 아니었어요. 악마 자신이었습니다. 그 순간, 헛간에 있던 이브론카의 여동생과 어머니 아버지가 눈을 뜨고 긴 잠에서 깨어났습니다.

이야기에 대한 이야기

연이　퉁이　세라　뀨 아재　로테 이모　뭉이쌤　노고할망

뀨 아재　오오, 쿨한 마무리! 굿.

연이　아, 끝이구나. 반전이네. 이브론카가 죽는 줄 알았잖아. 다행이다.

퉁이　이브론카가 어떻게 살아난 건지는 알겠지?

연이　용기의 힘 아닐까?

세라　맞아. 스스로 죽음에 갇혀 있다가 거기서 걸어 나온 거지. 남편과 아이들이 힘이 됐을 거야.

연이　그러기까지 참 많은 시간이 걸렸어요.

노고할망　폭력의 상처를 이겨내는 데는 시간이 필요한 법이지. 트라우마라고 하나.

로테 이모　맞아요. 이브론카는 긴 시간 동안 홀로 어려운 싸움을 했던 거예요.

연이　쌤, 악마를 물리치는 방법도 할머니가 알려줬을까요?

뭉이쌤　이야기에 그런 내용이 없잖아? 아마도 그건 스스로 찾아내야 할 답이었을 거야.

연이　사실 저는 할머니도 악마하고 한통속인 줄 알고 긴장했었어요.

퉁이　하하. 내가 일부러 살짝 그렇게 몰고 갔지. 좀 무섭게 해보려고.

세라　사실 이야기는 그저 그랬는데, 그게 현실이라는 게 소름 끼쳤어. 그런 악마를 뉴스에서 자주 봐서.

연이　아, 그런 사람 만날까 봐 무서워요.

노고할망 그래. 늘 조심해야지. 혹시라도 악마를 만났을 때 혼자 해결하려 하면 안 돼. 악을 이기는 건 어려운 일이지. 다 함께 힘을 합쳐야 한단다.

연이 네, 할머니.

뭉이쌤 이제 할망님께서 이야기 하나 해주세요.

노고할망

내가 중국의 이족(彝族) 사이에서 전해온 이야기를 하나 하도록 할게. 이족은 중국 남부 지역에 사는 소수민족이지. 중국에는 소수민족도 많고 각 민족이 무서워하는 악귀 괴물도 많아. 이족이 꺼리는 괴물 마녀 가운데 압변파가 있단다. 아이들을 노리는 흉한 친구야. 이제 압변파가 아이들을 괴롭히는 이야기를 들려줄게.

세 자매와 압변파

✴

중국 이족 민담

옛날 깊은 산속에 한 가족이 살았단다. 세 자매가 어머니 아버지와 오순도순 잘 지내고 있었지. 첫째는 열 살, 둘째는 여덟 살, 셋째는 다섯 살인데 다들 예쁘고 영리했단다.

어느 날 그 집에 편지가 도착했어. 외갓집에서 온 편지였지.

> 손녀들이 그렇게 예쁘다는데 보고 싶구나. 아이들더러 우리 집에 와서 며칠 묵으라고 해. 외할머니가 맛있는 거 많이 해준다고.

엄마가 편지를 읽어주니까 세 자매가 다들 좋아서 난리지.

"우와, 외할머니 보고 싶어요!"

"외갓집은 어디에 있어요?"

"가는 길 알려주세요."

어머니 생각에 아이들이 아직 어려서 걱정이야. 그런데 아이들을 데려다줄 만한 형편이 아니었지 뭐냐. 한창 일이 바쁜 때였거든.

"너희들끼리 잘 찾아갈 수 있겠니?"

"네, 엄마!"

세 자매가 입을 모아서 소리치니까 어머니가 말리질 못하지.

"외갓집은 소를 많이 키운단다. 남쪽 길로 한참 가다 보면 갈림길이 나올 거야. 두 길 중에 쇠똥이 많이 떨어져 있는 길로 가도록 해. 똥을 따라서 쭉 가다 보면 깨끗한 큰 집이 나올 거야. 그 집이 외갓집이란다."

그러면서 어머니는 이렇게 덧붙였어.

"외갓집 채소밭에는 고구마와 호박이 많아. 연못에는 물고기가 가득하지. 외할머니는 나이가 많아서 이빨이 없으시단다."

"네, 엄마. 알겠어요. 잘 다녀올게요."

세 자매는 활짝 웃으면서 길을 나섰어. 재잘재잘 떠들면서 남쪽 길로 가다 보니까 갈림길이 나왔지. 보니까 한쪽 길은 깨끗한데 한쪽 길은 쇠똥이 잔뜩이야.

"여기야! 똥이 많은 곳. 이 길로 가면 돼."

세 자매는 똥이 가득한 길로 들어갔어. 깡총깡총 똥을 피하면서 한참 가다 보니까 집이 하나 나왔지. 근데 딱 봐도 크고 깨끗한 집은 아니야. 아이들이 망설이고 있는데 집에서 할머니가 총총총 뛰어나오더니,

"아이고, 내 새끼들 왔구나. 어서 들어가자!"

손을 잡아끄니까 아이들이 웃으면서,

"네, 할머니. 보고 싶었어요!"

의심 없이 안으로 들어갔지 뭐냐. 그게 압변파인지도 모르고 말야.

쇠똥은 어떻게 된 거냐고? 이 압변파가 말이지, 자매에게 어머니가 하는 말을 슬쩍 엿들었지 뭐냐. 그러고는 곧바로 갈림길로 와서 한쪽 길에 있는 소똥을 손으로 긁어모아서 다른 쪽 길로 다 옮겨놓은 거야. 원래 압변파가 이런 식이야. 아이들 해치려면 똥오줌을 안 가리거든.

막내가 가짜 할머니에게 매달리면서 말했어.

"할머니, 고구마 구워주세요!"

"고구마? 고구마라…… 아직 고구마 안 캤는걸."

이번에는 둘째가 매달렸지.

"그럼 호박 삶아주세요."

"호박? 호박이라…… 그거 말고 달걀부침을 해주마. 아주 특별한 걸로."

"좋아요, 할머니!"

"근데 내가 요리하는 걸 보면 안 된다. 눈을 꼭 감고 있어야 해!"

"네, 할머니!"

그래서 자매는 할머니가 달걀부침을 하는 동안 눈을 감았어. 근데 이 압변파가 말이지, 자기 코를 흥 풀어서 솥에다가 넣고서 그걸로 부침을 하지 뭐냐. 그러니까 그게 콧물부침이지. 그걸 접시에 넣어서 가져오니까 보기에도 이상해. 근데 둘째와 막내가 그걸 먹으려고 하는 거야. 그때 첫째가 동생들의 옆구리를 살짝 찌르면서 눈짓을 했어. 먹지 말라는 거지. 사실 애는 압변파가 요리를 할

때 살짝 실눈을 뜨고서 지켜봤단다. 아무래도 뭔가 이상했거든.

둘째는 언니의 신호를 알아듣고 숟가락을 놨어. 근데 막내는 눈치를 못 챈 거야. 할머니에게 숟가락을 내밀면서,

"할머니, 노른자 주세요!"

그러니까 마녀가 당황하지. 콧물부침에 노른자가 있을 리 없잖아? 하하.

"애야, 노른자는 맛없는 거라서 버렸어. 흰자가 더 맛있지. 내가 먹는 것 좀 볼래?"

그러면서 손으로 콧물부침을 한 덩이 들어서 우적우적 씹지 뭐냐. 그때 아이들이 보니까 할머니 이빨이 시뻘개. 첫째가 그걸 보고서,

'뭐지? 외할머니는 이빨이 없으시댔어. 그런데 왜 이빨이 빨갛지? 혹시 압변파 아닐까? 압변파는 애들을 많이 잡아먹어서 이빨이 빨갛다고 들었어.'

첫째는 배를 움켜쥐더니,

"할머니, 뒷간에 다녀와야겠어요. 동생들과 함께요. 금방 올게요."

첫째는 동생들을 데리고 나와서 뒷간에 가는 척 주변을 살폈어. 보니까 고구마랑 호박은 안 보이고 이상한 덩굴만 가득해. 덩굴 사이로 작은 연못이 하나 있는데 물 색깔이 벌게. 첫째가 막대기를 들어서 물을 저어보니까…… 오매나, 이게 뭐야? 어린아이 옷이랑 머리카락이 올라오지 뭐냐.

"우욱!"

막내는 놀라서 쓰러질 지경이야. 둘째도 오들오들. 첫째도 겨우 열 살이잖아? 가슴이 마구 떨렸지만 애써 마음을 진정시켰어. 자기라도 정신을 차려야 하니까. 마침 근처에 큰 나무가 서 있는 게 눈에 들어왔단다.

"얘들아, 저기로 가자!"

첫째는 막내를 업고 나무에 올라간 뒤 둘째를 끌어 올렸어. 얘들이 막 나무에 올라갔을 때 압변파가 급히 달려오더니,

"뭐냐! 거긴 왜 올라가? 얼른 내려와! 얼른!"

고래고래 소리를 치는 거야. 그러자 막내가 말했어.

"싫어요!"

"뭐야? 싫기는 왜 싫어!"

그러자 둘째가,

"여기가 너무 시원해서 내려가고 싶지 않아요."

"어서 내려와! 내가 끌어 내리기 전에."

그때 첫째가 말했어.

"할머니, 나무에 올라오느라 우리 머리가 헝클어졌어요. 할머니가 빗을 가지고 와서 머리를 빗겨주시면 내려갈게요."

그러자 압변파는 집에서 빗을 가지고 나와서 아이들 머리를 빗기기 시작했어. 손길이 우악스럽지 뭐. 하지만 아이들은 모른 척 꾹 참았단다. 머리를 빗기고 나니까 첫째가,

"고마워요, 할머니. 할머니 머리도 헝클어졌네요. 저희가 빗겨

드릴게요."

이어서 막내가,

"할머니가 머리를 빗으시면 오늘 밤에 할머니랑 잘래요."

그러니까 압변파가 씩 웃으면서 머리를 맡기지. 그때 둘째가 말했어.

"할머니 머리에 있는 재가 눈으로 들어가겠어요. 수건으로 눈을 가려드릴게요."

그러니까 압변파가 기분이 좋아져서 두 눈을 감은 거야. 세 자매는 빗으로 압변파 머리를 빗으면서 쉬지 않고 조잘댔어.

"할머니, 머리카락이 참 고와요."

"달걀부침 최고였어요."

"오늘 밤에 재미난 얘기 해주세요."

이게 다 어찌 된 일인지 아니? 압변파가 빗을 가지러 간 사이에 셋이 급히 작전을 짠 거란다. 그리고 얘들이 그냥 머리를 빗긴 게 아냐. 머리를 빗는 척하면서 머리카락 끝을 나뭇가지에 꽁꽁 묶었지 뭐냐. 첫째가 둘째를 나무에서 살짝 내려보낸 뒤 일부러 빗을 떨어뜨리고서 놀라는 척 말했어.

"어머나! 어쩌지? 할머니, 빗이 땅으로 떨어졌어요. 제가 내려가서 주워 올게요."

그러고서 첫째는 막내를 업고서 나무에서 내려왔단다. 그다음은? 셋이서 함께 삼십육계 줄행랑이지. 처음에 들어왔던 길로 뛰고 또 뛰는 거야. 얘들이 갈림길 삼거리까지 왔는데 지쳐서 뛰기가 힘들어. 그때 한 노인이 다가와서 무슨 일이냐고 묻지 뭐냐. 아이들은 압변파 집에서 있었던 일을 다 얘기했어.

"어이쿠! 그랬구나. 이 옆길로 쭉 가서 외할머니 집에 들어가 있거라. 압변파는 나에게 맡기고."

"고맙습니다, 할아버지!"

아이들은 꾸벅 인사하고 나서 쇠똥이 치워진 깨끗한 길로 종종걸음을 옮겼어. 보니까 똥은 없는데 길에 똥 냄새가 배어 있지 뭐냐. 그러니까 그게 맞는 길이지!

그때 압변파가 수건으로 눈을 가린 채로 아이들을 기다리는데 통 오질 않는 거야. 빨리 오라고 고함을 쳐도 반응이 없지. 이상하게 여겨서 수건을 찢고 살펴보니까 아이들 그림자도 없지 뭐.

"으아아! 이것들이 감히 날 속여!"

펄쩍 나무에서 뛰어내리려고 하니까 머리카락이 나뭇가지에 매달려서 몸이 대롱대롱.

"아구구!"

머리카락을 풀어보려 했지만 되질 않지. 괜히 펄쩍 뛰는 바람에 더 꽉 묶였거든. 압변파는 마구 발악하면서 손에 힘을 줬어. 그랬더니 머리카락이 풀리는 게 아니라 머리통에서 머리카락이 다 뽑혔지 뭐냐. 머리에서 피가 줄줄줄. 압변파는 그 상태로 식식대면서 세 자매를 뒤쫓기 시작했어. 어찌나 빠른지 금세 갈림길이지. 길에 서 있는 노인을 보더니,

"내 손녀 세 명이 어디로 가는지 봤소? 빨리 말하시오."

"아 개들. 저쪽으로 가던데."

그러면서 노인은 북쪽을 가리켰어. 그러니까 아이들 본가가 있는 방향이지.

"그건 그렇고, 머리가 왜 그렇소? 피 나는 거 같은데!"

머리 얘기를 듣고 나니까 아픔을 참을 수 없지 뭐냐.

"말도 마오. 의사가 어디 사는지 좀 알려주오."

"운이 좋으시구려. 내가 의사라오. 머리 아픈 거 내 전문이지."

그러니까 압변파가 허리를 숙이고 머리를 내밀면서 치료해 달라는 거야. 노인은 조용히 광주리 안에 있던 석회 가루를 꺼내서 압변파의 머리에 확 끼얹었단다.

"으아악! 으아아아악!"

압변파 머리 가죽이 완전히 벗겨지고 두 눈이 절로 감겼어. 두 귀와 입에서 거품이 부글부글. 압변파는 눈을 감은 채 펄쩍펄쩍 뛰다가 쓰러졌단다. 아이들을 노리던 요망한 마녀의 최후였어.

그날 밤 아이들은 군고구마와 호박을 실컷 먹으면서 외할머니와 내내 이야기꽃을 피웠다고 해.

이야기에 대한 이야기

연이 통이 세라 뀨 아재 로테 이모 뭉이쌤 노고할망

로테 이모 오오, 아이들이 참 대단하네요. 큰애라고 해봤자 열 살인데요.

연이 맞아요. 막내는 겨우 다섯 살이랬어요. 존경스럽다.

통이 내 생각에는 연이도 다섯 살 때 그 이상이었을 것 같은데?

뀨 아재 그건 그래. 통이는 어떨지 몰라도. 하하.

세라 압변파가 괴물 마녀라고 했지만, 그냥 나쁜 할머니 같기도 해요. 아이들을 못살게 구는 어른들이 현실에도 있잖아요.

노고할망 그래. 내가 살면서 압변파 같은 노인네들 많이 봤어요.

연이 어머, 갑자기 무서워졌어요. 우리도 압변파를 만날 수 있다는 얘기잖아요. 진짜로 그런 상황이 되면 얼음이 될지도 몰라요.

뀨 아재 그래서 항마력 증진이 필요!

연이 아, 그러네요. 할망님께서 우리 항마력을 높여주신 거였어요.

뭉이쌤 그래. 호랑이 굴에 가도 정신만 차리면 산다는 말이 있잖아? 위태로운 상황일수록 냉정함을 지켜야 하지.

로테 이모 힘을 합치는 것도 중요해요. 이야기 속 세 자매처럼요.

뭉이쌤 맞아요. 두 동생 때문에 첫째가 더 힘을 낼 수 있었겠죠.

노고할망 갈림길에 있던 할아버지도 잊으면 안 돼요.

통이 그분이 결정타를 먹였죠. 좀 끔찍했지만 통쾌했어요.

세라 압변파가 어른들이 아닌 아이들을 노리잖아요? 어른들은 세상

경험이 많아서 쉽게 당하지 않기 때문일까요?

뭉이쌤 아무래도 아이들이 순수해서 세상 물정을 잘 모르니까요.

퉁이 그런 나쁜 범죄자들, 엄지 같은 아이한테 딱 걸려야 하는데.

연이 그래. 엄지라면 혼자서도 압변파를 물리쳤을 거야.

세라 하하. 엄지는 그게 다 이야기에서 배운 거라고 할걸.

퉁이 아마도! 근데 이제 누나도 얘기 하나 해야죠?

세라 이제 내가 항마력을 충전할 차례인 거니? 준비하고 있었음!

세라

나는 우리나라에서 구전돼 온 신화 이야기를 해볼게. 제주도에서 전해온 괴물 이야기야. 이름은 삼두구미. 머리가 셋에 꼬리가 아홉이라는 뜻이지. 그 내력을 푸는 신화라는 뜻으로 원제목이 '삼두구미 본풀이'야. 괴물이 주인공인 특이한 신화지. 아, 그가 주인공이 아닐 수도 있겠다. 일단 한번 들어봐.

삼두구미의 새 각시

*

한국 신화

옛날에 터주나라 터줏골에 삼두구미가 살았어. 겉보기엔 백발노인인데 이게 사람도 아니고 귀신도 아니야. 사람이기도 하고 귀신이기도 하다는 게 맞으려나?

삼두구미는 함께 살던 각시가 죽자 새로 색싯감을 찾기 시작했어. 근데 자기 산에 웬 늙은 나무꾼이 들어와서 나무를 하고 있지 뭐니. 삼두구미가 그 앞에 턱 나타나서,

"너는 누군데 허락도 없이 내 산에서 나무를 하느냐?"

쩌렁쩌렁 고함을 치니까 나무꾼이 몸을 덜덜 떨지. 다 기어들어가는 목소리로,

"제가 딸 셋을 데리고 사는데 형편이 어려워서 입에 풀칠을 하려고 그랬습니다."

그러니까 삼두구미가,

"그래? 그럼 내가 중매를 해줄까? 부잣집에 딸을 넘기면 서로 좋지 않아?"

"네네, 그것도 좋은 일입니다."

나무꾼은 삼두구미를 집으로 모시고 와서 돈을 많이 받고 큰딸을 넘겼어. 시집을 보냈다지만 판 거나 마찬가지지. 삼두구미는 큰딸을 각시로 삼아서 자기 집으로 데려갔어. 큰딸이 보니까 깊은 산속이지만 고대광실 높은 집에 귀한 물건이 가득해. 그걸 보니까 우울했던 마음이 좀 풀리지. 난생처음 부자로 살다 보니까 백발노인 남편에게 정도 생기는 것 같아.

그러던 어느 날이야. 삼두구미가 각시를 사랑방으로 데려가서 문을 닫더니,

"내가 마을을 좀 다녀올 거다. 그동안 너는 내가 주는 걸 먹어야 해. 알겠지?"

"네, 알겠어요."

그때 삼두구미가 각시에게 뭘 줬을까? 갑자기 자기 두 다리를 쑥 뽑더니 각시 앞에 쓱 내밀지 뭐니. 각시가 아주 기겁을 하지.

"귀한 거니까 한 점도 남기지 말고 깨끗이 먹도록 해."

그래놓고선 이 괴물이 다리도 없이 쑥 나가는 거야.

큰딸 마음이 어떻겠니? 왜 여기를 왔는지 후회가 가득이지. 하지만 거길 벗어날 수도 없어. 괴물이 가만히 둘 리 없지. 근데 아무리 생각해도 다리를 먹을 수가 없는 거야. 큰딸은 내내 고민하다가 마루 널판을 뜯어내고 그 안에 두 다리를 숨겼어.

얼마 뒤에 삼두구미가 들어오더니 눈을 부릅뜨고서,

"내 다리를 다 먹었겠지?"

"예. 다 먹었어요……."

"근데 목소리가 왜 그래?"

그러더니 온 집안이 울릴 정도로 커다란 목소리로,

"내 다리야! 어디 있느냐?"

그러자 마루 널판 속에서,

"예. 여기 있어요."

그러자 삼두구미가 널판 속에서 두 다리를 꺼내서 큰딸 눈앞에 들이대면서,

"이 망할 년! 감히 나를 속여?"

그러면서 삽시간에 몸이 변하는데 머리가 세 개에 꼬리가 아홉 개야. 그게 삼두구미 본모습이지. 괴물은 입술이 딱 붙어서 오들오들 떨고 있는 큰딸을 인정사정없이 때려서 죽여버렸단다.

괴물은 큰딸을 죽인 뒤 다시 백발노인으로 변해서 나무꾼 집으로 향했어. 또 돈을 많이 주고서 이번에는 둘째 딸을 꾀어서 데려왔지. 그러고선 다시 같은 일이 벌어진 거야. 둘째 딸도 남편이 쑥 빼서 내민 다리를 먹지 않고 한구석에 숨겼다가 들통나서 온몸이 조각조각 분해됐단다.

그다음 차례는 누군지 알겠지? 삼두구미는 다시 나무꾼을 찾아가서 돈을 주고서 셋째 딸을 꼬이기 시작했어.

"나랑 함께 가자꾸나. 네 언니들이 얼마나 잘사는지 모르지? 친정에 오려 해도 가져올 물건이 많아서 들지를 못해. 네가 가서 좀 도와주려무나."

그러자 셋째 딸이 백발노인을 따라가는 거야. 아버지가 돈을 받아버려서 안 갈 수도 없어. 산속으로 한참 가니까 대궐 같은 집이 떡 나오는데 뭔가 기운이 음산해. 언니들은 그림자도 안 보이지.

"언니들은 어디 있나요?"

그러자 삼두구미가 눈을 부라리면서,

"쓸데없는 거 묻지 마. 내가 하라는 것만 하면 돼."

그러자 셋째 딸이 활짝 웃으면서,

"알겠어요. 언니들 없으면 더 좋아요. 이게 다 내 집인 거죠?"

집 안을 총총총 다니면서 구석구석 살피더니,

"집 정말 좋다. 근데 청소부터 해야겠어요."

시키지 않았는데도 알아서 쓸고 닦고 다 하는 거야. 언니들하고는 아주 다르지. 언니들은 계속 쭈뼛쭈뼛했었거든. 그걸 보니까 삼두구미가 이번 각시는 제대로구나 싶은 거야.

얼마 뒤 삼두구미가 새 각시를 사랑방으로 데리고 가더니,

"내가 며칠간 마을을 다녀올 거다. 그동안 내가 주는 걸 다 먹어야 해. 알겠지?"

"알겠어요. 걱정 마세요."

그때 삼두구미가 자기 두 다리를 쑥 뽑아서 내미니까 셋째 딸이 깜짝 놀라지. 하마터면 비명을 지를 뻔했어. 하지만 짐짓 태연한 척하면서,

"이게 서방님이 좋아하시는 일인가요?"

"그래. 나는 내 다리를 먹는 사람이 제일 좋다."

"그럼 제일 싫어하시는 건 뭐예요?"

"그건 차차 알게 될 거다."

"알겠어요. 이 다리를 다 먹으면 알려주실 거죠? 걱정 말고 다녀오세요."

그렇게 말은 했는데 막상 삼두구미가 나가고 나니까 앞이 막막해. 넓은 집에 혼자 남은 셋째 딸은 울음으로 날을 샜어. 아무래도 그 다리를 먹을 수는 없잖아? 한참을 고민하던 셋째 딸은 장작불을 크게 피우고 두 다리를 불태웠어. 타고 난 찌꺼기를 모으니까 손바닥만 했지. 셋째 딸은 그걸 보자기에 돌돌 말아서 자기 배에 복대처럼 찰싹 감았어. 그러고서 겉옷을 입으니까 감쪽같지.

삼두구미는 나간 지 열흘째 되는 날 해 뜰 무렵에 집으로 돌아왔어. 셋째 딸이 반겨 맞으면서,

"서방님 오시기를 목 빼고 기다렸어요."

"그래? 내 다리는 어떻게 했느냐?"

"먹으라고 하셨잖아요? 당연히 다 먹었죠."

그때 삼두구미가 온 집 안이 울리는 커다란 목소리로,

"내 다리야! 어디 있느냐?"

그러자 셋째 딸 배에서,

"예. 여기 있어요."

그러자 삼두구미가 표정이 활짝 밝아지면서,

"내 몸을 먹었구나. 잘했다. 이제 너는 확실한 내 아내야!"

그러자 셋째 딸이 남편에게 매달리면서,

"저는 아직 서방님 이름도 몰라요. 이름이 뭐예요?"

"삼두구미다. 땅의 신이지. 모르는 놈들은 땅귀라고 하지만."

"우와, 신령님이면 무서울 게 없겠네요!"

"다른 건 다 괜찮은데 딱 세 가지가 문제야. 날달걀, 버드나무 가지, 그리고 무쇠 덩어리."

"그게 왜 무서운데요?"

"달걀이 '나는 눈도 코도 입도 귀도 없다' 이러면서 달려들면 정신을 차릴 수가 없어. 또 동쪽으로 뻗은 버드나무 가지에 맞으면 팔다리가 마비되지. 무쇠 덩어리란 놈은 도무지 처치할 방법이 없어. 개한테 눌리면 가슴이 먹먹해져서 숨이 막힌단다."

"그렇군요. 저도 조심할게요."

하지만 얘가 그 말대로 할 리가 없지. 삼두구미가 없는 사이에 몰래 날달걀이랑 버드나무 가지, 무쇠 덩어리를 구해서 살짝 숨겨 둔 거야. 남편이 돌아오니까 무릎을 내밀면서,

"여기 누우세요. 서방님 머리에 있는 이를 잡아드릴게요."

삼두구미가 각시 무릎에 머리를 얹고 누우니까 솔솔 잠이 오지. 그때 셋째 딸이 숨겼던 물건들을 들고서,

"서방님, 눈 좀 떠봐요. 이게 뭐예요?"

그때 삼두구미가 눈을 떠보니까 제일 싫어하는 물건이 다 모여 있지 뭐니. 얘가 몸을 발발 떨더니 머리가 세 개에 꼬리가 아홉인 괴물로 변해버리는 거야. 그 상태로 땀을 줄줄. 셋째 딸은 처음 보는 끔찍한 모습이야. 하지만 거기서 멈추면 안 되지.

"여기 너 좋아하는 거!"

그러면서 셋째 딸은 괴물 얼굴에 날달걀을 던지고, 버드나무 가지로 팔다리를 때리고, 무쇠 덩어리로 가슴을 눌렀어. 삼두구미 세 개의 입에서 거품이 부글부글, 여섯 개의 눈에서 피가 주루룩, 아홉 개 꼬리가 팔락팔락 바르르르. 하지만 셋째 딸은 멈추지 않았어. 결국 삼두구미는 축 늘어져서 죽어버렸단다.

셋째 딸은 괴물을 죽인 뒤 구석에 버려져 있던 언니들의 뼛조각을 잘 모아서 집으로 돌아왔어. 아버지가 그걸 보고서 하는 말이,

"아이고, 불쌍한 내 자식들아! 가난이 죄로구나!"

이러는 거야. 딸을 한 명도 아니고 세 명이나 팔아놓고선.

아버지는 셋째 딸과 함께 도구를 마련해서 두 딸의 장례를 치러줬어. 땅속에 고이 묻어줬지. 그러고서 둘이서 함께 삼두구미 집으로 가보니까 이 괴물이 벌떡벌떡 살아나려 하고 있지 뭐니. 두 사람은 버드나무 가지를 잔뜩 가져다가 삼두구미 몸을 백 대나 때렸대. 그러자 괴물은 완전히 죽어버렸지. 두 사람은 괴물의 시체를 방아 확에 넣고 빻아서 가루를 낸 다음 허공에 날려버렸대.

사람들이 삼두구미를 땅귀라고 부른다고 했잖아? 어느 땅 어느 곳에 삼두구미 기운이 있을지 몰라. 그래서 장례를 치를 때는 묫자리에 달걀과 무쇠 덩어리를 묻고 버드나무 가지를 꽂는 풍속이 생겼대. 제주도에 실제로 오랫동안 이런 풍속이 이어졌다는 거야.

흠…… 지금 땅에서 삼두구미가 우리 얘기를 듣고 있는 거 아니겠지?

이야기에 대한 이야기

연이 통이 세라 꾸 아재 로테 이모 뭉이쌤 노고할망

꾸 아재 왜 아니겠어요. 저기 삼두구미!

연이 아재, 하지 마요. 무서워요.

뭉이쌤 삼두구미는 어디에나 있지. 우리 곁에도.

연이 아, 샘까지!

세라 이 이야기가 신화잖아? 삼두구미를 죽음의 신으로 풀이하는 글을 본 적 있어.

뭉이쌤 맞아요. 그리스 신화의 타나토스를 연상시키는 면이 있지요. 삼두구미 얼굴이 세 개에 꼬리가 아홉이잖아요? 사방팔방으로 서려 있는 죽음의 기운을 연상시키는 모습이에요.

노고할망 삼두구미가 다니는 곳마다 죽음이 있지요.

통이 근데 왜 다리를 뽑아서 먹으라는 걸까요? 그걸 먹으면 좋아하는 건 또 뭐예요?

세라 몸을 먹으면 자기와 같은 존재가 되는 거 아닐까?

연이 감염 같은 건가?

뭉이쌤 그래. 삼두구미가 다리를 먹었다고 믿은 셋째 딸에게 모든 걸 말하잖아? 한통속이 됐다고 본 거지. 만약 딸이 진짜로 다리를 먹었다면 감염돼서 딴사람이 됐을지도 몰라.

통이 하여튼 뭔가 끔찍했어요. 우리나라에 이런 얘기가 있을 줄이야.

연이 저도요. 어떻든 끔찍한 괴물에 맞서서 끝까지 싸운 셋째 딸이 참 대단해요. 아버지보다 백배 나아요.

로테 이모 맞아. 만약 그 집에 엄마가 있었으면 딸들을 그렇게 팔지는 않았을 거야.

뀨 아재 사람 나름이겠죠. 로테 이모님이라면 당연히 안 했겠지만.

뭉이쌤 사람 나름이라는 말에 동의해요. 두 딸이 못 한 걸 셋째가 한 걸 보더라도요.

세라 제가 항마력을 꽤 높인 거 맞죠? 이제 쌤께서도 이야기 하나 하셔야 하는 거 아니에요?

퉁이 맞아요. 쌤께서 마침표를 찍어주세요.

뭉이쌤 그럴까? 시간이 좀 늦었으니 간단한 걸로 하나 해볼게.

일본에서 전설처럼 전해지는 이야기야. 에도 시대에 실제 있었던 일이라고 해. 근데 그게 사실인지 아닌지, 진짜로 있었던 일이라면 어디까지가 사실인지 확인할 방법은 없어. 전설이 원래 그렇지.

접시 세는 하녀 귀신

*

일본 전설

옛날에 어떤 부잣집에 하녀가 있었어. 이름이 오키쿠야. 이것저것 집안 뒤치다꺼리를 하는 하녀였지. 주인은 이런 하녀 정도는 사람 취급도 안 하지.

그 집에 아주 귀한 접시가 열 개 있었어. 귀한 날에만 쓰는 물건이야. 그런데 어느 날 하녀가 접시를 씻다가 손이 미끄러져서 한 개를 바닥에 떨어뜨렸지 뭐냐. 쨍그랑! 그대로 박살 났지 뭐.

"으아아!"

하녀가 '이제 죽었구나' 하는 생각뿐이야. 그릇 조각을 급히 치우려고 허둥대는데 앞에 커다란 두 발이 턱! 눈을 들어 보니까 주인이 떡하니 서 있는 거야.

"뭐야? 지금 접시를 깬 거냐? 그 귀한 물건을?"

하녀는 몸을 와들와들. 겨우 입을 열어서 하는 말이,

"그만 손이 미끄러져서요."

"흠…… 손가락이 잘못했다 이거지?"

이 사람이 날카로운 칼을 꺼내 오더니,

"손가락이 잘못했으니 벌을 받아야지."

그러면서 칼로 하녀의 손가락을 탁 잘라버렸지 뭐냐. 그러고도 화가 안 풀려서 하녀를 묶어서 방에다 가둔 거야. 이 하녀가 주인의 성미를 알거든. 그걸로 끝날 리 없어. 매일 손가락이 하나씩 잘려 나갈 게 분명해. 그다음은…….

하녀는 손이 묶인 채로 문을 밀치고 방에서 빠져나왔어. 그러고는 우물로 달려가서 물속에 몸을 던져서 죽고 말았단다. 접시 하나랑 목숨을 바꾼 거지.

오키쿠가 그렇게 죽은 뒤로 그 집에 이상한 일이 벌어지기 시작했어. 안주인이 아이를 낳았는데 손가락이 없었대. 그리고 밤마다 우물 속에서 젊은 여자 목소리가 울려 왔다는 거야.

"한 접시!"

"두 접시!"

"세 접시!"

그렇게 계속 세다가,

"여덟 접시!"

"아홉 접시!"

거기까지 세고 나서,

"없다! 하나 없다!"

그러면서 엉엉 우는 거야. 밤이 새도록 계속.

그런 일이 밤마다 벌어지니까 사람들이 견딜 수가 없지. 주인이

갖가지 방도를 다 써봤지만 귀신의 울음소리는 없앨 수 없었단다.

그러던 어느 날, 한 스님이 그 집에 왔다가 귀신 얘기를 듣게 된 거야. 그날 밤에 스님이 우물가로 가니까 아니나 다를까 구슬픈 울음소리와 함께 접시 세는 소리가 들려왔어.

"한 접시!"

"두 접시!"

"세 접시!"

그렇게 이어나가서,

"여덟 접시!"

"아홉 접시!"

이제 울음소리가 막 터져 나올 차례지. 그때 스님이 하녀의 말을 받아서,

"열 접시!"

이렇게 커다랗게 소리친 거야. 그랬더니 갑자기 웃음소리가 나면서,

"어? 열 개다. 열 개 맞아! 이젠 됐어!"

웃음소리는 한참을 울려 퍼지다가 사라졌단다. 그 뒤로 그 집에는 더 이상 귀신의 소리가 들려오지 않았대. 끝!

이야기에 대한 이야기

연이 통이 세라 꾸 아재 로테 이모 뭉이쌤 노고할망

통이 열 접시!

꾸 아재 끝!

세라 쌤, 완벽한 마무리였어요.

뭉이쌤 하하. 우리 다 같이 '열 접시'를 외쳐볼까요? 하나, 둘, 셋……

일동 열 접시!

3

storytelling time.
나도 이야기꾼!

기본 스토리텔링

이번 스테이지에서 만난 이야기 중 가장 마음에 드는 것을 골라서 다음과 같은 단계로 스토리텔링 활동을 해보자.

step 1: 책에 쓰인 그대로 이야기를 소리 내어 읽는다.

step 2: 책에 쓰인 그대로 이야기를 소리 내어 읽되, 가상의 청자에게 말해주듯이 읽는다.

step 3: 청자에게 이야기를 전달하되, 틈틈이 책을 참고한다.

step 4: 청자에게 이야기를 전달하되, 책을 참고하지 않는다.

step 5: 청자에게 이야기를 전달하되, 표현과 내용을 조금씩 자신의 방식대로 바꿔본다.

step 6: 완전히 내 것이 된 이야기를 구연 환경과 청자의 성향에 맞춰 내용과 표현을 자유자재로 조절하며 전달한다.

이야기별 재창작 스토리텔링

다음은 이번 스테이지에서 만난 이야기들에 대한 활동거리이다. 이 중 하나 이상을 골라 스토리텔링 활동을 해보자.

<납치범과의 결전>

① **이야기 속 인물 되어보기:** 이야기 속의 셋째 딸이 숲속에서 납치범을 물리칠 계획서를 작성했다고 가정하고 그 내용을 실행 순서대로 요약해 보자.

② **목소리 연기하기:** 두 딸이 납치범의 광주리 속에서 목소리 연기를 한 상황을 실감 나게 재현해 보자. 대사는 다음과 같다. "쉬지 말라고 했잖아요. 내가 지금 창에서 다 보고 있다니까!"

<악마와 아가씨>

③ **이야기 내용에 대해 토론하기:** 이야기 속에서 아가씨가 악마를 물리칠 수 있었던 가장 큰 동력은 무엇이었을지에 대해 자유롭게 토론해 보자.

<어린 형제와 할리타>

④ **이야기 장면 그리기:** 형제가 높은 팔라카나무 위에 앉아서 칼을 들고 있는 할리타를 내려다보고 있는 장면을 그려보자.

<이브론카의 악마 애인>

⑤ **캐리커처 그리기:** 미남 얼굴에 발톱을 숨기고 있는 악마의 모습을 캐리커

처로 그려보자. 배경 장면은 자유롭게 선택한다.

⑥ **인물 심리 재현하기:** 악마와의 마지막 결전을 앞둔 전날 밤 이브론카의 심정을 일기 형태로 써보자.

<세 자매와 압변파>

⑦ **마녀의 상차림 그리기:** 마녀 압변파가 아이들 앞에 내민 밥상의 모습을 그림으로 재현해 보자. 콧물부침 외에 다른 요리들도 곁들이도록 한다.

⑧ **인물의 대화 재현하기:** 나무 위에서 세 자매가 압변파와 맞설 계획을 짜는 과정을 세 사람의 대화록 형태로 정리해 보자. 이를 대본으로 삼아 연극식으로 재현해도 좋다.

<삼두구미의 새 각시>

⑨ **작품의 화소 해석하기:** 삼두구미가 죽음과 관련되는 존재라는 가정하에 왜 그가 날달걀과 무쇠 덩어리, 버드나무 가지를 무서워하는지 그 뜻을 풀어내 보자. 세 사물의 특징을 잘 반영한 해석이 되도록 한다.

<접시 세는 하녀 귀신>

⑩ **패러디 이야기 만들기:** '열 접시!' 화소를 응용해서 끝이 없이 되풀이되는 곤란한 상황을 해결하는 내용의 패러디 이야기를 만들어보자.

이야기 연계 스토리텔링

1. 이 스테이지에 등장한 여러 인물 가운데 '나만의 챔피언'에 해당하는 인물을 뽑고 그 이유를 지지 발언 형태로 발표해 보자.

2. 그간 살아오면서 수상한 사람이나 괴물을 만났던 무서운 경험을 이야기해 보자. 그때 어떤 심정이었고 어떻게 행동했는지 내용을 잘 풀어내도록 한다.

3. 이 스테이지의 이야기 속에 나오는 많은 괴물과 귀신이 세상의 한 축을 이룬다고 가정하고 이들과 인간 사이의 긴장적 공존 관계를 하나의 세계관으로 정리해 보자.

4. 이 외에 이야기들을 흥미롭게 연계할 수 있는 여러 가지 방법을 찾아보고 이를 토대로 다양한 스토리텔링 활동을 해보자.

✴

집중 탐구! 이야기의 비밀 코드

문학의 미적 범주와 공포

미(美)의 속성과 네 종류

기괴와 공포의 미학

무서운 이야기의 미적 효과

미(美)의 속성과 네 종류

예술은 '미(美)를 추구하는 인간 활동'으로 정의할 만합니다. 미술, 음악, 춤, 문학 등이 곧 그것이지요. 그렇다면 미란 무엇이며, 어떤 종류가 있을까요?

'미(美)'라는 말은 흔히 '아름다움'이나 '예쁨'으로 풀이됩니다. 아름다운 사람을 미인(美人)이라고 부르는 식이지요. 사람들은 일반적으로 보기에 곱고 깨끗하고 화려하며 조화로운 것들을 아름답다고 합니다. 하지만 미학(美學)에서 말하는 미는 이와 좀 다릅니다. 미학이 뭔지는 알지요? 미와 예술의 본질과 특징을 다루는 학문입니다.

미학에서 말하는 미는 일반적으로 말하는 '아름다움'보다 다양하고 복잡합니다. 물론 곱고 예쁘며 조화로운 것도 미에 해당합니다. 미학에서는 이런 미를 '우아미'라고 일컬어요. 보기에 우아해서 마음에 편안하고 상쾌한 느낌을 일으키는 경우라고 이해하면 됩니다. 음악과 미술, 문학 등에서 이런 미적 요소를 많이 찾아볼 수 있지요.

하지만 사람들이 예술을 통해 받는 미적 감응은 편안하고 상쾌한 느낌에 한정되지 않습니다. 작품을 보다가 마음 깊은 데서 슬픈 감정이 우러나서 눈물이 저절로 흐르기도 하잖아요? 그것도 아주 중요한 미적 반응입니다. 깊은 슬픔과 함께 마음이 정화

되는 경험을 하게 되지요. 이런 종류의 미를 미학에서는 '비장미'라고 합니다. 옛이야기 가운데 전설은 비장미를 자아내는 것들이 많아요.

우아미와 비장미 말고 또 뭐가 있을까요? 예술 작품을 만나다 보면 마음이 고양되면서 깊은 감동과 경외심을 느끼게 되는 경우가 있지요. 예컨대 강한 의지와 집념으로 어려운 과업을 성취하는 영웅을 보면 이런 느낌을 받게 됩니다. 이 또한 중요한 미적 반응이에요. 이런 미는 '숭고미'에 해당합니다. 숭고미가 두드러진 이야기 양식으로 신화를 들 수 있어요.

미학에서 미의 네 번째 범주로 드는 것은 '골계미'입니다. 다른 말로 '해학미'라고도 하지요. 재미있어서 웃음이 나오면서 근심이나 스트레스 같은 게 풀리도록 하는 예술 작품들이 많이 있어요. 익살과 유머, 엉뚱한 바보짓이 가득한 코미디를 생각하면 이해가 쉽겠지요. 세계 각국의 민담 가운데도 골계미를 자아내는 것들이 많이 있습니다. 탈놀이도 골계미가 두드러진 예술 양식이지요.

어떤가요? 문학예술에서 미의 종류가 생각보다 다양하지 않나요? 하지만 사람들은 모든 것에서 미감을 느끼지는 않습니다. 무언가 특별한 것에서 숭고나 비장, 우아와 골계 같은 느낌을 받지요. 그 특별함에 대해서 질서와 파격이라는 두 측면을 주목할 만합니다. 조화로운 질서가 미의 요소라는 것은 쉽게 이해될 것입니다. 그런데 그것만이 아니에요. 평범함을 깨뜨리는 파격과 부조화가 일으키는 긴장감도 미의 중요한 요소가 됩니다.

그동안 세계 여러 나라의 많은 설화들을 만났잖아요? 그 이야기들에서 어떤 미적 특징이 두드러지게 부각되는지 살펴보면 흥미로운 탐구 작업이 될 것입니다. 물론 한 이야기에 한 가지의 미만 연결되는 것은 아닙니다. 서로 다른 미적 요소가 공존할 수 있으며, 때로는 서로 다른 미적 요소가 겹쳐서 구현되기도 하지요.

기괴와 공포의 미학

미학에서는 전통적으로 미의 네 범주로 숭고와 우아, 비장과 골계를 말해 왔습니다. 하지만 근래 들어서 이와 다른 미적 범주를 인정하는 흐름이 커지고 있어요. 숭고와 우아, 비장, 골계 등은 기본적으로 '좋은 감정'에 해당하는 것들이잖아요? 이와 달리 사람들이 부정적이라고 여기는 감정에 대해서도 그것이 특별한 형태로 촉발될 때 이를 미적 반응으로 보는 것이지요.

'기괴하다'라는 말 들어본 적 있지요? 기이하고 괴상한 걸 일컬어서 '기괴하다'고 합니다. 영어로는 '그로테스크(grotesque)'라고 표현하지요. 기괴한 것은 평범한 것의 반대편에 있잖아요? 거기에는 무언가 특별함이 있습니다. 기괴한 것은 사람들의 눈길을 끌면서 놀라움이나 불편함, 두려움 같은 반응을 일으키지요. 이런 감정을 효과적으로 자아내는 그림이나 음악, 글 같은 것이 있다면 어떨까요? 이 또한 예술로 볼 수 있지 않을까요? 이러한 작품이 자아내는 미를 '기괴미'라고 할 만합니다. 실제로 다수의 학자들이 기괴미를 미의 한 범주로 인정합니다. 특히 현대 예술에서 기괴미를 추구하는 작품들을 많이 볼 수 있지요. 그림이나 조각, 설치 조형물 등에서 뭔가 기괴한 느낌을 받은 적이 있을 거예요. 옛이야기 가운데도 기괴한 내용을 담고 있는 것들이 꽤 있지요.

'기괴'와 연관이 깊은 말로 '엽기'를 들 수 있습니다. 엽기는 비정상적이고 괴이한 일이나 사물에 흥미를 느끼고 찾아다니는 걸 뜻하는 말입니다. '엽기적'이라는 말을 들어봤을 거예요. 괴이한 것에서 흥미와 만족감을 느끼는 경향이 인간에게 있음을 부정하기 어렵습니다. 엽기를 곧 미라고 할 수는 없겠지만, 엽기적인 것이 흥미와 만족감을 일으키도록 잘 구현될 때 이 또한 미의 일환이라고 볼 가능성이 있습니다. 한때 '엽기토끼'가 인터넷에서 큰 인기를 끈 적이 있었지요. 엽기가 미적인 힘을 냈던 인상적인 사례로 볼 수 있습니다.

사람들 마음에 커다란 움직임을 일으키는 또 다른 요소에 '공포'가 있습니다. 공포는 매우 강렬한 감정이지요. 보통은 사람들이 꺼리고 피하는 감정입니다. 하지만 공포가 전하는 특별한 스릴(thrill)과 서스펜스(suspense)가 있습니다. 마음을 졸이고 간담을 서늘하게 하며, 불안감과 긴박감을 일으키지요. 그런 느낌은 그 자체로 특별한 것으로, 우리 몸과 마음을 짜릿하게 자극하는 효과를 냅니다. 그 효과를 미적인 것으로 볼 만합니다. 공포미를 또 하나의 미적 범주로 삼을 수 있다는 뜻입니다.

세상에는 공포를 즐기는 사람들이 꽤 많습니다. 일부러 무서운 것을 찾아가곤 하지요. 제 돈 내고서 공포영화를 보거나 유령의 집을 찾아가 공포 체험을 합니다. 인터넷에도 공포물들이 넘쳐나면서 많은 인기를 끌고 있지요. 무서운 그림과 음향, 영상 등 종류도 다양합니다. 그리고 무서운 이야기도 빼놓을 수 없지요. 일부러 무서운 이야기를 찾아서 듣거나 읽는 사람들이 많습니다. 다른 이야기들은 다 빼놓고 공포담만 찾는 사람도 있지요. 이 정도라면 공포미를 인정하는 게 무척 자연스러운 일 아닐까요?

무서운 이야기의 미적 효과

세상에는 수많은 무서운 이야기들이 흘러 다니고 있습니다. 이 책에도 무서움을 일으키는 설화들이 여러 편 실려 있지요. 그렇다면 무서움은 어떻게 생겨나는지 궁금해지지 않나요? 무서움이 대체 어떤 효과가 있기에 사람들이 이를 좋아하는지도요. 이에 대해서 저만의 방식으로 쉽게 설명해 보고자 합니다. 무섭게 설명하면 좋겠지만 그럴 자신은 없네요.

공포 또는 무서움이라는 반응의 연원에 대해서 먼저 '낯섦'을 말할 수 있겠습니다. 늘 보고 듣는 익숙한 것에서는 무서운 감정을 안 느끼잖아요? 이와 달리 예상하지 않았던 낯선 대상과 부닥칠 때 사람들은 놀라움과 두려움을 느끼게 됩니다. 사람을 예로 들면, 머리에 뿔이 있거나 꼬리가 있을 때 무섭지 않겠어요? 머리가 두 개라든지, 얼굴이 없다든지, 반은 사람이고 반은 짐승이라든지 하는 경우는 더 그렇지요. 몸이 제대로 붙어 있지 않고 토막 난 사람도 큰 공포감을 일으키는데, 이 경우에도 낯섦이 한몫을 한다고 볼 수 있습니다.

흥미로운 사실은 처음에 낯설어서 무서웠던 대상도 익숙해지면 적응돼서 무서움이 줄어든다는 점입니다. 요즘 웹툰이나 영화에 많이 나오는 좀비를 예로 들어볼까요? 처음 좀비와 만날 때 아주 무서울 거예요. 하지만 좀비가 세상에 늘 존재해서 흔히 볼 수 있다면 어떨까요? 그저 그러려니 하면서 심드렁한 반응을 보일 수 있어요. 낯섦이 약화되면서 두려움도 약화된다고 볼 수 있습니다. 반면에 익숙하게 여겼던 대상이 갑자기 낯선 모습으로 돌변할 때는 큰 공포를 느끼게 되지요.

공포의 대상으로 토막 난 몸과 좀비의 예를 들었는데, 거기서 찾을 수 있는 공포의 중요한 요인으로 '죽음'을 들 수 있습니다. 사람들은 죽음에 대해 본능적 거부감과 두려움을 가지고 있지요. 그래서 죽음과 직면할 때 강한 공포에 사로잡히게 됩니다. 이 책에 실린 이야기들을 보더라도 공포의 감정이 죽음과 연결되는 사례가 많다는 걸 확인할 수 있을 거예요. 예컨대 〈여우 누이〉가 일으키는 공포의 핵심에 무엇이 있는가 하면 그건 바로 죽음일 거예요. 가축의 죽음이 부모형제의 죽음으로 이어지고 나의 죽음으로 육박해 오면서 긴장감과 공포가 고조되는 것이지요. 사람들은 피투성이가 된 생명체의 모습에서 큰 공포를 느끼는데 이 또한 죽음과 관련된다고 볼 수 있습니다.

죽음과 연결되는 또 다른 공포의 요인으로 '아픔'을 들 수 있습니다. 신체적으로나 심리적으로 큰 고통이 느껴지는 상황이 공포로 연결된다는 뜻입니다. 공포영화는 흔히 잔인한 고문이나 살해 장면으로 공포를 일으키는데 사람들로 하여금 아픔과 고통의 감각을 떠올리게 하기 때문입니다. 하지만 이런 공포는 미적이라고 보기 어려운 경우가 많습니다. 무서운 걸 좋아한다는 것과 잔인함을 좋아한다는 것은 좀 다른 일이지요.

이제 살펴볼 것은 공포의 미적 효과입니다. 그 일차적 효과로 들 수 있는 것은 '자극성'이 아닐까 합니다. 만약 사람들이 살면서 아무런 자극을 느끼지 못한다면 어떨까요? 아주 지루하고 무미건조한 삶이 될 것입니다. 신체적으로나 심리적으로 일정한 자극을 경험할 때 사람들은 살아 있다는 느낌을 받게 되지요. 달리기나 축구 같은 운동을 생각하면 쉽습니다. 우리 몸에 힘찬 자극을 주면서 감각과 신경이 살아 움직이도록 하는 활동이 운동이지요. 공포로 말하자면 여러 자극 가운데도 아주 강렬한 쪽에 해당합니다. 오들오들 떨리거나 짜릿짜릿 소름이 돋는 일은 자극의 결정체지요. 말하자면 공포는 사람들로 하여금 '살아 있음'을 느끼게 하는 효과를 가져온다고 볼 수 있습니다.

공포의 또 다른 미적 효과로 감각과 인식의 지평을 넓힌다는 점을 들 수 있습니다. 공포는 낯선 것에서 오며 죽음과 깊은 관련이 있다고 했잖아요? 이건 평범한 일상을 넘어서는 요소들입니다. 늘 똑같은 일상을 반복한다면 우리의 몸과 마음은 일정한 테두리에 갇히게 됩니다. 공포는 그 테두리를 한방에 깨뜨리면서 낯선 세계에 눈을 돌리게 하지요. 늘 우리 곁에 있으면서도 쉽게 잊곤 하는 '죽음'은 낯선 세계의 대표적 표상입니다. 그러한 '다른 세계'를 상상적으로 경험하는 가운데 사람들은 삶의 새 경지로 나아갈 수 있는 힘을 자연스럽게 얻게 된다고 볼 수 있습니다.

무서운 이야기가 주는 또 다른 미적 효과로 '무서움 이기기'를 들 수 있습니다. '무서움으로 무서움 이기기'라고 말하면 이해가 될까요? 사람들은 살아가면서 뜻밖의 어려운 상황에 부닥칠 수 있으며, 그 상황을 감당하지 못하고 무너지는 경우가 많습니다. 예를 들어 온몸에 피를 흘리는 사람이 내 눈앞에 떡 나타난다면 어떤 일이 벌어질까요? 만약 그런 상황에 대한 경험이 하나도 없다면 놀라서 자지러질 것입니다. 하지만 이야기 등을 통해서 그런 장면에 대한 간접 경험을 많이 했다면 어떨까요? 어려운 상황을 감당하고 풀어나가는 데 어떤 식으로든 도움이 될 것입니다. 이 책에서는 이런 힘을 '이야기에 대한 이야기' 부분에서 '항마력'이라고 표현했었지요.

무서운 이야기들을 통해서 현실 속의 낯설고 무서운 대상이나 상황에 대한 적응력과 대항력을 키워나갈 수 있다면 이거 꽤 괜찮은 일 아닐까요? 이 책의 이야기들이 그런 힘을 키우는 데 도움이 되면 좋겠습니다.

참고한 책들

(자료에 있는 내용을 참고하되 내용과 표현을 새롭게 재서술했음을 밝힙니다.)

숲속 저택의 손님들: 이기철 엮음, 《세계민담전집 06 이탈리아 편》, 황금가지, 2003. | Italo Calvino, *Italian Folktales*, Penguin Books, 2002.

죽은 여자와의 하룻밤: 김용환 편역, 《일본의 괴담》, 명문당, 2000.

아내의 고왔던 얼굴: 존 비어호스트 지음, 서울대학교 라틴아메리카연구소 옮김, 《라틴아메리카의 신화, 전설, 민담》, 서울대학교출판문화원, 2018.

귀신 들린 방앗간에서: 페테르 아스비에른센·에르겐 모에, 이남주 옮김, 《노르웨이 옛이야기 1871》, 오롯, 2018.

이상한 손님: 나송주 엮음, 《세계민담전집 05 스페인 편》, 황금가지, 2003.

금지된 사과: Diane Wolfskin, *The Magic Orange Tree, and other Haitian Folktales,* New York: Schocken Books, 1997.

고생 구경 떠난 사람: 《한국구비문학대계》에 수록된 여러 자료들.

다섯 자매와 숲속 할머니: Alice Elizabeth Dracott, *Simla Village Tales, or, Folk Tales from the Himalayas,* London: John Murry, Albemarle Street, W., 1906.

낯선 청혼자의 정체: 김윤진 엮음, 《아프리카의 신화와 전설》, 명지출판사, 2004.

화피: 포송령 지음, 김혜경 옮김, 《요재지이 1》, 민음사, 2002.

말보다 빠른 할머니: 김은희 옮김, 《부랴트인 이야기》, 지식을만드는지식, 2019.

여우 누이: 《한국구비문학대계》에 수록된 여러 자료들.

세계의 요괴들: 신동흔 외, 《세계의 신과 요괴 전승》, 다문화 구비문학대계 19, 북코리아, 2022. | 신동흔 외, 《유럽·중동·중남미 설화》, 다문화 구비문학대계 16, 북코리아, 2022.

설녀 유키온나: 신동흔 외, 《일본 설화 1》, 다문화 구비문학대계 11, 북코리아, 2022.

불나방: 존 비어호스트 지음, 서울대학교 라틴아메리카연구소 옮김, 《라틴아메리카의 신화, 전설, 민담》, 서울대학교출판문화원, 2018.

남섬에 사는 여자: 신동흔 외, 《베트남 설화 1》, 다문화 구비문학대계 4, 북코리아, 2022.

파인애플이 된 아이: 신동흔 외, 《필리핀·인도네시아·대만·홍콩 설화》, 다문화 구비문학대계 6, 북코리아, 2022.

노간주나무: 그림 형제 지음, 김경연 옮김,《그림 형제 민담집》, 현암사, 2012. | 그림 형제 지음, 김열규 옮김, 《그림 형제 동화전집》1-2, 현대지성사, 1998. | Brüder Grimm(Autor), Heinz Rölleke(Herausgeber),

Kinder- und Hausmärchen, 1-3, Stuttgart: Philipp Reclam jun. GmbH & Co., 1980.

호랑이가 된 효자: 《한국구비문학대계》에 수록된 여러 자료들.

보물단지: 알렉산드르 아파나세프 편집, 서미석 옮김, 《러시아 민화집》, 현대지성사, 2000.

미치광이 마을의 미치광이: 이야기연구회 편, 《이야기 세계 민담》, 한실미디어, 1995.

납치범과의 결전: 그림 형제 지음, 김경연 옮김,《그림 형제 민담집》, 현암사, 2012. | 그림 형제 지음, 김열규 옮김, 《그림 형제 동화전집》 1-2, 현대지성사, 1998. | Brüder Grimm(Autor), Heinz Rölleke(Herausgeber), *Kinder- und Hausmärchen*, 1-3, Stuttgart: Philipp Reclam jun. GmbH & Co., 1980.

악마와 아가씨: 안동진 옮김, 《아이누인 이야기》, 지식을만드는지식, 2019.

어린 형제와 할리타: 아돌프 엘레가르트 옌젠·헤르만 니게마이어 지음, 이혜정 옮김, 《하이누웰레 신화》, 뮤진트리, 2014.

이브론카의 악마 애인: 안젤라 카터 편, 서미석 옮김, 《여자는 힘이 세다》, 민음사, 1999.

세 자매와 압변파: 이영구 엮음, 《세계민담전집 18 중국 소수민족 편》, 황금가지, 2009.

삼두구미의 새 각시: 진성기, 《제주도무가본풀이사전》, 민속원, 1991. | 신동흔, 《살아있는 한국신화》, 한겨레출판, 2014.

접시 세는 하녀 귀신: 신동흔 외, 《일본 설화 1》, 다문화 구비문학대계 11, 북코리아, 2022.

세계설화를 읽다 6

아름다운 아내의 무서운 비밀

1판 1쇄 발행일 2024년 12월 23일

지은이 신동흔
그린이 이현정

발행인 김학원
발행처 (주)휴머니스트출판그룹
출판등록 제313-2007-000007호(2007년 1월 5일)
주소 (03991) 서울시 마포구 동교로23길 76(연남동)
전화 02-335-4422 **팩스** 02-334-3427
저자·독자 서비스 humanist@humanistbooks.com
홈페이지 www.humanistbooks.com
유튜브 youtube.com/user/humanistma
페이스북 facebook.com/hmcv2001 **인스타그램** @humanist_insta

편집책임 문성환 **편집** 윤무재 **디자인** 기하늘
용지 화인페이퍼 **인쇄** 청아디앤피 **제본** 민성사

ISBN 979-11-7087-283-2 44800
979-11-7087-109-5 (세트)